KB215529

대서양

오랑

라바트   페스
카사블랑카   메크네스

베차르

마라케시   엘골
투브칼 산   모로코   티미문
아가디르   인실
레간

틴두프

서사하라   아틀라스

북회귀선   S   타네즈루프트

누아디부   A   H
(포르 에티엔)   타우데니
캡 블랑곶   아드라르   우아단   리차트   아슬
모리타니   말리
아타르   칭구에티
누악쇼트   아라우안   아드라르 데 이
마자바 알 쿠브라

타간트   호드   통북투   부렘
나이저 강   가오

생 루이
다카르   세네갈   몹티
고레   카올라크   세네갈 강   부르키나파소   L

바마코   와가두구

기니   비사우
비사우   베닝
푸타잘롱 산   나이저 강

코나크리   기니

프리타운   시에라리온   가나   토고

코트   쿠마시   포르토
디부아르   로메
몬로비아   라이베리아   부아케   아크라
아비장

대서양

0   500km   기

바트나

튀니스

파

투구르트

다이아

제 리

티디켈트

스팍스

트리폴리

방가지

지 중 해

이집트

시와

리비아 사막

리비아

모르주크

타실리나제르

하트 산

호가르 산맥

만라세트

A

R

A

쿠프라

길프 케비르

우와이나
알 아와이나트

투시데 산

자도
치르파

티베스티

에미 쿠시 산

에르디

티네티

탐가크 산

빌마

가데즈

니제르

진데르

카노

나이지리아

바소 산

에네디

차드

차드 호수

마라 산

알 아트룬

알 파시르

은자메나(포르 라미)

수단

샤리 강

중앙아프리카공화국

베누에 강

카메룬 산

두알라

야운데

카메룬

방기

우방기 강

콩고 민주공화국

마지막 박물학자, 테오도르 모노

수첩을 들고 사막을 산책하다

Théodore Monod

by Isabelle Jarry

Copyright ⓒ Plon 1990
Korean translation copyright ⓒ 2004 by Dulnyouk Publishing Co.
Korean translation rights published by arrangement with
Plon through PubHub Literary Agency, Seoul

이 책의 한국어판 저작권은 PubHub 에이전시를 통한
저작권자와의 독점 계약으로 들녘출판사에 있습니다.
저작권법에 의해 한국 내에서 보호를 받는 저작물이므로
무단 전재와 무단 복제를 금합니다.

마지막 박물학자, 테오도르 모노
수첩을 들고 사막을 산책하다
ⓒ 들녘 2004

초판 1쇄 발행일 · 2004년 5월 20일

지은이 · 이자벨 자리
옮긴이 · 이재형
펴낸이 · 이정원

펴낸곳 · 도서출판 들녘
등록일자 · 1987년 12월 12일
등록번호 · 10-156
주소 · 서울시 마포구 합정동 366-2 삼주빌딩 3층
전화 · 마케팅(02)323-7849 편집(02)323-7366 팩시밀리(02)338-9640
홈페이지 · www.ddd21.co.kr

값은 뒤표지에 있습니다. 잘못된 책은 구입하신 곳에서 바꿔드립니다.
ISBN 89-7527-432-2 (03860)

Théodore Monod

마지막 박물학자, 테오도르 모노

수첩을 들고 사막을 산책하다

이자벨 자리 지음 · 이재형 옮김

들녘

차 례

저자의 말 꽃 한 송이를 들고 있는 키 작은 남자와의 우정 010

1 테오도르 모노의 수첩을 펼치며 015
　　프랑스 명문 귀족 가문에서 태어나다 018
　　자연사박물관과의 인연으로 시작된 운명 023

2 파리지앵의 아프리카 여행 027
　　첫 아프리카 여행에서 발견한 사막 030
　　사막이 나를 부르다 033

3 사하라사막을 산책하다 039
　　사막은 어디에 존재하는가 042
　　사막의 모래, 바람 그리고 엄숙한 침묵 047
　　낙타가 안 보인다고 해서 불안해하지 말라. 인샬라! 052
　　사막을 탐험하는 메아리스트 056

4 사막을 사랑하는 유목민 063
　　사하라 사막의 역사 066
　　사막에서 살아가는 유목민 070
　　사막은 어딘가에 물을 숨기고 있다 075
　　유목생활의 소멸과 함께 사라지는 자유 078

5 아프리카의 강에서 발견한 새로운 세계 085
   아프리카에서 발견한 새로운 어류와 갑각류 089
   피카르 호를 타고 내려간 바닷속 탐험 097
   '앵무새물고기'라는 아주 특별한 어류에 관한 연구 106

6 박물학자로서의 삶을 시작하다 111
   프랑스령 서부 아프리카에 설립된 연구소 115
   전쟁 속으로 117
   박물학 연구를 향한 열정 120
   조국의 자유를 위해 124

7 나는 마지막 박물학자 129
   낙타를 타고 여행하는 박물학자 132
   사막 안으로: 사막의 모든 것들을 수집하다 135
   모래에 덮여 있는 고대의 유적들 144

8 사막은 아름다움을 간직하고 있다 151
   사막의 식물세계 154
   사막의 동물세계 164

9 사막에 떨어진 별을 찾아 걷는 자 181
  칭구에티의 이상한 운석이야기 184
  사막을 걷는 미치광이 학자 188

10 IFAN과 함께한 25년 193
  아프리카를 지리학과 역사학으로 접근하다 196
  출판으로 아프리카를 기록하다 199
  아프리카에 세워진 박물관 202

11 파리의 국립자연사박물관 207
  단 한 명만을 위해서도 세미나를 열다 210
  도서관에 비치된 '모노 장서' 214

12 유명한 프랑스 과학아카데미의 회원이 되다 219
  128쪽에 달하는 자기소개서 222
  과학아카데미 회원이 된다는 것 227

13 나는 왜 자연주의를 옹호하는가 231
  인간은 자연에서 태어났다 234
  화해의 시대가 시작되고 있다 237
  도덕적 · 미학적 · 공리적 측면에서의 자연 242
  꽃 한 송이를 따는 자는 별 하나를 해치는 것 246

14 모든 생명은 권리가 있다 251

　인간의 오만함이 자연을 파괴하고 있다 254

　동물 존중에 대한 종교적 · 철학적 고찰 255

　인간의 어리석음으로 희생되는 동물들 261

　학살을 멈추시오 264

15 한 평화주의자의 믿음 273

　사자가 새끼 염소와 함께 잠을 자는 평화를 위해 277

　자유사상과 실천의 가치 280

　어떻게 영적 이상을 실현시킬 것인가 282

　구름 위로 빛이 비치는 정상을 향하여 285

　기독교와 사회주의와의 조화 289

16 늙음과 죽음 293

　죽음에 대한 성찰 297

　20세기를 관통해 온 나의 삶 301

　나이듦에 대한 고독 303

　매순간 모든 것이 시작된다 306

테오도르 모노 어록 308

테오도르 모노 연보 312

지은이 **이자벨 자리**(Isabelle Jarry)

20세기 위대한 유목민이자 마지막 박물학자로 상징되는 테오도르 모노의 평전을 쓴 작가. 1987년 테오도르를 만나 평전 『테오도르 모노』 작품 구상에 들어갔으며, 9개월간 그와의 깊이 있는 내면의 기억을 함께 나누면서 그의 삶을 완벽하게 형상화해냈다. 이 책에서 저자는 파란만장한 20세기의 한복판을 신념과 의지로 살아온 위대한 학자이자 행동하는 지성인의 정신적 세계를 우정어린 시선으로 그려냈다.

대표작으로는 『한 탐험가 자연주의자의 회상록』 『테오도르 모노』 등이 있다.

옮긴이 **이재형**

한국외국어대학교 불어과 및 동대학원을 졸업했다. 한국외국어대 · 상명대 · 강원대 강사를 역임하였다. 현재 프랑스 몽펠리에에서 불어 전문 번역가로 활동중이다.

옮긴 책으로는 『카사노바의 스페인 기행』 『꼬마 철학자』 『세월의 거품』 『말빌』 『정신분석 혁명: 프로이트 평전』 『프로이트』 『연애소설 읽는 노인』 『지구는 우리의 조국』 『눈 이야기』 『섬』 『절대적이며 상대적인 마법의 백과사전』 『샤갈』 『낙타여행』 『아프리카 내 사랑』 등이 있다.

아내는 나를 위해 자신의 50년 인생을 바쳤건만,
나는 아내가 가지고 있는 재능을 충분히 살려주지 못했다.
그녀에게 한없이 감사하며 이 책을 바친다.

꽃 한 송이를 들고 있는 키 작은 남자와의 우정

1987년 7월. 더운 날씨였다. 아침인데도 벌써 태양이 눈부시게 빛나고 있었다. 나는 푸른 초목에 가려져 있어서 이상하리만큼 비현실적으로 느껴지는 건물에서 나왔다. 그곳에서는 사람들이 영상을 통해 과학을 체험하고 있었다.

며칠 뒤, 나는 자연사박물관 도서관에 들어갔는데, 여름의 대기가 텅 비어 있어서 그런지 이전의 시간으로 돌아가는 것 같은 느낌이 들었다. 모든 것이 수세기 전부터 잠들어 아직도 깨어나고 있지 않은 듯, 그 넓은 홀은 죽음처럼 깊은 침묵 속에 잠겨 있었다. 나는 책상에 자리를 잡고 앉아 창 밖을 바라보았다. 식물원의 열대 온실이 자줏빛 섬광을 발하고 있었다.

작은 카드에 제목만 써넣으면 책을 대출받을 수 있었다. 나는 책을 읽기 시작했다. 그러다가 도서관이 문을 닫자 그곳을 떠나야만 했다.

한 번도 들어본 적이 없는 테오도르 모노라는 사람이 쓴 책을 네 시간 동안 읽고 난 뒤였다.

나는 생물학자다. 그래서 사람들이 독창성도 없고 유머도 없고 꿈도 없이 복잡하기만 한 어느 세계의 기억들을 억지로 머릿속에 집어넣고 앉아 있는 도서관 열람실의 그 견디기 힘든 권태를 잘 알고 있다. 과학은 사람들이 최소한 어떤 뚜렷한 이유도 없이 지나치게 즐거워하는 것을 거의 용납하지 않는 진지한 학문이다. 그런데 바로 이곳에서 나는, 절로 웃음이 터져 나올 만큼 익살스러우면서도 항상 열정적으로 그가 벌였던 모험과 학자로서의 삶을 이야기하는 행복한 인물을 발견한 것이다.

7월 말이 되자 도서관에 있는 그의 책을 거의 다 읽은 나는 언젠가는 이곳에서 그를 만나보고 싶다는 희망을 품게 되었다. 나는 혹시 그와 마주칠까 해서 오랫동안 식물원을 배회했다. 그가 쓴 책을 읽고 나니 그와 웬만큼 알고 지내는 사이가 된 것 같은 느낌이 들었다. 그를 보면 첫눈에 알아볼 수 있을 거라는 생각이 들 정도로 그의 모습이 쉽게 상상되는 것이었다. 하지만 그건 나의 착각에 불과했다. 그와는 단 한 번도 마주치지 못했기 때문이다. 그래서 나는 일반·응용어류학 실험실 주소로 편지를 쓸 수밖에 없었다. 그의 이름과 주소만 봐도 절로 기분이 좋아졌다.

닷새 뒤에 내 우편함을 들여다보았더니 재미있게 생긴 편지 한 통이 들어 있었다. 큰 꽃 한 송이를 손에 든 키 작은 남자 한 명이 앞장서 가고, 무기를 든 고릴라들이 일렬종대로 그 뒤를 따라가는 그림이 푸른색 봉투 겉면에 그려져 있었다.

그리고 이런 설명이 덧붙여 있었다. "원시시대를 벗어납시다. 비무장과 평화와 자유를 위하여 행동합시다", "핵은 사양합니다!"라고 쓰인 스티커가 우표 옆에 붙어 있었다. 나는 무슨 자연보호협회에서 공문을 보낸 줄 알았다. 사실 그것은 테오도르 모노가 내게 보낸 두 장의 답장이었는데, 이런저런 얘기가 하도 많이 적혀 있어서 이해가 안 되는 부분이 몇 군데 있었다. 편지의 맨 끝 부분에는 그의 전화번호와 함께 내가 그에게 전화를 걸어야 하는 날짜가 적혀 있었다. 나는 8월 한 달 동안 참을성 있게 기다렸다. 9월 5일, 그에게 전화를 걸었다. 우리는 같은 달 9일에 만나기로 했다.

그는 자기가 일하는 자연사박물관의 실험실에서 아침 일찍 만나자고 약속을 정했다. 쥐시외에 있는 대학에 입학하여 그 노후한 건물에서 몇 번 강의를 받았기 때문에 습관이 되었음에도 그날 아침 찾아간 고색창연한 건물의 외관에 새삼 강렬한 인상을 받았다. 여기저기 페인트칠이 벗겨져 있었고, 화물용 승강기는 구식이었으며, 게시판은 옛날 글씨로 쓰여 있었다. 꼭 눈에 안 보이는 포르말린 속에 넣어놓은 듯 분위기 자체도 정지되어 있는 것처럼 느껴졌다. 나는 다시 한 번 과거 속으로 걸어 들어갔다. 이 나이 든 사람에게 접근하려면 타임머신을 타야 되지 않을까 하는 생각이 들었던 것이다. 계단을 걸어 올라가면서(나는 구식 엘리베이터를 전혀 신뢰하지 않는다) 나는 시간이 뒤로 돌아가는 듯한 기묘한 기분에 젖어들었다. 너무나 강렬한 느낌이 별안간 우리를 어린 시절로 데려가는 어떤 추억처럼 말이다.

나는 4층 문에 달린 초인종을 눌렀다. 흰 와이셔츠를 입은 키 작은 남자가 문을 열어주더니 의혹에 찬 눈길로 나를 뚫어지게 쳐다보았다. 그가 손가락으로 왼쪽 복도를 가리켰다. 나는 그가 가리킨 '테오도르 모노 교수'라고 써놓은 색 바랜 명찰이 붙어 있는 세 번째 문을 두드렸다. "들어오세요." 그가 말했다. 결국 나는 그를 보게 되었다. 한 나이 든 신사가 나를 향해 다가오더니 정중하게 악수를 청했다.

그날 그가 무슨 얘기를 했는지 지금은 생각나지 않지만, 어쨌든 그 얘기를 듣는 것만으로 나는 그의 매력에 빠져들었다. 내가 책을 읽으며 상상했던 것처럼 테오도르 모노는 재미있고 익살스럽고, 쉽게 사귈 수 있는 사람이었다.

우리는 가을 내내 자주 만났다. 그리고 그때마다 그는 자기가 너무 말이 많다고 변명하면서도 온갖 주제에 관해 재미있게 얘기해주고 또 많은 걸 가르쳐주기도 했다. 나는 그의 말에 열심히 귀 기울였다. 책이 조금씩 형태를 갖추어갔다. 우리는 대화를 나눌 때마다 책에 관해 이야기했다. 그가 어떤 것에 관해 이야기하려고 하면 나는 가능한 한 그 이야기를 들어주고 싶었다. 우리는 장(章)과 새로운 대화 주제, 그가 전개하려는 새로운 생각을 여기에 하나씩 덧붙여갔다. 그리고 나중에 만나 이 모든 것에 대해 다시 이야기하곤 했다. 그 뒤로 9개월 동안 우리는 매주 목요일 오후에 만났다.

이 책에는 우리가 나눈 대담이 대부분 수록되어 있다. 이 책은 글로 표현될 수 없는 소재, 즉 하루하루가 지나면서 서로에게 느낀 공감의 산물이며, 우리 두 사람이 관계와 교류를 통해 성공시킨 기획이기도 하다. 그 내용도 내용이지만 이 책에는 우리가 매주 만나면서 느낀 온갖 즐거움이 배어 있다. 테오도르 모노는 내게 자신의 추억을 들려주고 자신의 확신을 밝히면서 즐거워했고, 나는 그를 조금씩 발견해나가면서 즐거워했다.

독자들이 이 책을 한 장 한 장 넘기면서 우리 두 사람 사이에 싹텄던 우정에 공감할 수 있게 되었으면 좋겠다. 그리고 나를 전적으로 신뢰했던 한 나이 든 학자의 모습을 나의 눈을 통해 볼 수 있게 되었으면 좋겠다.

_이자벨 자리

1

테오도르의 수첩을 펼치며

햇살이 찬란하게 빛나는 성신강림 축일,
아침식사를 마친 그가 식물원의 아침공기를 들이마신다며
빵과 초콜릿을 들고 나갔다가 돌아왔기에 느낌이 어떤지를 물었다.
그가 자신만만한 어조로 대답했다.
"이슬이 내렸고, 새들이 잡목 속에서 노래를 부르고 있었어요……
손에 펜을 들고 있는 지식인들도 보였구요……"

_「테오도르의 수첩」, 1910년 6월

*각 장에 실린 「테오도르의 수첩」은 부친 빌프레드 모노와 모친 도리나 모노가
어린 시절 테오도르에 대해 기록한 글에서 발췌한 것이다.

추억으로 가득 찬 기억이 있듯이, 유서 깊은 집이 있다. 생 루이 섬에 있는 테오도르 모노의 아파트가 그런 경우였다. 커다란 방들에서 조상들이 축적해놓은 교양의 분위기가 풍겨 나왔다. 꼭 조상들의 영혼이 가구의 표면 가까이라든지 책장의 책꽂이 위, 벽에 걸린 그림의 부드러운 반사광 속을 떠다니는 것 같았다.

이 물체들은 마치 살아 있는 듯 현존하고 있지만, 그러면서도 놀랄 만큼 가볍다. 무게감을 주지 않는데도 느껴지는 것이다. 이 물체들은 한 유복한 가문의 행복한 추억으로서, 혈통뿐만 아니라 정신으로도 맺어진 가족에 속해 있다는 소속감을 그 구성원 각자에게 선물로 부여한다.

이 집의 창문에서는 테오도르 모노를 앞서가게도 하고 밀고 나가기도 했던 그 흐름과 흡사하게 쉴새없이 흘러가는 센 강이 보인다. 그리고 강 위로는 투르넬 다리도 보이고, 축복의 몸짓으로 파리를 보호하는 주느비에브 성녀상도 보인다.

프랑스 명문 귀족 가문에서 태어나다

사람들은 흔히 이야기한다.

"우리 아버지는 브르타뉴 지방 출신이고, 어머니는 알자스 지방 출신입니다."

그런데 나의 경우에는 좀 다르다. 나의 혈통은 상당히 일방적이다. 아버지 빌프레드 모노 목사는 사촌인 도리나 모노와 결혼했고, 우리 아버지의 아버지인 테오도르 모노(나는 이분의 이름을 물려받았다) 목사도 사촌인 게르트뤼드 모노와 결혼했던 것이다.

두 번에 걸쳐 계속된 이 근친결혼 덕분에 나의 증조부 네 분 중에서 세 분은 동서지간이 되었는데, 이건 그다지 흔한 일이 아니다. 그리고 우연하게도 이 네 분의 증조부 중에서 세 분은 목사셨고, 나머지 한 분은 의사셨다. 게다가 직계로 내 앞의 다섯 세대가 목사를 지냈다.

지금 우리 가족은 장 모노 목사의 후손인데, 1765년 제네바에서 태어나신 이분은 '데 코닝크'라는 이름을 가진 플랑드르 출신의 한 부유한 선주 집안에서 가정교사로 일하기 위해 코펜하겐으로 갔다. 프레더릭 데 코닝크는 명문 귀족 출신의 마리 드 종쿠르라는 프랑스 여성과 결혼했으며, 바로 이 분 때문에 우리 가문의 선조는 생 루이 왕까지 거슬러 올라간다.

코펜하겐에 도착한 우리 장 목사님께서는 데 코닝크의 딸 루이즈 필리핀에게 홀딱 반해서 그녀와 결혼했다. 그들은 열두 명이나 되는 자식을 낳았고, 우리는 이 자손들을 '열둘'이라고 부른다. 이 '열둘' 모두가 혈육을 남긴 건 아니었지만, 그 중에서도 후손을 남긴 분들은 우리 족보에 로마 숫자로 열거되어 있다. 우리 조상들의 근친혼으로 인해 나는 여러 혈통에 속한다.

프랑스의 도시 루앙. 1902년 4월 9일, 나의 부모님은 가족 수첩의 첫 페이지에 내 이름을 써넣었다. 아이들 하나하나 출생하면서부터 성인이 될 때까지 있었던 일을 수첩에 기록하는 것이 우리 가족의 관례로 굳어졌다. 내 어린 시절을 꼼꼼하게 기록해놓은 「테오도르의 수첩」을 펼쳐보면 모든 것에 대해 호기심을 느끼고, 관대하고, 총명하고, 감수성이 예민했던 어린 시절의 내 모습을 발견하곤 한다. 이것은 나에게 하나의 삶 전체에 대한 또 다른 시선을 읽을 수 있게 해준다.

1907년, 루앙에서 목사로 일하고 있던 나의 부친은 파리에 있는 루브르 예배당으로 발령을 받았다. 그러니까 내가 다섯 살이던 바로 그 해에 파리로 오게 된다.

아버지는 제법 높은 생 주느비에브 언덕의 카르디날 르므완 가 75번
지에 집을 빌렸다. 이 집은 지금도 남아 있다. 넓은 중앙로도 있고 농가
의 정문과 비슷하게 생긴 커다란 자동차 출입문도 나 있는데, 그 당시
에는 이 중앙로 끝에 정원도 있었고 생 뱅상 드 폴 수녀회의 수녀들이
사는 작은 사택도 몇 채 있었다. 그런데 가톨릭 수녀들과 개신교 목사
의 이 같은 공존은, 말하자면 세계기독교 통합운동의 전조가 아니었을
까 싶다.

아버지는 중앙로 오른쪽에 세워진 집의 두 층을 통째로 빌렸다. 아래
층과 위층은 집 안에 나 있는 계단으로 연결되어 있었다. 그런데 이 집
에는 창문이 엄청나게 많았다. 아마 스무 개 이상은 있었을 것이다(내
기억이 정확하다면 스물세 개였던 것 같다). 지은 지가 꽤 오래된 집이어
서 마룻바닥이 약간 경사져 있었기 때문에 구슬을 집의 한쪽 끝에서 굴
리면 다른 쪽 끝에 가 있곤 했다. 그 집은 카르디날 르므완 가에서 수녀
들의 정원까지 이어져 있었다.

방들은 모두 한 층에 모여 있었다. 우선 부모님 방이 있었고, 내 방이
있었고, 그 다음에는 나중에 활판인쇄 및 그래픽아트 전문가 막시밀리
엔 복스가 된 큰형 사무엘의 방이 있었으며, 마지막으로 아프리카 식민
지 행정관을 지내게 될 실뱅의 방이 있었다.

어머니는 아침에 나를 자주 식물원에 데려가곤 했다. 우리는 파스칼
(1623~62)이 임종했던 집이 있는 롤렝 가를 지나가곤 했다. 롤렝 가를
지나서 계단을 내려간 다음 몽주 가를 건너면 뤼테스 원형경기장이 나

타났다. 나는 아주 어릴 때부터 이 원형경기장의 작은 정원과 제2제정 당시 몽주 가가 뚫리면서 비로소 정지(整地)된 이 넓은 유적지에 대해서 알고 있었다. 그러고 나서 우리는 식물원으로 들어섰는데, 나는 이곳에 아주 일찌감치 들어와 지금도 여기에 머무르고 있다. 왜냐하면 여든일곱 살인 지금까지도 이 식물원에서 일을 하고 있기 때문이다.

파리 식물원은 갖가지 역사로 점철된 장소이다. 우선은 왕립식물원으로서의 역사를 갖고 있다. 원래는 약용식물의 보고(寶庫)였고, 그 뒤로는 널리 알려진 자연과학 연구의 본산이었던 것이다. 그리고 뷔퐁(1707~1832), 퀴비에(1769~1832), 조프루아 생 틸레르(1772~1844) 등 이 구역의 길거리에 이름이 붙여진 위대한 자연과학자들의 역사를 갖고 있다. 이곳은 정신의 역사가 있으며, 박물관의 역사가 있다.

나의 학교생활은 이 역사적 식물원에서 멀지 않은 클로드 베르나르 가에서 이모 한 분이 운영하던 놀이방에서 시작되었다. 하지만 얼마 지나지 않아 나는 여기서 쫓겨나고 말았다. 아는 게 많다고 떠벌리며 잘난 척하다가 미운 털이 박힌 것이었다.

그러고 나서 나는 알자스 학교에 입학하여 대학입학 자격고사를 볼 때까지 그곳에서 다녔다. 많은 개신교도 학생들이 이 학교에 다녔다. 이 학교는 흔히 말하는 리세와는 많이 달랐다. 왜냐하면 부모들이 학교생활에 많이 참여했던 것이다. 그들은 교실 벽을 따라 놓여진 의자에 앉아 학생들이 시험치는 걸 지켜보았다. 수업은 거의 공개리에 이루어졌다. 상을 주지도 않았고, 징계를 내리지도 않았으며, 벌을 주기 위해 방과후에 학생을 붙잡아두지도 않았다. 그 당시의 교육제도에 비하면 훨씬 자유로운 분위기였다.

대학입학 자격고사를 치르고 나면 나의 부친을 비롯한 우리 조상들이 그랬듯이 나는 신학대학에 들어가 목사가 될 생각이었다. 그러기 전에 나는 우선 자연과학 학사학위를 따기로 결심했다. 그래서 동물학, 식물학, 지질학을 공부했다. 그랬던 것이 학사학위를 받고 나니 신학대학에 가고 싶은 생각이 싹 사라져버렸다.

인생사는 거의 대부분 자신도 모르는 사이에 이루어지는 법이다. 사람들은 자기 인생의 중대사를 어느 정도까지 스스로 선택했는지를 늘 생각한다. 과연 내가 옳은 선택을 한 것일까. 모르겠다. 결국 나는 훌륭한 목사가 되는 데 필요한 자질을 갖추고 있지 않았는지 모른다. 나는 여간해선 감정을 밖으로 잘 드러내지 않는 성격인데다가 말도 거의 없는 사람이기 때문이다.

목사는 아니었지만 나는 목사들을 대신해서 자주 설교를 하곤 했다. 아프리카의 다카르뿐만 아니라 파리의 교회에서도 설교한 적이 있었다. 목사는 초자연적이거나 마술적인 능력을 가진 사람이 아니라, 어떤 일정한 방향으로 전문화된 사람일 뿐이다. 보통 목사에게는 세속의 사람들이 발전시킬 수 없는 어떤 영역에서 배움을 쌓도록 허용된다. 목사는 성경을 원문으로 연구하기 위해 옛 언어들(최소한 그리스어와 히브리어)을 알아야만 하고, 교리의 역사와 교회의 역사 등에 대한 전반적 지식을 갖추어야만 한다. 그러나 목사는 사제가 아니다. 개혁교회에서는 누구나 성직을 맡을 수 있는 것이 관례여서 모든 사람이 성직에 접근할 수 있다.

자연사박물관의 인연으로 시작된 운명

학사과정에 있을 때 나는 운 좋게도 일찌감치 자연사박물관에 조수보(助手補)로 들어갔다가 2년 뒤에는 결국 정식으로 채용되었다. 나는 '식민지 동물성 어로와 어획' 분야에서 일했는데, 여기서는 어류, 갑각류, 연체류뿐만 아니라 상아, 생사, 피역 등에 대해서도 연구했다.

1920년대 당시 내가 일하던 층에는 퀴비에의 비교해부학 진열실이 길게 늘어서 있었다. 각 방마다 진열창이 있어서 우리는 소지품과 책, 표본병, 서류 같은 것을 이 안에 정리해두곤 했다. 각 방 한가운데에는 어마어마하게 큰 난로가 있어서 아침에 켜놓으면 그 넓은 공간이 그럭저럭 훈훈해졌다. 나는 이 진열실에서 15년을 보냈다.

자연과학에 대한 나의 취미로 말하자면, 가까운 조상들로부터 물려받은 건 아니었다. 물론 부모님은 자연의 아름다움을 사랑하셨지만, 그렇다고 해서 자연사에 대해 특별한 관심을 가지고 있지는 않았다. 반면 외할머니께서는 뛰어난 식물학자이셨으며, 나는 그분이 사용하던 프랑스 식물 견본들 중의 하나를 지금도 갖고 있다.

열다섯 살 때 나는 자연사협회를 설립했다. 그리고 친구 몇 명과 함께 서너 페이지 회보를 만들어서 정기구독회원들에게 정기적으로 나누어주곤 했다. 이 회보를 받아본 사람 중에는 앙드레 지드(1869~1951)도 있었다. 색이 바래서 누렇게 변한 발행 초기의 회보를 넘겨보면 갖가지 동물(딱새·송충이·물총새)에 대한 연구와 논문들, 고생물학 논문들, 여러 가지 지침들, 독자들에 대한 안내문 등이 실려 있는데, 글 한편 한 편에 자연에 대한 열정을 실었다.

나는 어렸을 적에 밝고 부드러운 빛이 비치는 노르망디 해안의 그 고요하고 청명한 풍경 속에서 보낸 바캉스의 추억을 간직하고 있다. 매번 쿠르쇨과 바랑주빌에 머무를 때마다 나는 매혹되고 도취되었다. 나는 대모(代母)에게서 선물받은 노르망디의 하늘빛을 띤 남옥(藍玉)을 갖고 있었다. 열여섯 살 때 나는 대모에게 편지를 썼다.

"나에게 이 보석은 바랑주빌과 쿠르쇨이고, 모래톱의 깊은 고독이고, 꼭 발걸음을 재촉당하는 가축 떼처럼 빠르게 흘러가는 구름이고, 위압적인 무한의 세계에 대한 보랏빛 우울입니다."

이 또 다른 영향이 나를 바다와 해안의 세계로 서서히 데려갔던 것이다.

학사학위를 받고 나서 나는 박사과정 장학금을 받게 되었다. 로스코프의 생물학연구소에서 실습할 때의 일이었다. 어느 날 나는 젊은 지질학자와 함께 펜제라고 불리는 작은 강의 연안을 산책하고 있었다. 산책을 하다 보니 우리는 이 강의 둑에 이르게 되었는데, 브르타뉴 지역의 작은 하구가 다 그렇듯이 진흙이 많은 이 둑의 아래쪽에는 무른 진흙이 쌓여 있었다. 반면, 고지대의 단단해진 진흙은 수송나물, 성상식물, 골풀 등의 염생식물로 덮여 있었다.

단단해진 그 진흙 덩어리를 깨보았더니 벌집구멍 같은 것들이 나났고, 그 안에는 작은 갑각류들이 가득 차 있었는데, 사실 그것은 매우 특별한 생태를 가진 '파라그나시아 포르미카'라는 이름의 등각동물이 성장한 것이다. 이 성장한 동물은 영양 섭취를 하지 않는다. 소화관이 위축되어 있고, 이미 유충상태에서 영양분이 충분히 비축되어 있기 때문이다. 부화한 유충은 물고기에 달라붙은 채 체액과 피를 빨아먹고 살기 시작하며 영양분을 흡수하면서 성장한다. 이 유충들은 선녹색과 분홍색, 진홍색, 주홍색 등 아주 아름다운 색깔을 띠고 있는데, 다 자라나면 진흙 밭으로 가서 성숙한 수컷 또는 암컷으로 탈바꿈한다.

그때 나는 이 네시이데과(科)를 주제로 박사학위 논문을 써보기로 결심했다. 나는 1926년에 「네시이데과 연구시론」이라는 제목으로 논문심사를 받았다. 실제로 나는 이 네시이데군(群) 전체를 세계적 규모로 점검했다. 대영박물관에 가서 네시이데들을 보고, 코펜하겐박물관에 가서 네시이데들을 검사하고, 그 속(屬)과 종(種)을 만들었다. 말하자면, 그 당시 전 세계에서 이 군에 대해서 알려진 모든 것을 다 모은 셈이다.

나의 부(副)논문으로 말하자면(당시에는 두 개의 학위논문, 즉 주논문과 부논문을 제출하도록 되어 있었다), 쿠르쉴 쉬르 메르에서 바다로 흘러드는 바스 노르망디의 쉴 강 하구를 다루었다. 나는 이 하구를 잘 알고 있었다. 이곳에 파라그나시아가 아주 많았기 때문에 사시사철 틈나는 대로 이곳에 가서 연구하는 데 필요한 이 동물을 수집하곤 했던 것이다. 12월 24일에는 영불해협에서 수영을 했던 기억도 난다.

나는 이 하구의 생태를 연구했다. 이 작은 하천을 따라 바다와 민물 사이에 연속적으로 나타나는 동물상(動物相)과 그 사이에 배치되어 있는 식물상(植物相) 등 바다에서 민물까지의 모든 변화를 살펴본 것이다.

마치 티베트의 라마승들처럼 소라고동 나팔을 부는 소리가 장중하면서도 우렁차게 들려오는 걸로 봐서 차를 마실 시간이 되었나 보다.

　나의 박물관 경력은 아직 끝나지 않았다. 왜냐하면 앞으로도 여기서 날마다 일할 것이기 때문이다.

2
파리지앵의 아프리카 여행

어머니가 그에게 거취조(巨嘴鳥)에 대해서,

그리고 우스꽝스러운 모양을 한 그 거대한 부리에 대해 이야기해주었다.

그는 탄성을 지르더니 거취조뿐만 아니라

다른 이상한 새들도 그놈들이 사는 곳으로 가서 구경해야 한다고 말했다.

그리고 그가 소리쳤다.

"수많은 홍학 떼가 사막의 돌기둥 위에 앉아 있는 걸 보면 정말 굉장할 거예요."

_「테오도르의 수첩」, 1909년 9월

"내면으로의 여행이라는 것도 있지요"라고 이 나이 든 남자는 담담하게 말한다. 그러면서 그는 그의 삶을 점철했던 여행들을, 그의 기억 속 지표들을 회상한다. 이런 그에게서는 오만함도, 교만함도 느껴지지 않는다.

발견하는 것, 발견에 대해 더 많이 배우는 것, 처음 보는 동식물을 관찰하는 것, 지구 상에서 일어나는 일을 보고 또 보는 것, 식물을 채집하는 것, 목록을 작성하는 것, 분류하는 것, 정리하는 것, 생각하는 것……. 테오도르 모노는 바로 이런 일들을 했다. 그리고 그의 취향을 만족시키기 위해서 그는 다른 곳으로, 조금 더 먼 곳으로, 건너편으로, 반대편 끝으로 갔다.

그는 앞으로 나아가고 싶었고, 풍경을 탐욕스럽게 바라보고 싶었고, 새로운 것들을 이해하고 싶었고, 인식의 즐거움을 느껴보고 싶었고, 우리 지구의 무한정한 풍요함을 종이 위에 차곡차곡 적어넣으며 즐거워하던 박학다식한 자연과학자들의 기분을 다시 한 번 만끽하고 싶었다.

테오도르 모노는 앞으로도 계속 이렇게 살아가리라. '지리적' 여행과 철학자의 내면 여행을 계속하리라. 여행자이자 발견자인 테오도르 모노의 기억 속에서는 수많은 출발과 귀환, 항구와 정박지, 여정과 길이 이어지리라.

첫 아프리카 여행에서 발견한 사막

하나의 운명을 주재하는 것, 인간의 힘으로는 그걸 어찌할 수가 없다. 갑각류를 연구하다가 어로 분야에서 일하는 것은 얼마든지 있을 수있는 일이다. 하지만 아프리카의 해안으로 가게 될지를 도대체 어찌 예측할 수 있겠는가? 왜냐하면 아프리카의 해안 훨씬 저 너머에 프랑스식민지가 자리잡고 있었고, 게다가 1922년에 이 대륙을 찾아가라는 운명의 조짐이 나 같은 파리지앵에게 나타난 것도 아니었기 때문이다. 그렇지만 나의 첫 번째 아프리카 여행은 내 인생에서 아주 많은 것을 결정짓게 했다. 특히 나는 이 여행에서 사막을 발견했다.

나는 1922년에 모리타니의 포르 에티엔(지금은 '누아디부'라는 원래의이름을 되찾았다)에서 어류와 어로를 연구하도록 파견되었다. 내 나이스무 살 때의 일이었다.

포르 에티엔은 그 당시만 해도 아직 도시가 아니었다. 은행도 없고, 극장도 없고, 기차역도 없었다. 있는 것이라곤 거대한 철탑이 서 있는 무선전신국과 중위 한 사람이 통솔하는 야트막한 언덕의 군기지, 파출소와 보건소, 공공토목공사 사무실, 통조림을 비롯해서 이것저것 파는 식품가게, 그리고 마지막으로 레브리에 만(灣) 행정권의 본부로 쓰이는 건물 한 곳뿐이었다. 바닷물을 증류하는 소규모 시설이 있었지만 낡을 대로 낡아서 그곳에 사는 사람들이 사용할 물을 공급하는 데는 충분치가 않았다. 그래서 배들이 민물을 운반해 와서 물을 공급했다.

남쪽으로 내려가다 보면 어장과 '원양어업회사'가 나타났다. 회사 건물인데도 삼각형 탑들이 서 있는가 하면, 중앙에는 포석을 깐 안뜰까지 있어서 좀 희한하게 느껴졌다. 꼭 무슨 요새 같아서 진지를 구축해도 될 정도였다. 그리고 그 뒤에는 아무것도 없었다. 그러다가 다시 남쪽으로 20킬로미터 더 내려가면 캡 블랑이라 불리는 곳과 등대가 나타났고, 수도사 바다표범 서식지가 있었다.

나는 어선이나 트롤선, 또는 정기적으로 이 해안에 와서 전통 어업을 하는 카나리아 제도 선적의 배를 타고 이곳을 돌았다. 내가 사하라에 관심을 갖기 시작한 것은 바로 이곳에서였던 게 분명하다. 내가 돌아다녔던 그 해안이야말로 하나는 바닷물로, 또 하나는 모래와 자갈로 이루어진 두 대양을 가르는 능선이나 마찬가지였던 것이다.

거의 일 년 동안 계속된 체류가 끝나자 나는 배를 타고 프랑스 보르도로 돌아가는 대신 나와 마찬가지로 공식 체류를 끝낸 중위 한 사람과 함께 낙타를 타고 아프리카의 모리타니를 북쪽 끝에서 남쪽 끝까지 횡단했다.

　우리는 이 나라의 총독을 만나러 내려가는 북부의 무어족 몇 명과 함께 캡 블랑 곶을 출발하여 20여 일 뒤에 세네갈의 생 루이에 도착했다. 아드라르 지역에는 가지 않았다. 해안과 평행하게 걸었을 뿐이었다. 말하자면, 바다를 따라 걸어 내려온 것이다. 여행은 무척 흥미로웠다. 모리타니에 대해 별로 아는 게 없었는데, 이때 처음으로 여행을 하면서 많은 것을 배웠다.

　누악쇼트는 지금은 길거리마다 신호등이 설치되어 있고 주민도 10만 명이나 되지만, 우리가 도착했을 당시만 해도 병력이 철수한 뒤로는 더 이상 아무 데도 쓰이지 않는 프랑스군 요새의 폐허와 정화조 한 곳뿐이었다. 밤이 되어 잠들기 전, 우물로 물을 마시러 온 멧돼지 한 마리가 우리를 보더니 혼비백산해서 꼬리를 세운 채 줄행랑을 쳤다. 멧돼지의 꼬리돌기에는 털이 나 있기 때문에 이놈이 꼬리를 세우고 달려가는 모습을 보면 영락없이 작은 깃발이 그 뒤를 따라가는 것 같다. 프랑스 사람들이 심어놓은 게 틀림없는 파르킨소니아 덤불도 있었다. 1923년 누악쇼트에서 볼 수 있는 거라곤 이게 전부였다. 바로 이곳에서부터는 해안의 모래언덕을 따라 여행을 계속했다.

　이렇게 모리타니와 처음으로 접촉하면서 나는 불모의 지역에 흥미를 느끼게 되었다. 그렇다고 해서 바다 밑바닥에 대한 관심이 사라진 건 아니었다. 나는 계속해서 어류에 관심을 갖고 대서양에 사는 경골류의 해부학적 구조와 형태학뿐만 아니라 갑각류에 대해서도 연구했다. 그 뒤로 나는 등각동물군에 대한 지식을 계속 넓혀갔다. 나는 또 이각류(異

脚類)와 10각류 등에 대한 연구도 시작했다.

어떤 학문이나 지역 또는 어떤 동물군에 대한 지식이 조금씩 쌓여 가면 갈수록 기회는 늘어나고 같은 분야를 연구하는 사람들과의 관계도 넓어진다. 나는 동물학뿐만 아니라 선사(先史)와 지질학, 역사에 대해서도 공부해 나갔다. 최근 몇 년 동안에는 식물학도 제법 공부를 해서 식물학자들은 내가 그들과 같은 학문을 하고 있는 줄 알고 있다. 지질학자들 역시 내가 직업적인 지질학자가 아님에도 이 분야에 대해 꽤 잘 알고 이것저것 발견했다는 이유로 나를 지질학자로 보기도 한다. 물론 망치를 손에 들고 발밑을 유심히 내려다보노라면 쓸 만한 것들이 눈에 띈다. 중부 사하라에서 낙타몰이 이등병으로 근무할 당시에도 지질학을 해보려고 했지만, 그 당시에는 내 손에 망치가 없었다. 망치 없이 암석 표본을 추출하다가 잘못하면 왼손 엄지손가락을 크게 다칠 수도 있어 시도하지는 못했다.

사막이 나를 부르다

그 다음의 파견지가 사막이 아닌 다른 곳이었다면, 나는 이 세계의 다른 면을 발견할 수도 있었을 것이다. 그렇지만 1925년 9월 나는 다시 아프리카 대륙으로 되돌아갔다. 이 두 번째 여행은 나를 큰 강들이 흐르고 숲이 우거진 서부 아프리카 한가운데로 데려갔다.

내가 두 번째로 파견된 곳은 카메룬이었다. 도착하자마자 나는 기니

만에서 차드 호수까지 이 나라를 구석구석 훑어보았다. 내가 연구한 분야는 바다낚시와 민물낚시였는데, 그 중에서도 특히 민물낚시에 중점을 두었다. 그 당시 나는 티포에라고 불리는 이 나라 고유의 가마를 타고 내륙지방을 돌아다녔다. 이 가마로 말하자면, 인간적인 운송수단이라고 말할 수는 없었지만, 어쨌든 그 당시에는 이 운송수단을 이용했다. 라피아 야자수의 잎대로 엮어 만든 다음 돗자리를 얹어서 햇빛을 가리게 되어 있는 이 가마를 가마꾼 네 명이 들고 다녔다.

처음에는 카메룬 강 하구 쪽의 해안지역에 머물렀다. 퇴역장교 한 사람이 이곳에 설치해놓은 작은 어장을 둘러보기 위해서였다. 이 사람은 이 어장에서 잡은 생선을 훈제시킬 계획을 가지고 있었다. 나는 몇 주 동안 그와 함께 일을 했다. 그런 다음에 나는 에스파냐령 기니까지 연안지대를 따라 내려갔다. 나중에 나는 중부지역으로 돌아왔다. 이어서 내륙을 향해 떠났다가 북부로 이어지는 도로를 이용해서 차드와 포르 라미, 그리고 차드 호수까지 갔다. 이 기간 동안 나는 수상식물과 낚시 방법, 사용되는 장비와 선박 등에 대해서 연구했다. 나는 돌아와서 이 여행에 얽힌 이야기를 책으로 펴냈다(『카메룬에서의 낚시산업』, 1928).

자연을 사랑하고 여행에 열광해야만 진짜 여행하는 박물학자라는 소리를 들을 수가 있다. 나는 오래 전부터 자연을 사랑해왔다. 1926년 9월, 나는 어린 원숭이 한 마리를 어깨에 태우고 카메룬에서 돌아왔다. 그런데 과연 이 두 차례의 여행에서 먼 나라를 발견한다는 취미를 얻게 된 것일까? 사실 나처럼 호기심 강한 사람에게는 이 정도로도 충분했다. 그 강렬한 유혹에, 그 아름다운 정경에, 그 많은 연구 소재에 도대체 어떻게 저항할 수 있단 말인가? 나는 오스카 와일드가 쓴 글귀를 즐겨 인용한다.

"나는 유혹을 제외한 모든 것에 저항할 수 있다."

그런데 사막이 다시금 나를 유혹하기 시작했다.

1927년 나는 오지에라스-드레이퍼 파견대에 참여했다. 드레이퍼는 미국의 후원자로서 사하라에서 뭔가를 하고 싶어했다. 충분한 자금을 갖고 있던 그는 오지에라스 소령에게 사하라 탐험대를 조직해달라고 부탁했다. 미국인 드레이퍼는 탐험대를 수행할 사람들을 여러 분야에서 모집하기 위해 지리학회에 문의했기 때문에 나는 박물학자로 뽑혀 이 파견대에 참여할 수 있었고, 동식물을 채집하게 되었다.

우리는 낙타를 타고 타만라세트를 떠나 통북투로 향했다. 이 탐사 중에 우리는 아셀라르인의 해골을 발견했는데, 이 화석 인류의 해골은 발견 당시에 우리가 생각했던 것보다 더 최근의 것으로 추정된다. 나는 이 해골이 신석기시대까지만 거슬러 올라간다고 믿는다. 이 인간은 호수에 빠져 죽었고, 그의 두개골을 가득 채운 진흙이 단단하게 굳었다. 이렇게 해서 이 인간을 분석하는 데 대단히 유용한 일종의 두개골 안의 주형을 얻게 된 것이다.

1928년과 1929년에 나는 호가르 사하라 회사에서 낙타몰이 이등병으로 군복무를 했다. 아프리카를 향한 네 번째 출발이었다. 이번에는 군인으로서 병역을 완수하기 위해 떠난 것인데, 흔히 말하는 군복무는 아니었다. 왜냐하면 호가르 사하라 회사에서 근무하게 되었기 때문이다. 제법 운이 좋은 편이었다. 나는 '아네트(사하라의 중앙 산괴에서 떨어져 나왔으며 타네즈루프트 지역의 서쪽 경계선상에 자리잡은 한 산괴를 가리킨다) 기동대'라고 불리는 특수부대에 소속되어 있었다. 군인 신분이었지만 학문적 차원에서 나는 여러 가지 흥미로운 일을 할 수가 있었다. 다들 내가 연구자라는 사실을 알고 있었고, 내가 어떤 산을 보러 가고 싶어하면 부대가 일부러 이동하는 일도 종종 있었다.

나는 군복무 중에 두 가지 일을 해냈다. 하나는 아네트 지역의 암벽에 새겨진 암벽화를 채집하고 도기 몇 점을 수집하여 이 지역의 고고학에 관한 책을 쓴 것이고, 또 하나는 이 산괴의 일반적인 지질학적 지식에 관한 두터운 연구서를 펴낸 것이다. 바로 이때 나는 중부 사하라의 지층학에서 하나의 용어를 정의했는데, '자줏빛 배열'이라는 이 용어는 지금도 권위를 인정받고 있다. 오늘날 중부 사하라의 지층학을 연구하는 지질학자들은 아직도 1929년 내가 정의한 '자줏빛 배열'에 대하여 말한다. 또한 내가 망치 없이 지질학을 한 것도 바로 이때의 일이었다.

이 당시만 해도 나는 수집품에 번호를 매겨서 수첩에 체계적으로 기록하지는 않았다. 이 일을 시작한 건 1934년부터다. 지금은 번호가 19,113번까지 매겨져 있는데 20,000번이 될 때까지는 죽지 않기로 결심했다!

무엇보다도 내 인생의 가장 큰 사건이 일어난 것도 이때였다. 나는 사랑에 빠졌다. 사랑하는 여인의 가늘고 섬세한 실루엣이 안개처럼 피어난 신기루 속에서 아른거리고 있는 모습을 바라보고 있는 한 키 작은 메아리스트(메아리, 즉 단봉 낙타를 탄 사람 – 옮긴이)를 수채화로 그려서 그녀에게 보냈다. 그리고 1930년 프랑스에 돌아간 나는 올가와 결혼식을 올렸다. 그리고 4년 뒤, 나는 다시 프랑스를 떠나 서부 사하라로 여행(1934~5)길에 올랐다.

3
사하라 사막을 산책하다

"만일 이 세계가 존재하지 않았더라면 과연 어떻게 되었을까,
나는 생각해본다. 나는 매일 밤 이런 생각을 하면서
그에 대한 해답을 찾아내려고 애쓴다.
무한(無限)을 한정짓는 건 과연 무엇일까?
그러나 나의 생각은 거기서 멈추고 만다."

_「테오도르의 수첩」, 1911년 4월

사막은 깊은 감동을 준다. 사막을 알고 있는 사람들은 그 아름다움을 찬양하고, 사막을 생전 본 적이 없는 사람들은 그 비밀을 알아내고 싶어한다. 언론은 모험이 무엇인지, 모험이 어떤 위험을 내포하고 있는지, 그리고 모험이 어떤 행복을 안겨주는지를 알고 사하라를 빈번하게 드나들었던 인물이라는 이미지를 테오도르 모노에게 부여했다. 그런데 이 노(老)학자는 자기가 '모험가'로 비쳐지는 것을 좋아하지 않는다. 그래서 그는 사막에서 호기심을 만족시키는 게 아닌, 다른 건 생각조차 해본 적이 없다고 주장한다.

사막을 무엇보다도 하나의 연구주제로 생각했던 사람을 사막의 영웅으로 소개하는 운명의 아이러니. 테오도르 모노에게 있어 사막은 소중한 연구주제다. 하지만 우리가 낯선 땅으로의 여행에 부여하곤 하는 그 진부한 이국 취향의 흔적이 이 주제에는 전혀 배어 있지 않다.

사막을 변함없이 사랑하는 사람들은 그들의 열정에 대해 과장 없이 신중하게 이야기한다. 테오도르 모노는 바로 이렇게, 그에 대한 내밀한 감정을 결코 드러내고 싶지 않은 아주 소중한 친구에 대해 이야기하듯이 그렇게 사하라를 소개한다.

사막은 어디에 존재하는가

일반적인 사막에 대해 이야기할 때, 사람들은 사하라를 생각하고, 건조한 사막들을 생각한다. 그러나 물은 있어도 생물체가 그걸 마실 수 없는 극지방의 사막도 있다. 하지만 이 용어의 일반적인 의미에서의 사막은 사하라 같은 지역을 연상시킨다. 왜냐하면 그곳은 무엇보다도 가장 넓고, 가장 아름다우며, 특히 프랑스인들에게 가장 가깝게 느껴지기 때문이다.

사람들은 건조의 원인에 관해 많은 의문을 품었다가(건조의 개념은 강수량과 증발량 사이의 불균형과 관련되어 있다. 이 차이 때문에 건조해지는 것이다─지은이) 건조가 지구 표면에 우연히 배분된 것이 아니라 두 개의 평행한 대(帶), 즉 북아열대와 남아열대를 따라 배분되어 있다는 사실을 결국 알아냈다. 북아열대의 건조지역은 북동 무역풍의 흐름 속에 자리잡고 있으며, 남반구의 건조지역은 남동쪽에서 북서쪽으로 부는 무역풍의 흐름 속에 자리잡고 있다.

북반구의 건조지역은 아메리카 대륙에서부터 시작되는데, 멕시코와 캘리포니아 저지대에서 발견된다. 구대륙에서는 건조지역이 모리타니의 대서양 연안지대에서 시작하여 사하라와 홍해, 아라비아 반도, 이란, 아프가니스탄에 이어 중앙아시아와 카자흐스탄, 중국의 신징(新京) 지방, 그리고 마지막으로 고비 사막의 대초원지대를 거쳐 몽골까지 비스듬하게 계속 이어진다. 이 건조지역은 남서쪽에서 북동쪽으로 약간 비스듬하게 기울어진 띠를 형성한다.

그리고 등강수량선을 이 사막들의 서쪽에 자리잡은 대양들 위로 연장한다면 긴 혀 모양의 건조지역이 대양 위에 펼쳐져 있는 것을 알게 될 것이다. 이것은 만일 이 해안으로부터 멀리 떨어진 바다에 섬들이 있었다면 그 섬들 역시 건조했을 것이며, 어쩌면 사막이 되었을지도 모른다는 것을 의미한다. 그런데 카나리아 제도 일부는 매우 건조하며, 낙타가 살기까지 한다. 북아열대와 남아열대에 동시에 속해 있는 태평양에서도 마찬가지다. 남아메리카에도 사막이 있다. 우선 칠레-페루 사막이 있는데, 물론 기후학적으로는 아무 의미도 없지만, 이곳에서는 20년에 한 차례씩 비가 내린다. 그렇기는 해도 대체로 연안지역의 사막은 대양에서 가깝기 때문에 이슬이나 안개의 형태를 한 신비로운 응결현상이 나타난다는 사실은 분명히 밝혀두어야겠다. 이곳에서는 비가 내리지는 않지만 습기가 있어서 식물이 자랄 수 있다.

나미브 사막의 레그(모래와 작은 자갈, 돌로 덮여 있는 평원이나 고원의 표면-옮긴이)에서는 일부 표면을 덮고 있는 지의(地衣, 지의류 식물의 총칭. 석화石花-옮긴이)가 아침에는 물을 먹고 부풀어올라 팽만상태에 있는데, 오렌지 빛이나 아니면 불그스레한 빛깔을 띠고 있어서 무척 아름답다. 나는 나미브의 바닷가에서 스와코문드라는 작은 도시가 안개 속에 잠겨서 물이 줄줄 흘러내리는 것을 본 적이 있는데, 사막 한가운데서 보는 그런 광경은 정말 기이하게 느껴졌다.

남아열대의 건조지역은 안데스 산맥과 아르헨티나 서부로 이어진다. 그러고 나면 그다지 넓지는 않지만 생물학적 관점에서 볼 때 대단히 흥미로운 거대한 레그와 사구를 갖고 있는 바로 그 아프리카의 나미브 사막이 나타난다. 이곳에서는 사막에 놀랍도록 잘 적응한 생물체들(곤충류·파충류·포유류)을 볼 수가 있다.

여기서는 두 가지 색깔, 검은색과 흰색을 가진 초시류(鞘翅類)를 볼 수 있는데, 혹시 누군가는 검은색이 사막에 적응한 색깔이라고 말할지 모르지만 원래 초시류는 2색이다. 모래 속을 헤엄치는 초시류의 다리는 물에서 사는 일부 갑각류의 그것과 흡사하게 생겼는데, 대단히 효율적이다. '팔마토젝코'라고 불리는 작은 도마뱀도 있는데, 투명한 피부를 통해 피가 다 보이기 때문에 온통 장밋빛이다.

나미브 사막을 지나면 칼라하리가 나타난다. 칼라하리 사막이라고 말하지만, 사실 사막이라기보다는 아카시아 나무를 비롯한 나무들과 관목 덤불이 많은 초원에 가깝다. 나는 이곳을 '남부 사헬 초원지대'라고 부르는데, 북부 사헬 초원지대와 대칭을 이루기 때문이다. 그러고 나면 마다가스카르 남서부를 지나 오스트레일리아로 넘어가게 되는데,

이곳은 진짜 사막이라기보다는 건조지역에 가깝다.

그렇다면 이 사막들은 도대체 무엇과 비슷한 것일까? 일반화시킨다는 건 매우 어려운 일이다. 왜냐하면 사막은 놀랄 만큼의 다양함을 보여주기 때문이다. 사막의 건조함은 하층(下層)의 특성과는 전혀 아무런 관계가 없다. 사하라에 비가 내린다면 프랑스의 중앙 산악지대나 보주 산맥, 파리 분지 등과 흡사한 기복 지형이 형성될 것이다. 부족한 게 딱 한 가지 있다면 그건 물이다.

기층(基層)은 사실 놀랄 만큼 다양하며, 그 기원은 때로 전(前)캄브리아기까지 거슬러 올라간다. 기층의 역사는 지구의 지질학적 역사와 뒤섞이는 것이다. 사하라의 많은 부분은 수정질(水晶質) 기층, 즉 침식에 의해 완전히 평평해졌기 때문에 이제는 산맥의 밑동밖에 남지 않은 아주 오래된 습곡 지형에 속해 있다. 서부에서는 이 밑동을 아주 흔하게 볼 수 있다. 파괴되지 않아서 군도처럼 보이는 산괴들이 여기저기 널려 있는 것이다.

고생대에 들어서면서 전캄브리아기의 이 오래된 기층(그 나이는 수억 년을 헤아린다) 위에 그다지 두껍지 않고 대부분은 수평이며 침적성인 지붕이 놓여서 고원이 형성되었다. 이 지붕은 큰 강이 생겨 흐른 뒤로 물의 침식작용에 의해 다듬어져서 절벽과 대협곡으로 이루어진 풍경을 만들어냈다.

고원 꼭대기는 평평하다. 표면의 암석은 그 자리에서 덩어리와 판석(板石), 파편, 자갈로 분리되었다. 레그가 형성된 것이다.

자갈 평원에는 고원 위에 형성된 자갈 평원과 고원 외곽에 형성된 자갈 평원이 있다. 레그로 말하자면, 자갈들이 큰 강에 의해 넓은 지역으로 운반되어 생긴 이동성 레그일 수도 있고, 아니면 자갈이 그 자리에서 깨지고 분쇄되어 생긴 분리형 레그일 수도 있다.

특별한 구성물들도 있는데, 그 자체로 산을 형성하는 화산은 호가르 화산지대나 티베스티 산괴처럼 상당한 높이에 달하기도 한다.

사막의 기복 지형에는 암석으로 이루어진 모양이 아닌 움푹한 모양도 존재하는데, 이 대야처럼 생긴 분지는 하천의 확산에 의해 생긴 퇴적지로서 옛날에는 강이 흘러들었다. 예를 들면 호수가 그 같은 지형의 하나다. 엄청난 크기였을 이 호수들의 말라붙은 밑바닥에서는 악어와 하마, 민물거북이, 물고기(그 중에는 길이가 1미터 50센티미터 이상 되는 것들도 있다) 등의 잔해가 발견된다. 이곳에서는 또 원양성 규조류도 발견되었는데, 이것은 이 호수들이 진짜 작은 내해였다는 증거랄 수 있다.

오늘날은 이 모든 게 다 말라붙어서 항구적인 호수들뿐인데, 늪이라고 불러야 마땅할 이 호수들 중 일부에는 일 년 내내 말라붙지 않으며 수로망이 지금은 모리타니령 아드라르 지역에 있는 산 속의 어떤 구엘타(산에 있는 천연의 빗물받이 웅덩이 – 옮긴이)를 세네갈 강과 이어주었던 시대에 물길을 통해 이동해왔음이 분명한 동물들이 살고 있다. 이제 그 동물들은 이동하는 데 있어 엄격한 제한을 받고 있으며, 별다른 미래도 갖고 있지 않다. 같은 지역의 몇몇 구엘타에 사는 해파리나 다를 바 없는 신세가 된 것이다.

사막의 모래, 바람 그리고 엄숙한 침묵

바람이 불면서 감탄할 만큼 기이한 형상들을 만들어놓은 거대한 사구를 사람들이 목가적으로 언급할 때마다 나는 그냥 웃고 만다. 사막은 흔히 생각하는 것보다 훨씬 덜 매혹적이고, 훨씬 더 기복이 심하고, 훨씬 더 사람을 실망시킬 수 있기 때문이다. 무덥고 건조한 건 물론이요, 자갈이 너무 많고 적대적이어서 통과한다는 것 자체가 엄청난 시련이다. 내 여행 수첩을 읽어보면, 날마다 피곤해하면서도 얼마나 애를 썼는지를, 그러다가도 문득 평정을 되찾아 얼마나 감탄스러워했는지를 알 수가 있다.

모래는 사막의 외형(外形)을 구성하는 중요한 요소들 중의 하나다. 오랫동안 사람들은 사하라가 말라붙은 바다 밑바닥이며 사막의 모래는 바다 모래일 수도 있다고 믿었다. 그런데 전혀 그렇지가 않다. 게다가 전체적으로 보면 사막에는 모래보다 자갈이 더 많을 것이다.

여러 가지 다양한 형태를 가진 어마어마한 규모의 사구가 있다. 사구를 분류하는 문제는 아직 해결되지 않았다. 많은 학설이 제기되었지만, 아직 정설은 없다. 횡단 사구와 종단 사구로 크게 나눌 수 있다는 학설이 있지만, 이게 그렇게 간단하지가 않다. 이 두 가지가 언제나 동시에 나타나는(비록 한쪽이 우세하다 할지라도) 것으로 밝혀지고 있기 때문이다.

모래의 기원을 결정하는 것 역시 매우 어려운 문제다. 모래는 어디서 얼마만한 거리를 날아온 것일까? 그것은 분지에서 만들어진 요소일까, 아니면 아주 먼 곳에서 출발하여 탁월풍(卓越風, 한 지역에 불어오는 바람이 일 년 내내 언제나 같은 방향에서 부는 바람-옮긴이)을 타고 몇 세기 동안에 걸쳐 지금 위치까지 날아온 것일까? 잘 알 수가 없다. 최근에는 모래의 진입과 이동의 큰 흐름을 밝혀내기 위하여 항공사진과 위성사진을 수없이 촬영하고 있다.

사구의 기원에 관한 수수께끼는 많이 풀렸지만, 사구의 이동에 관해서는 그렇지가 못하다. 현재 제기되고 있는 가설들보다 더 정확한 가설에 도달해야만 할 것이다. 우리가 유일하게 말할 수 있는 것은, 모래가 과거의 사암인 동시에 미래의 사암이라는 사실이다. 만일 모래가 언젠가 압축된다면 그것은 사암이 될 것이다. 한편, 사암은 미래의 모래인 동시에 과거의 모래다. 그것은 언젠가 분리되어 규암 입자들을 유리시키고, 이 입자들은 다시 바람의 순환에 맡겨질 것이다. 이 주기는 영원토록 되풀이된다.

이 모든 것이 사막의 물질적 외관에 대한 한 가지 생각을 제공하는 것이다. 사막에는 변하지 않는 현상이 몇 가지 있는데, 예를 들면 사하라처럼 무더운 사막에서는 지각(地殼)이 적나라하게 드러나서 그 단단한 지질을 어디서나 볼 수 있다. 물론 모래가 있는 곳은 그렇지 않아서 그 밑에 뭐가 있는지 항상 알고 싶어하는 지질학자는 이런 곳에서는 때때로 곤란해한다.

가만히 생각해보면, 사막은 말하자면 좀 정숙지 못한 것 같다. 왜냐하면 지구가 보여주어야 할 것을 다 보여주기 때문이다. 그리고 그 단단한 지질은 불어대는 바람과 그것이 옮기는 모래에 의해 끊임없이 치워지고 빗질되고 단련되고 조각된다. 이 같은 침식은 물에 의한 침식보다 훨씬 더 느리게 이루어지지만, 그럼에도 연마가 이루어져서 암석들은 분비되는 광물성 소금에 의해 표면이 단단해지고 검어지면서 고색(古色)을 띤다.

사막을 찾는 사람들이 느끼는 커다란 즐거움 중의 하나는 이 영토가 처녀지라는 성격에서 비롯된다. 그렇지만 사막은 지구상의 다른 모든 지역이 그렇듯이 그 자체의 역사를 가지고 있으며, 우리가 오늘날 보는 것은 사막이 연속된 여러 시기에 걸쳐 형성한 모든 것의 유산에 불과하다. 그러나 사막의 이 무구한 측면은 특히 감동적인 무엇인가를 가지고 있다. 왜냐하면 사막은 인간의 손이 닿지 않은 있는 그대로의 자연이기 때문이다. 그곳은 부동산 개발업자나 콘크리트 작업을 하는 사람들로부터 아직 보호받고 있는 지역이다. 이처럼 넓은 곳에서 인간에 의해 변모되지 않은 멀쩡한 표면을 발견한다는 것은 무척이나 놀라운 일이다.

사막에는 또 사막 특유의 침묵이 존재한다. 나뭇잎이 흔들리는 소리도, 동물들의 고함소리도 들려오지 않는다. 아니, 거의 들려오지 않는다. 사막은 우리가 깊은 경외심을 갖고 들어가서 모험하는 지역이다. 사막은 매우 엄숙한 곳이다. 진짜 사막에 들어간다는 것, 그것은 성소(聖所)에 들어가는 것과 별로 다를 바가 없는 것이다. 사막은 성스러운 장소다.

제대로 교육받은 인간이라면 교회나 이슬람 사원, 유대교당 안에서 절대 하지 말아야 될 일이 여러 가지 있다. 마찬가지로 교양 있는 인간은 인간 이전의 자연의 모습이 어떠했는지를 경이롭게 증언해주는 진짜 사막에서 하지 말아야 할 일도 배워야만 할 것이다.

사막에 인간들이 없었던 건 아니다(이곳에는 인간생활의 흔적이 남아 있다). 이 인간들이 풍경에 영향을 미치지 않았을 뿐이다. 어쩌면 나무 몇 그루 꺾고 영양 몇 마리는 먹었는지 모른다. 그렇지만 그 자체로서의 환경은 조금도 바뀌지 않았다. 그랬기 때문에 그토록이나 오래된 사하라의 풍경이 나타날 수 있었던 것이다. 내가 사막으로 산책을 하러 간 것은 이런 종류의 감동을 느끼기 위해서가 아니라 거기서 뭔가 할 일이 있었기 때문이었다. 나는 호기심에서 사막에 갔다고 자주 말하곤 했지만, 사실 나의 목표는 지식을 증가시키는 것이었다.

나는 우리가 그 어떤 분야에서든(수원의 온도, 사구의 형태 등) 사막이라는 환경에 대해 갖고 있는 지식의 총체를 늘리기 위해 사막에 가서 수많은 관찰을 했던 것이다.

거기에 감동이 더해지면 금상첨화이리라. 나는 감정 그 자체에 대해서도, 시(詩)에 대해서도, 심지어는 어떤 심리적이거나 정신적인 고양에 대해서도 전혀 반대하지 않는다. 하지만 그건 내 여행의 목표가 아니라 하나의 결과일 뿐이다. 하기야 도대체 누가 이런 풍경의 아름다움에 무감각할 수 있단 말인가. 무질서하게 쌓인 붕괴상(崩壞狀) 사암들, 화산들, 모래언덕. 감추어져 있는 건 전혀 아무것도 없다. 모든 게 다 보인다.

사막의 아름다움은 또한 형태로부터, 사구의 형태로부터 비롯되기도 한다. 많은 작가들이 사구의 관능성을 거듭 강조했다. 사구의 어떤 형태들은 여체(女體)를 연상시킨다. 그러나 굳이 이런 식으로 비유하지 않더라도 사구의 형태는 그 자체로 아름답다.

사람들이 느끼는 황홀경은 매우 다양한 색깔에서 비롯되기도 한다. 사구는 채광에 따라서, 그러므로 하루 중 어느 시간이냐에 따라서 그 빛깔이 변화하며, 대표적인 유형의 암석은 각각 그 자체의 색깔을 갖고 있다. 어떤 석회암은 청록색과 티티새 알의 색깔을, 규석은 초록색과 자기(瓷器)의 흰색과 자주색을, 사암질의 기복 지형은 진회색이 섞인 흑색을, 염분을 함유한 표면은 눈부시게 반짝이는 흰색을, 연안지대의 모래는 그것이 석류석을 함유하고 있으면 연한 장미색을, 어떤 벽옥(碧玉)은 진한 붉은색을, 자갈을 함유한 암석 물질이나 절벽은 회색이나 갈색, 황금색, 담황색 등 무궁무진하게 다양한 색깔을 띤다. 식물세계 역시 색의 향연을 벌이는데, 특히 꽃을 피운 여러 가지 식물들은 비라도 한번 쏟아질라치면 선명한 색깔로 물든다. '백합처럼 하얀' 십자화 꽃은 그 중에서도 가장 화려하다.

　사막은 아주 아름답기도 하지만 또한 무척 깨끗하기도 하다. 사막을 떠나 북쪽이나 남쪽으로 가다 보면 문득 땅이 더러워진 것을 깨닫게 된다. 땅바닥에 누우면 당신의 손도 더러워지고, 당신의 옷도 더러워지고, 당신의 침낭도 더러워진다. 진짜 사막, 그것은 무수한 석영으로 이루어져 있어서 완벽할 정도로 깨끗하다. 사막에서는 더러워지려야 더러울 수가 없는 것이다. 우선은 바람이 한시도 쉬지 않고 닦아내기 때문이다. 바람이 꼭 대패질하듯 다듬고 마멸시키고 부식시킨다. 그래서 굳이 몸을 안 씻어도 더러워지지 않는 것이다.

낙타가 안 보인다고 해서 불안해하지 말라. 인샬라!

그렇다고 해서 사막에서의 생활이 쉬운 건 아니다. 결코 사막에 적응하지 못하고 거기만 가면 심리적으로 불안해하는 사람들이 있다. 때로는 고립 상황이 끔찍한 지경에 이르기도 한다. 통북투에서 북쪽으로 700킬로미터 떨어진 소금광산 인근의 타우데니 근처 텔리그에 소규모 군기지를 세우려고 했던 일이 생각난다. 기지는 건설했으나 유지할 수가 없었다. 군인들이 한 명씩 무너져갔다. 너무 힘들었던 탓이었다. 물도 있었고, 걱정할 건 전혀 아무것도 없었다. 다만 지독하게 외로워서 견딜 수가 없었던 것이다.

그렇지만 사막을 여행하기 위한 가장 첫 번째 조건은 무엇보다도 육체적으로 강인해야만 한다는 것이다. 왜냐하면 이곳에서는 검소하게 생활해야 하기 때문이다. 사하라에는 식탁의 즐거움이라는 걸 누릴 수가 없다. 일반적으로 어떤 나라가 되었든지 간에 그 나라에 적응할 수 있는 유일한 방법은 그 나라 고유의 풍습에 맞추어가면서 사는 것이다. 베두인족은 어느 날 갑자기 하늘에서 떨어진 게 아니다. 수천 년 전에 그들은 사하라 사막을 걷기 시작했으며, 무엇을 해야 하는지, 무엇을 어떻게 먹을 것인지, 어떻게 잠을 잘 것인지, 밤에 숙영지는 어느 방향으로 잡을 것인지를 아주 잘 알고 있었다. 그들처럼만 하라. 그러고 나서 특히 명심해야 할 것은, 서두르지 말고 시간이 저절로 흘러가도록 내버려두어야 한다는 것이다. 베두인족들은 서둘러대는 법이 절대 없다. "낙타가 안 보인다고 해도 불안해하지 말라. 내일이 되면 나타날 것이다. 그 다음 날이 되었는데 안 나타나면 그 다음다음 날에는 나타날 것이다. 신께서 원하신다면 말이다! 인샬라!" 하지만 장거리 횡단의 경우에는 문제가 다르다. 반대편 끝에 확실히 도착하고 싶으면 꾸물거리지 말아야 한다!

1953년 12월에 나의 장거리 사막 횡단이 시작된다. 모리타니령 아드라르 남동쪽의 마자바 알 쿠브라 지역에서 걷거나 낙타를 타고 가는 이 긴 여행은 '원양항해'(사막이 먼 바다에 비유될 수 있다는 의미에서)라고 부르곤 한다. 그 당시만 해도 아직 미답지여서 지도상에 공백으로 남아 있던 이 거대한 공간의 표면에는 이제 '사하라 사람'인 나의 여정에 따라 만들어진 실처럼 가늘고 긴 노선들이 그려지게 될 것이다. 그 중간에 수원(水源)이 전혀 없는 430, 660, 700, 745, 880, 900킬로미터 등 서로 겹쳐진 엄청난 거리들. 바로 이것이 1964년까지 거의 매년 겨울, 내가 밤이 되면 몸은 기진맥진해도 그날의 여정을 완수해냈다는 걸 행복해하면서 잠이 드는 것밖에는 아무런 축제도 벌이지 않고 외로운 크리스마스를 보내면서 해낸 잊을 수 없는 여섯 차례의 장거리 여행이다.

그 누구도 당신에게 그곳에 가라고 강요하지는 않는다. 그러나 일단 들어갔다 하면 살아서 나와야 한다. 그러려면 몇 가지 테크닉이 필요하고, 물도 극도로 신중하게 소비해야 한다. 하지만 어쨌든 앞으로 전진, 전진은 해야만 한다. 두 가지 급선무를 고려해야만 하는데, 하나는 먹지 못하면 아예 한 걸음도 떼지 않으려는 동물들을 먹여야 한다는 것이고, 또 하나는 어쨌거나 앞으로 나아가야 한다는 것이다. 나는 이것을 입과 발의 싸움이라고 불렀다. 걸어야 한다. 목적지에 도달하고 싶으면 매일 3, 40킬로미터씩 걸어야만 하는 것이다. 하드(명아주과의 덤불 숲 – 옮긴이)가 눈에 띄었다 하면 즉시 걸음을 멈추고 낙타들이 미친 듯이 좋아하는 약간 짠 그 가시풀을 먹여야 한다. 그렇다고 해서 낙타를 꿇어앉혀서는 안 되지만. 그것은 인간들이 차를 한 잔 더 마실 수 있는 기회가 되기도 한다. 그런 날은 차를 세 차례가 아니라 네 차례 마시게 되는 것이다.

휴식은 심리적으로도 좋은 것이다. 인간 존재들의 심리상태도 생각해야 되기 때문이다. 베두인족들은 이 지역을 그다지 좋아하지 않는다. 그곳에는 그들을 유인하는 게 전혀 없다. 게다가 그들은 그곳에 무엇이 있는지도 모른다. 어디로 가야 될지도 모른다. 그렇기 때문에 그들은 사람들이 도대체 왜 거기 가는 것일까 궁금하게 생각한다. 그곳에 3주일 예정으로 간다고 말하면 그들은 이상하다는 듯 머리를 갸우뚱한다. 그들은 그럴 때 사기가 꺾이는 경향이 있다. 그래서 그들은 말도 안 되는 이야기를 늘어놓기 시작하는 것이다. 예를 들면 이런 식이다. "낙타들이 견뎌내지 못할 거여. 이 놈도 쓰러질 거고, 또 저 놈도 쓰러질 거여……" 사실일 수도 있지만, 그렇다고 굳이 이런 말을 할 필요가 뭐 있겠는가. 낙타들이 죽어 나자빠질 거라고 미리 예고하는 것은 그다지 바람직하지 못하다.

장거리 여행을 할 때 불안감이 드는 것은 너무 당연한 일이다. 이 정도의 먼 거리에서는 우선 다들 제대로 걸을 수 있을지 그게 불안하다. 그 어느 쪽으로도 벗어나지 않고 똑바로 800킬로미터를 걸어야 하는 것이다. 맨 처음 장거리 횡단을 했을 때 나는 우물에서 겨우 25킬로미터밖에 안 떨어진 곳에 도착했는데, 이 정도만 해도 썩 괜찮은 편이라고 할 수 있다.

그러나 두 번째 여행 때는 길을 잃고 목표에서 꽤 멀리 떨어진 지점으로 가고 말았다. 나는 도대체 우리가 어디로 가고 있는 걸까 생각하기 시작했다. 그런데 그 지역의 식물상을 잘 알고 있던 나는 우리가 똑바른 방향으로 가고 있지 않아 그대로 계속 가다가는 통북투가 나타날지도 모른다는 사실을 깨달았다. 그런데 우리는 통북투에서는 아무 할일이 없었다. 만일 그곳으로 갔다가는 웃음거리가 되어 낯을 들고 다닐수가 없게 될 것이다.

나는 우리가 자오선(우리가 찾는 우물은 이 자오선상에 자리잡고 있었다)을 지나고 있는 중이라는 사실을 알아차렸다. 밤이 되어 우리는 작은 타시에 방목지에 도착했다. 나는 두 동행에게 말했다.

"이렇게 계속 가면 안 돼요. 그랬다가는 우리가 찾는 지역을 지나쳐버리게 될 거요. 여기서 멈춰야 해요! 오늘밤에는 낙타를 먹일 게 있으니 두 사람은 내일 각자 낙타를 타고 하루 종일 가고 싶은 대로 여기저기 돌아다녀 봐요. 그리고 밤이 되면 다시 이리 돌아와서 뭘 찾아냈는지 말해줘요. 양의 똥도 좋고, 낙타의 흔적도 좋고, 발자국도 좋고…….말하자면, 우리가 찾고 있는 우물을 중심으로 우리가 어느 지역에 있는지를 말해줄 수 있는 생명의 흔적이면 뭐든지 좋다는 얘기요."

우리는 자리를 잡고 짐을 풀었다(짐이라는 표현은 좀 거창하다. 짐이라고 해봤자 사실은 자질구레한 물건이 한두 가지 들어 있을 뿐인 가죽 가방하나씩이 전부다). 야영지 근처에 작은 사구가 하나 있었다. 베두인족들

중에서 한 사람이 쌍안경을 좀 빌려달라고 내게 부탁했다. 그는 사구로 올라가더니 쭈그리고 앉아서 지평선을 살펴보기 시작했다. 그러더니 별안간 나를 불러서 서쪽에 낙타가 보인다고 말하는 것이었다.

과연 우리 야영지의 서쪽에 소규모 캐러밴(무리를 지어 여행하는 상인·순례자·여행가 등의 집단-옮긴이)이 나타나더니 북쪽에서 남쪽으로 천천히 내려오는 것이었다. 우리는 그들을 따라잡았다. 그리고 함께 식사하자고 초대했다. 이 사람들은 우리가 찾는 장소에서 왔을지도 모르는 것이다. 그러고 나서 별로 어렵잖게 우물을 발견할 수가 있었다. 그래도 우물까지 가는 데에는 하루 반나절이 걸렸다. 우리는 원래 코스에서 60킬로미터를 벗어나 있었다. 말하자면 엄청나게 빗나간 셈이었다. 물이 아직 남아 있어서 힘든 건 없었지만, 이 이야기는 사람의 운명이 때로는 우연에 좌우되기도 한다는 사실을 증명해준다.

사막을 탐험하는 메아리스트

행운의 별은 지칠 줄 모르는 탐험가들을 자주 보호해준다. 다른 사람들이 실패하는 바로 그곳에서 이들은 아주 오래 전부터 그들의 발걸음을 인도해준 이 방향선을 따라 열심히, 끈질기게, 계속해서 전진한다.

"정말 운이 좋았습니다."

나는 분명히 말한다. 나는 그 모든 게 하나의 위업이라기보다는 오히려 그 오랜 세월 낙타를 타고 생활하면서 획득한 체험의 결과라고 생각한다. 또한 나는 틈나는 대로 찾아가서 동서남북 사방으로 돌아다녔던 서부 사하라야말로 '나의 교구(教區)'나 다름없다고 이야기한다. 하지만 나는 이 지역에 대해서 이미 너무나 많은 걸 이야기했다. 그런데도 또 덧붙일 게 있단 말인가? 아직도 할말이 남아 있단 말인가? 아직도 나를 유혹하고, 아직도 나를 열광시키는 게 있단 말인가? 아직도 내가 알고 싶어하는 게 있단 말인가?

내가 나의 교구라고 부르는 것, 그것은 모리타니령 아드라르다. 그리고 나의 교구순례는 연례 여행에 해당한다. 물론 말이 그렇다는 거다. 교회의 반향도 없는데다가 이 거대한 교구의 주민들은 모두가 다 이슬람교도인 것이다. 그러나 사실 나는 내가 사막에 있는 일종의 수도회 교단에 소속되어 있다는 느낌이 든다. 나는 자주 이런 식의 비교를 하면서 마치 종교에 입문하듯이 사하라에 들어간다고 말하곤 했다. 실제로 사하라에는 일종의 소명이 있고, 입문이 있으며, 나름의 계율이 있다. 만일 당신이 사막에 가서 어떤 유형의 생활을 시작하면 그 생활이 당신에게 맞는다는 생각이 든다. 낯설다는 느낌이 사라지는 대신 어떤 일체감이 드는 것이다. 한마디로 그곳이 당신 맘에 드는 것이다. 나는 땅바닥에 누워 차분하게 별을 올려다보다가 그 다음 날 아침 다시 떠나는 걸 좋아한다. 기진맥진한 상태로 밤에 도착하면 과연 다시 떠날 수 있을까 의문이 드는데, 여행을 시작하고 나서 처음 며칠 동안은 특히 그렇다. 일단 시작하면 어떻게든 되어나가겠지만, 그래도 처음에는 항상 어려운 법이다.

다카르에 있는 사무실을 떠나서 48시간 뒤에 낙타들을 이끌고 물 없이 800킬로미터에 달하는 여행길에 나섰다고 상상해보라. 첫 날은 우쭐댈 기분이 안 들 것이고, 밤이 되면 입이 바작바작 마를 것이다. 그다지 즐거운 일이 못 되는 것이다. 하지만 하룻밤만 자고 나면 이 모든 것이 다 치유된다.

이런 종류의 삶에 이력이 난 사람들과 동행한다는 것(비록 그들이 우리가 가는 지역에 대해서 잘 모른다 할지라도) 역시 무척 중요한 일이다. 우선 그들은 당신을 신뢰한다. 특히 그들은 사막에 대한 경험을 갖고 있다. 그 외에도 그들은 특별한 방향 감각을 갖고 있으며, 지칠 줄 모르는 체력까지 갖추고 있다. 베두인족들은 대단히 어려운 상황에서도 믿을 수 없을 만큼의 육체적 위업을 달성해낼 수가 있는 것이다.

사슴을 사냥하는 부족 출신과 함께 장거리 횡단을 한 적이 있었는데, 이 사람은 오직 직감에만 의지해서 마자바라는 그 거대한 무인(無人)지대를 돌아다니곤 했다. 옛날에는 개들을 데리고 맨발로 이곳에서 모험을 벌이기도 했다고 한다. 이 사람들은 진짜 사막에 대한 본능을 갖고 있는 것이다. 어쨌든지 간에 내가 이런 모험에 절대 데려가고 싶지 않은 사람들이 있는데, 예를 들자면 오아시스의 정원사 같은 사람이다.

그렇지만 내 길동무들과 지나치게 형이상학적인 대화를 나누어본 적은 단 한 번도 없다. 거의 대부분 그들은 잘 알아듣기 힘든 군대 프랑스어를 구사했고, 나 역시 군대에서나 쓰는 애매한 아랍어를 서투르게 구사했던 것이다. 그래서 우리는 떠난다, 멈춘다, 낙타를 찾으러 간다, 차를 끓인다, 야영할 장소를 찾는다 등등의 일상적인 대화만 나누고 말았던 것이다. 그러니 종교적인 토론을 할 기회도 없고, 철학적 사유를 교환할 일도 없는 것이다.

나는 혼자 있는 걸 좋아하긴 하지만, 그래도 장거리 횡단을 할 때는 지질학자 아니면 식물학자랑 같이 다녔으면 싶다.

공동작업을 할 기회는 거의 갖지 못했다. 하지만 군인들과 함께 돌아다닌 적은 많다. 나는 그들의 '동계정찰'에 참가했는데, 이것은 군인들이 몇 달씩 돌아다니면서 그 지역을 답사하고 아직 알려지지 않은 수원(水源)을 찾아내는 것이다. 그럴 때마다 그들은 나를 받아주곤 했다. 높은 교양을 갖추고 있는 사람들도 있었고, 무척 호감이 가는 사람들도 있었다. 그들은 나 혼자서는 결코 위험을 무릅쓰고 들어가지 못할 지역에 내가 함께 들어가도록 허용해주었다. 물론 나는 그들의 생활방식을 따랐으며, 그들이 밤중에 여행할 때는 전등을 지면에 닿을락 말락 비추어가며 발밑에 널려 있는 암석을 줍곤 했다. 나는 모든 일을 알아서 잘 해냈다. 그리고 수첩에 이것저것 기록하면서 계속 목록을 작성해나갔다.

여기서 놀라운 점이 한 가지 있다. 첫 번째 여행을 할 때 내가 전혀 싫증을 내지 않았다는 사실이다. 장비도 제대로 갖추지 못했고, 안장도 썩 훌륭하지 않았으며, 기후조건도 별로 좋지 않았다. 그러나 짠물을 마시고 오랫동안 걸으며 고생하다 보니 나는 사막 여행이라는 게 뭔지 어렴풋하게나마 짐작할 수가 있었다. 특히나 나는 또다시 떠날 수 있는 행운까지 누리게 되었다. 그 뒤에 이어진 두 차례의 탐험을 통해서 나는 내가 메아리스트로서의 직업적 자질을 갖추고 있다는 사실을 확인할 수 있었고, 많은 것을 배울 수도 있었다.

말하자면, 나는 이미 적응되어 있었던 게 틀림없다. 오늘날 생물학자들은 이 사전 적응이라는 개념에 관해 이야기한다. 예를 들어, 동굴에 사는 많은 동물들이 눈을 잃어버린 건 그들이 동굴 속에 살고 있어서가 아니라는 것이다. 반대로 그들은 이미 시력을 잃어가고 있었기 때문에 동굴 속에 자리잡았다는 것이다. 나는 좀 금욕적인 생활에 대한 소질을 갖추고 있었던 것 같다. 게다가 나는 술을 마실 필요가 없었고, 담배를 피울 필요도 없었다. 약간 거친 이 생활은 내 삶에 아무 영향도 미치지 않았으며, 내게서 무엇을 빼앗아가지도 않았던 것이다. 사막에서의 생활은 내게 뭔가를 가져다주었을 뿐이지, 내게서 뭘 가져가지는 않았다.

사막의 특별한 혜택은 사람을 바보로 만드는 그 강력한 기계 효과로부터 여행자를 최소한 몇 주일은 보호해준다는 것이다. 더 이상 신문도 없고, 노래한다는 것과 고함친다는 것을 너무나 자주 혼동하는 프랑스 가수들도 등장하지 않고, 누가 봐도 완전한 패배를 당한 게 분명한데 자기네들은 최선을 다했으며 당연히 승리했어야 한다며 시청자들을 설득하려 애쓰는 축구선수들의 민망한 인터뷰를 보느라 애쓸 필요도 없다. 모 씨의 음반 혹은 모 양의 콤팩트 디스크가 예술 창조의 불멸의 걸작이라고 시청자들을 설득시키기 위해 거의 대부분은 막연한 용어로 끊임없이 떠들어대는 수다 역시 더 이상 듣지 않아도 된다.

그 온갖 경박함과 보잘것없음으로부터 벗어나 일단 사구나 모래밭에 들어서게 되면, 우리는 드디어 하늘과 실재와 진실과 홀로 대면하게 된다. 매일 아침 고집스럽게 13궁 황도(원래는 12궁이지만 새로 뱀자리를

만들어서 13궁이 되었다)를 들먹이며 이러쿵저러쿵 말도 안 되는 소리를
늘어놓는 어느 큰 라디오방송국 점성(占星) 담당 문맹자의 사설을 더
이상 듣지 않아도 되는 것이다.

4
사막을 사랑하는 유목민

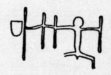

피가 물을 필요로 한다는 것을 인간에게 알려주는 데 쓰이는 감각인
갈증에 대해 그는 이렇게 말한다.
"이게 제대로 된 건가요?"
"그렇단다."
"하지만 아랍인들도 사막에서 목말라 죽고,
낙타 캐러밴들도 물을 못 마셔서 사막에서 죽어요.
그건 신의 잘못인가요? 아니면, 아랍인들의 잘못인가요?
그것도 아니면, 낙타들의 잘못인가요?"
_「테오도르의 수첩」, 1909년 2월

테오도르 모노는 사막의 동식물에 대해 관심을 갖기는 했지만 그렇다고 해서 민족학적 관점이나 인류학적 관점에서 사하라의 부족들을 연구하는 데까지 나가지는 않았다. 오히려 그는 건조지역에 살았던 인간들이 어떤 식으로 탁월하게 적응했는지를 박물학자의 눈으로 관찰했다. 그들과 함께 살면서 그들의 생활방식을 따랐던 덕분에 그는 어떻게 해서 유목민들이 사막과 함께(사막을 길들이는 것이 아니라) 살 수 있었는지, 그곳에서의 어려움들을 교묘히 피해갈 수 있었는지, 그리고 거기서 자신을 유지할 수 있었는지를(북극 사람들이 지독하게 추운 지방에 정착할 수 있었듯이) 알게 되었다.

메아리(안장을 얹은 낙타-옮긴이)를 타고 가는 여행을 거듭하면서 테오도르 모노는 그들과 더불어 소박하게 생활했고, 간소한 식사를 나누었으며, 물 부족으로 오랜 기간 함께 고생했다. 그가 생명을 위협하는 극단적인 환경에 놀랍도록 잘 적응한 그들에게 거듭거듭 감탄하는 건 그들의 이 같은 생활이 그 자신이 높이 평가하는 그것과 거의 유사하기 때문이다. 그는 유목민들이 어떤 사람들인지, 어떤 사람들이었는지를 이야기하고, 또한 사라질 운명에 처한 생활방식(여행하는 박물학자의 그것과 마찬가지로)의 미래가 얼마나 불확실하고 취약한지에 대해 말한다.

사하라 사막의 역사

지금 현재 사막인 곳(예를 들면 사하라)의 표면에는 여러 가지 기후들이 존재했다. 변화가 계속되는 동안 풍경들은, 그에 따른 생물체들의 적응 가능성은 엄청나게 바뀌었을 수가 있다. 그러나 사막의 조건 자체는 과거 속으로 아주 멀리까지 거슬러 올라가는 듯하다. 왜냐하면 고생대 초기로 거슬러 올라가는 모리타니령 아드라르 지역의 사암에서 아직 식물이 없던 시대에 바람의 영향을 받아서 이미 풍화된 모래 입자들이 발견되었기 때문이다.

그 이후로 지질학상의 시대가 계속되면서 기후학적으로 서로 다른 일련의 단계들이 연달아 이어졌다. 모리타니령 사하라로 말하자면, 우리는 상당히 정확한 도식에 도달했다. 침전물(이것이 제자리에, 즉 엄격한 의미의 지층학적 층위에 겹쳐져 있는 것을 발견할 수 있을 때)의 연구 덕분에 우리는 여러 시기의 동물군과 식물군을 관찰하기도 하는데, 대부분은 침전물 속에서 발견되는 꽃가루를 사용한다. 그렇지만 이 정보는 신중하게 사용해야 한다. 꽃가루는 때로 아주 멀리까지 여행을 하며(유럽에서 날아온 꽃가루가 사하라에서 발견된다), 어떤 장소의 꽃가루를 분석해서 얻은 정보들이 거대한 지리학적 표면과 반드시 관련되지는 않기 때문이다. 예를 들면 호수처럼 제한된 생물학적 환경을 가진 지역이 아주 많다.

원시시대에 발달한 것으로 알려진 산업의 대부분은 사하라에서도 역시 연속적으로 출현했다. '개조된 자갈'의 문화라고 불리는 제1차 산업은 수백만 년 전으로 거슬러 올라가는 아주 먼 시대에 이미 시작되었다. 이것은 아주 간단한 도구들로서, 그저 자갈을 서너 조각 내서 기능을 가진 절단면과 모서리와 날을 만들었다.

이어서 주먹도끼 산업이 시작된다. 이 도끼는 처음에는 '개조된 자갈'처럼 대충 잘라서 간단하게 만들었으나, 결국은 대부분 아주 평평하고 양쪽 면과 날이 깔끔하게 손질된 매우 발달된 형태에 이르렀다.

주먹도끼 산업이 끝나면 '르발루아 문화'가 시작되는데, 이 시기에는 박편석기 산업이 발달했다. 그러고 나면 아테리아 산업이 출현한다. 이 산업은, 예를 들면 끝에 꼭지가 달려 있는 화살촉이 사하라에서 폭넓게 발견되는데, 이 화살촉의 연대는 선사학자들에 의해 아주 오랫동안 논의의 대상이 되었으나 어쨌든 신석기시대 이전인 것으로 추정된다.

신석기시대의 도래와 더불어 그 이전의 시대들보다 더 짧기는 하지만 매우 특별한 다양성과 완벽성을 갖춘(사하라에서 엄청난 양이 발견되는 연마도끼 산업뿐만 아니라 화살촉과 투창 산업 등도 포함되어 있다) 시대가 시작되었다. 형태와 장식이 매우 다양한 도기도 출현했다. 온갖 빻는 도구들과 절구, 돌로 만든 절구공이에 이어서 장식품, 아마존석으로 만든 작은 구슬, 홍옥수(紅玉髓), 그리고 타조 알이나 아니면 조개처럼 생긴 작은 구슬도 있다.

마지막으로 금속기 산업이 시작되는데, 특히 구리 산업으로 말하자면 비록 사하라 전역에 존재했다는 사실까지는 입증이 안 된다 하더라도 최소한 모리타니에는 분명히 존재했던 것으로 알려져 있다.

이 모든 것은 인간 존재들이 이미 아주 오래 전부터 사막에서 살았다는 것을 의미한다. 사하라로의 이주는 북쪽(유러포이드)과 남쪽(네그로이드)을 통해 동시에 이루어졌던 것으로 추정된다. 그러고 나서 주민들은 계속해서 기후상의 제약을 받으며 이 제약에 적응해야만 했다.

우기라고 말하는 기간에 사하라는 아카시아와 기타 가시가 많은 나무들이 자라게 되었고, 사냥감이 풍부해서 그 흔적이 아직 남아 있는 유골이나 그림과 조각, 암벽화에 의해 우리에게 알려진 대로 일종의 대초원지대였던 것으로 생각된다. 이렇게 해서 우리는 이 대초원지대의 원시인들이 기린과 몇 종류의 소과[牛科], 오릭스 영양, 무플롱 양, 타조 등을 사냥했다는 사실을 알게 되었다.

보다 더 최근으로 추정되는 시대에는 황소나 암소처럼 길들여진 소과 동물의 조각이 다수 등장한다. 분명히 이 당시에는 어쨌든 수렵시대라고 부르기보다는 목축시대라고 불러야 적당할 긴 기간이 존재했고, 이 기간 동안 사하라의 드넓은 지역은 살 만했을 것이다. 그러고 나서 이 대초원의 인간들은 그들이 돌아다니는 땅이 점점 더 메말라 가는 걸 목격했음에 틀림없다. 그러다가 인간 존재들은 그들의 주거지를 풀밭과 물이 충분히 있는 장소로만 제한할 수밖에 없게 되었다.

예를 들면 리비아 사막의 일부처럼 완전히 사막화되어 이미 말했듯이, 지금은 비가 거의 20년에 한 번씩밖에 안 내리는 지역에서는 아슐리언기의 유형이든, 아니면 신석기의 유형이든 간에 구석기 산업의 형태를 한 인간 활동의 풍부한 흔적들이 발견된다. 빻는 데 쓰이는 도구들, 씨앗을 으깨는 데 쓰이는(꼭 씨앗을 경작했던 건 아니지만) 절구가 풍부히 발견되는 걸로 미뤄볼 때 신석기시대 인간들이 살았던 사하라는 제법 괜찮은 곳이었음에 틀림없다.

이 당시의 사하라에서는 아직 정착민들이 살고 있었다. 기후가 서서히 건조해졌기 때문에 이 주민들은 심각한 어려움에 봉착했다. 물론 호수와 강들은 남아 있었으나, 이 모든 것이 서서히 말라붙으면서 몇 가지 생활방식은 아예 영위할 수가 없게 되었다. 큰 가축을 키우는 목축민들은 그 지역이 사막으로 변해감에 따라 목축지를 찾아 옮겨 다녀야만 했다.

현재 서부 아프리카에 사는 목축민들이 신석기시대에 사하라에 살았던 이 주민들의 후손일 가능성이 없지 않다. 타실리나제르의 일부 암벽화가 오늘날 서부 아프리카인들에게서 일어나고 있는 것과 거의 흡사한 장면들을 묘사하고 있다는 사실은 여러 차례 지적되었다. 다른 주민들은 지표에 항상 물이 있는 곳에 정착하는 데 성공했다. 이것은 때로 그다지 깊지 않은 층의 물로서 지하통로가 수세기에 걸쳐 이 물을 끌어

모은 다음 낮은 지점으로, 즉 정원과 종려나무 숲이 자리잡을 수 있게 될 지역으로 끌어간다. 이란에서 처음 시작된 이 관개시설(카나트)은 서부 사하라에 이어 안달루시아 지방까지 퍼져 나갔다가 에스파냐인들과 함께 대서양을 건너 열대 아메리카의 건조지역에 자리잡았다.

사막에서 살아가는 유목민

오늘날 사막에 사는 유목민들은 그들의 생활방식을 주변 환경에 맞도록 바꾸었다. 수천 년 동안 이들은 냉혹한 기후로 인한 어려움을 겪었고, 이 기후를 견뎌낸 사람들만이 살아남았다. 이 점에 있어 사막에 사는 사람들은 절로 경탄을 불러일으킨다. 그들이 매순간의 투쟁에서 보여준 끈기와 이처럼 적대적인 지역에서 살아남겠다는 의지가 깊은 감동을 안겨주기 때문이다. 나는 유목민들과 함께 살았고, 그들과 함께 수백 킬로미터를 누볐으며, 그들의 식량을 나누어 먹고, 바람과 갈증과 밤의 추위와 낮의 찌는 듯한 더위를 견디어냈다. 그곳에 머무르면서 유목민들과 다를 바 없이 살았기에, 또한 그곳을 끈기 있게 연구하고 관찰하고 기술하였기에, 결국 오만하지 않고 소박하게, 자만이나 과장 없이, 그러나 진정으로 사막을 사랑하는 사람다운 진지함으로 그곳을 사랑하였기에 누구보다도 사막에 대해서 더 잘 이야기하고 있는 것이다.

사막의 유목민들은 아주 오랫동안 그들이 키우는 동물들을 통해서 훌륭하게 자연환경을 이용했다. 유목생활을 하기 위해서는 완전히 영구적인 것이든, 아니면 어느 정도 임시적인 것이든 간에 일단 마을이 자리잡고 있어야 한다. 일 년 내내 사람이 살지는 않는 마을도 있다. 즉, 이곳 주민들은 대추야자를 수확할 때(이때는 일 년에 한 번씩 주요한 사회적 역할을 해내는 중요한 기간이다)만 마을에 돌아오는 것이다. 물론 이 마을 주민들에게 감자나 딸기를 재배하라고 충고하는 건 소용없는 일이다. 그들은 자기들이 유일하게 할 수 있는 것을 하고 있기 때문이다. 그들이 선택하여 발전시켜놓은 경작 방법은 가장 적당할 뿐만 아니라 유일하게 가능한 방법이기도 하다. 다른 방법은 존재하지 않는 것이다.

유목민들과 정착민들은 절대적으로 관계를 맺고 살아야 한다. 그들은 서로에게 상당히 많이 필요한 존재들이다. 유목민은 사막에서 살지만, 그렇다고 해서 오직 사막에만 매달려 살지는 않는다. 가축들한테서 우유와 고기, 껍질 등을 얻지만, 종려나무 숲에서 대추야자와 곡물(밀이나 조), 설탕, 차를 사야 한다. 유목민에게는 또한 염소들에게 먹일 나뭇가지를 자를 때 사용하는 도끼를 비롯한 몇 가지 연장과 옷감도 필요하다. 이런 종류의 물건을 구할 수 있는 가게는 사막 바깥에 위치해 있든지 아니면 사막의 안쪽, 종려나무 숲속에 위치해 있다. 여기 가면 뭐든지 다 있다. 정착민 역시 예를 들어 가축을 산다든지 가게 물건을 팔려면 유목민에게 의지해야 한다. 그렇기 때문에 유목민들과 정착민들의 접촉은 아주 빈번히 이뤄지는 것이다.

그러나 종려나무 숲속에 있으면 유목민들은 왠지 거북하다. 무엇보다도 그들은 사람이 보이지 않는 장소보다는 탁 트여서 무슨 일이 일어나고 있는지 멀리서도 볼 수 있는 공간을 더 좋아한다. 골목의 벽들 사이에 있으면 이들은 몹시 불편해한다. 유목민들은 또 돈을 주고 장작을 사는 걸 몹시 싫어한다. 그들에게 장작을 산다는 건 끔찍한 치욕이나 다름 없는 것이다. 그들은 귀리로 만든 요리를 하고 둥글 납작한 빵을 익히며 차를 타 마실 물을 끓일 수 있을 만큼의 장작을 사막에서 발견한다. 그렇기 때문에 그들은 통상적으로 사막이 자신들에게 관대하게 제공하는 것에 돈을 지불해야 한다는 것을 납득하지 못하는 것이다.

이들이 죽은 나뭇조각 하나까지도 이용할 줄 안다는 말을 해야겠다. 그리고 사막에는 나무가 있다. 물이 없다고 해서 죽고 마는 식물종은 없기 때문이다. 온통 하드 덩굴투성이인 장소가 이따금 발견되는데, 때로는 팔뚝만큼이나 굵기도 한 이 덩굴로 불을 피우면 따뜻할 수도 있고 동시에 밝힐 수도 있다. 위성류 교목이 일종의 작은 언덕을 이룬 곳에도 역시 많은 나무가 있다. 이 교목은 이 일종의 언덕 꼭대기에 솟아오른 잔가지만이 살아 있을 뿐 나머지 부분은 뿌리뿐만 아니라 줄기까지 모래더미 속에 잠겨 있다. 옛날에는 위성류 교목이 진짜 흙으로 이루어진 언덕에 뿌리를 박고 있는 걸로 믿었다. 그런데 전혀 그렇지가 않다. 위성류는 지표에서 돋아나 일종의 언덕을 쌓아올리는데, 특히 이 교목의 잔가지에서 빠진 짠물이 작은 잎들을 접합시키면 이 잎들이 짚더미처럼 엉켜서 일종의 펠트 천처럼 단단해지고, 여기에 모래가 달라붙기 때문이다. 모든 것이 결합되고 메워지고, 결국은 언덕처럼 변한다. 이 식물이 죽으면 이 언덕은 거대한 장작 매장지가 된다. 옛날에 티디켈트 지역에서는 오아시스 사람들이 이 매장지를 채굴하러 가곤 했다.

유목민들과 정착민들의 관계가 불가피한 것이기는 하지만 그렇다고 해서 항상 평화로운 건 아니다. 유목민은 귀족, 전사였다. 따라서 방어 수단을 갖추지 못한 사람들에게 어느 정도의 폭력을 행사할 수 있었다. 일반적으로 사막 사회는 언제나 고도로 계급화되었으며, 사하라의 어떤 지역들, 예를 들어 모리타니에서는 아직도 계급이 남아 있다. 이 계급 피라미드의 상층부에는 유목민인 전사에 이어 가축 사육사이기도 한 이슬람교 도사들이 있고, 그 다음에는 상류계급들로부터 천대받는 하인 집단이 있다. 그러고 나면 면천(免賤)된 노예들의 후손으로 추정되는 하라틴 계급이 있고, 마지막으로 사회 전체의 맨 하부를 구성하는 엄격한 의미의 노예들이 있다.

오아시스에서 노예들은 경작을 담당한다. 그리고 유목민 부족의 경우에는 이들이 샘에서 물을 긷고 겨울에 목축지에서 낙타를 돌본다. 이들은 때로 수원으로부터 멀리 떨어진 곳에서 몇 달씩 머무르기도 하는데, 이때는 오직 낙타 젖만 먹고 산다. 이 소규모 생태계는 완벽하게 기능한다. 통상적인 식단이 아주 다양하지는 않으나, 이 노예들이 건장하고 튼튼하고 지칠 줄 모르는 체력을 갖추고 있는 걸로 볼 때 낙타 젖이 건강에 아주 좋은 먹을거리라는 사실은 분명하다. 이들의 발바닥은 완전히 뿔 모양의 돌기로 덮여 있어서 샌들을 신지 않고도 걸을 수가 있다. 하지만 이들은 그게 더 멋져 보인다고 생각해서 샌들을 신고 다닌다.

사막에 사는 유목민들은 어느 계급에 속해 있느냐에 상관없이 다양하게 적응해야만 했다. 유목민들은 특히 사막에서 형태를 식별하고 방향을 알아내는 놀라운 기술을 획득해야만 했다. 그들에게 이 같은 능력은 기본이기 때문에 그들은 항상 방향을 정하고 있다. 책상 앞에 앉은 유목민은 "오른쪽에 있는 겨자를 좀 건네주세요"라고 당신에게 말하는 대신 "남서쪽에 있는 겨자를 좀 건네주세요"라고 말할 것이다. 심지어 그는 폐쇄된 장소에서도 동서남북이 어느 쪽인지 알고 있다.

나도 마자바 지역을 장기 횡단할 때 한 번 경험한 적이 있다. 길을 가다가 방향이 바뀔 때마다 내가 북쪽으로 아주 멀리 떨어져 있는 수원의 이름을 알려주면 그때마다 그들은 수원의 방향을 정확하게 가르쳐주곤 했다.

또 하나의 큰 장점이 있다. 유목민들은 그들이 돌아다녔던 코스를 잊지 않는다. 사춘기나 청년시절에 어떤 코스를 갔던 사람은 마흔 살이나 쉰 살 때도 똑같은 코스를 갈 수가 있는 것이다. 그들은 아주 세세한 것까지도 기억한다. 유목민들은 또한 자기네들끼리 서로 코스에 대해 얘기를 나눈다.

"이 방향으로 출발하면 동쪽에 덤불로 뒤덮인 붉은 모래언덕을 보게 될 것이고, 그러고 나서는 지면에서 부싯돌을 발견하게 될 걸세. 이 부싯돌 위를 이틀 동안 걷고 나면 검은색 자갈들을 발견할 것이고, 이 검은색 자갈밭을 사흘간 걸으면 자네가 가는 길의 동쪽에 꼭대기가 평평한 커다란 잔구(殘丘)가 눈에 확 뜨일 텐데, 그건 이러이러한 잔구라네."

그들은 500킬로미터에 달하는 코스를 이런 식으로 상대방에게 가르쳐준다. 그 말을 듣는 사람은 모든 것을 다 기록하고, 이 이야기는 여행을 하는 도중에 그의 머릿속에서 풀려 나갈 것이다. 그는 유목민 친구가 말한 그 사구에 도착할 것이고, 그가 찾고 있던 수원에도 도착하게 될 것이다. 굉장하다.

유목민에게는 믿기 힘든 또 하나의 능력이 있다. 번개를 보거나 천둥소리를 들으면 아마도 그쪽 방향에서 비가 내렸을 것이라고 생각하면서 풀밭을 찾아 떠나는 사람들이 있다. 그리고 그들은 풀밭을 보게 될 것이다. 풀밭은 겨우 100킬로미터나 200킬로미터 근처에 있는 게 아니다. 그들은 게르바(가죽부대. 양가죽으로 만들며 물을 담는 데 쓰인다-옮긴이) 한두 개와 밀가루 약간, 그리고 혹시 있으면 티크타르(말린 고기)만 갖고 야영지를 떠난다. 풀밭을 찾아낸 다음 사람들을 그곳으로 데려가 야영을 하도록 해야 한다.

사막은 어딘가에 물을 숨기고 있다

사막에서는 물이 항상 부족하기 때문에 원하는 만큼 마시기가 거의 힘들다. 우물이 없는 코스를 장기 횡단할 때마다 나는 소집단이 살아남는 데 필요한 분량의 물을 가져가곤 했지만, 동료들뿐만 아니라 나에게 돌아오는 배급량은 엄격하게 제한했다. 물은 하루에 작은 찻잔으로 세 잔만 마실 수 있을 뿐 그 이상은 거의 허용되지 않았다.

"살아가기에는 충분한 양이지만, 행복해지기에는 충분하지 않은 양이지요."

나는 갈증으로 인해 너무 고통스러웠던 탓에 아세틸렌 램프의 물을 몰래 마셨던 어떤 밤들을 추억하며 이렇게 말한다. 그러나 오랜 코스를 횡단해야 할 때는 안락함 대신 신중함을 선택해야만 했고, 살아서 다시 '반대편'으로 나오려면 고통을 감내하는 수밖에 달리 도리가 없었다.

"그 자리에서 말라죽는다는 건 생각조차 할 수 없는 일이지요."

나는 오직 한 가지만을, 즉 마시는 것만을, '얼음에 채운 레몬수'를 마시고 싶다는 생각만을 하던 그 기진맥진한 시간들을 상기하며 단호하게 말했다.

유목민들은 물에 대해서 놀라우리만큼 잘 알고 있다. 우리는 물이 액체의 형태로 땅에 떨어질 때 보지만, 그들은 물이 어떻게 땅 속에 모습을 나타내게 될지를 알고 있는 것이다. 당신이 찾는 수원이 있어야 될 장소에 도착했는데, 우물 이름이 표시된 도로 푯말과 함께 프랑스 정부가 시멘트로 봉해놓은 테두리 돌이 어디로 사라져버렸는지 눈에 안 띄는 경우가 있다. 수원이 완전히 없어져버린 경우도 이따금 있다. 모래가 도처에 스며들고 물은 흔적조차 안 보이는 것이다. 그러나 당신과 동행한 베두인족들은 그게 어떤 종류의 수원인지를 알고 있다. 단지 우물에 쌓인 10미터에서 20미터 가량 되는 모래를 치우기만 하면 될 때도 있다. 이럴 때는 델루를 사용하는데, 가죽으로 만든 이 국자는 물을 길을 때뿐만 아니라 우물에 쌓인 모래를 퍼낼 때도 쓰인다.

엄격한 의미의 우물이 아니라 일종의 하수조가 발견될 때도 있다. 2미터 혹은 1미터 50센티미터 깊이에 물이 있을 테니, 그걸 찾아야 한다. 이따금 지표가 약간 내려앉은 곳이 있으면 모래를 잘 관찰하면서 이 장소를 파기 시작한다. 처음에는 모래가 꼭 모래언덕 위처럼 완전히 메말라 있지만, 조금 파보면 약간 끈끈해지면서 입자들이 저희들끼리 들러

붙고 습기가 느껴진다. 물 그 자체에 도달할 때까지 계속해서 판다. 약간의 물이, 즉 작은 웅덩이가 나타날 것이다. 이 물을 얻기 위해서는 바닥도 깨끗하게 유지해야 하겠지만, 또한 대부분의 경우 이 작은 샘의 벽이 무너지지 않도록 널벽 공사도 해야 할 것이다. 널벽 공사법에는 두 가지가 있다. 나뭇가지로 일종의 광주리를 엮어서 샘 안에 집어넣든지, 아니면 스보트 짚을 꼬아서 굵은 끈을 만든 다음 그것으로 샘의 벽을 감싸는 것이다. 이 널벽 공사법은 매우 효과적이지만, 금방 썩어버린다는 단점이 있다. 스보트 짚이든 아니면 나뭇가지든 간에 바닥을 다시 파지 않는 한 며칠이 지나면 물맛이 변해버리는 것이다.

누군가가 널벽을 설치해놓았는데도 물맛이 나쁜 일종의 하수조가 자주 발견된다. 널벽뿐만 아니라 나비라든지 설치류 등 그 안에 떨어진 동물들도 물을 썩힌다. 하지만 정말 목이 마르다면 물맛이 무슨 상관이랴. 그냥 거기 있는 물을 마시는 수밖에. 다른 물이 없으니 어떡하겠는가. 급하지 않다면 땅을 파서 물이 다시 나타날 때까지 기다릴 수도 있을 것이다. 별로 멀지 않은 곳에 다른 유수조가 있다면 거기까지 갈 수도 있다. 하지만 이게 물맛이 더 좋을 때도 있다. 그 물이 짜디짜든, 아니면 변을 잘 통하게 하든, 아니면 악취를 풍기든 어쩔 수 없이 그냥 마셔야 하는 경우가 대부분이다.

샘을 찾는다는 건 그렇게 간단한 일이 아니다. 예를 들어 사구에서는 그 위로 올라가야 한다. 그런 다음 주변에서 무슨 일이 일어나고 있는지를 관찰하고, 혹시 낙타가 다닌 길이 있는지도 살펴본다. 사구에서는 낙타길이 금방 지워져버리지만, 똥은 낙타가 가는 길을 따라 일정한 방향으로 여기저기 떨어져 있다. 밧줄 토막이라든가 가죽 조각, 먹다 남은 동물 뼈 등 야영의 흔적도 눈에 띈다. 결국에는 수원을 찾게 되는데, 대부분은 낙타 똥이 많이 쌓여 있어서 눈에 띈다. 베두인족과 함께 수원을 찾을 경우에는 그를 이 수원이 있는 지역으로 데려가기만 하면 된다. 그러면 이 사람은 땅바닥에 난 표시들을 보아가며 재주껏 수원을 찾아낸다.

나는 유목민들의 삶을 알고 그 삶을 함께하는 법을 배웠으며, 그들이 이미 오래 전부터 다닌 길을 함께 두루 돌아다녔고, 그런 다음에는 그들이 한 번도 가보지 않은 지역으로 그들을 데려갔다. 프랑스 신문에서는 나를 '미치광이 모노'라고 소개했는데, 나는 사막의 주민들이 단 한 번도 해보려 하지 않았던 것을 감히 해냄으로써 외국인으로서는 드물게 이들에게서 관심을 받았다. 그 이후로 모리타니령 사막에서는 나를 '사하라 사람'이라고 부른다.

유목생활의 소멸과 함께 사라지는 자유

유목민들은 아주 큰 장점을 또 한 가지 갖고 있는데, 그것은 바로 똑바로 걸을 줄 안다는 것이다. 만일 해가 뜰 때 베두인족에게 "오늘은 태양의 바로 왼쪽으로 걸읍시다"라고 말하면, 그는 태양의 이동을 고려하면서 하루 종일 이 방향으로만 걸을 것이다. 어쨌거나 나는 이것이 그렇게까지 신비로운 일은 아니라고 생각한다. 왜냐하면 유목민들은 항상 지면에 생긴 바람의 표시를 보아가며 방향을 잡기 때문이다. 모든 돌과 식물, 낙타 똥 뒤의 모래에는 작게 화살표 같은 게 표시되어 있는데, 말하자면 이것이 바람의 방향을 표시하는 선이다. 마자바 지역에서는 바람이 항상 같은 방향으로 불기 때문에 한층 더 수월하다. 무역풍은 일 년 내내 북동쪽으로 분다. 이 바람은 그게 자신의 역할이기 때문에 그렇게 하는 것이다. 당신이 땅 위에 새겨진 이 선들을 어떤 각도에서 잘라야 하는지를 아는 그 순간부터 당신은 가슴속에 나침반을 하나 가지고 있는 셈이다. 그들 자신뿐만 아니라 동행한 사람들에게도 다행스럽게 유목민들은 이런 종류의 계산을 아주 능숙하게 해낸다.

또한 유목민들은 흔적학(痕迹學)의 대가들이다. 낙타 발자국을 보면 그곳을 지나간 낙타가 암놈인지 수놈인지, 나이는 몇 살인지, 짐은 얼마나 실었는지, 얼마만한 크기인지를 알아내는 것이다. 동물들의 흔적은 물론 이미 지나간 사람들의 흔적도 알아낸다. 실제로 사막만큼 입이 가벼운 건 없다. 도시에서는 몸을 숨길 수가 있지만, 사막에서는 그럴 수가 없다. 사막에 모래가 깔려 있으면 특히 그렇다.

유목민들은 또한 그 누구보다도 더 잘 불을 피울 줄 안다. 불을 어느 방향으로 피워야 하는지도 알고, 식물의 솜털로 불을 피울 줄도 안다. 담배를 피우는 유목민의 필수품 가운데는 양의 뼈로 만든 파이프와 담뱃갑, 파이프를 청소하는 데 쓰이는 철사 줄, 라이터(부싯돌을 이야기하는 것인데, 대부분은 원시시대 때 다듬어 만든 것들이다), 대장장이들이 만든 쇳조각, 그리고 식물의 솜털이 있다. 그들은 나뭇조각 두 개로 불을 피울 줄도 안다.

가뭄과 무더위로 말하자면, 사막에 사는 사람들은 그런 것들로부터 자신을 보호할 만한 특별한 수단을 가지고 있지 않다. 그들은 형편에 따라 짙거나 연한 청색 옷을 입고 다닌다. 그러나 그들은 여느 사람들과 다를 바 없이 끔찍한 무더위와 지독한 한발에 민감하다. 다만 우리보다 그런 것들에 더 익숙해져 있을 뿐이다. 그런데 그들은 무더위뿐만 아니라 추위에도 저항할 줄 안다. 즉, 그들은 열 살 때쯤까지 반은 벌거벗겨진 채 키워졌고, 이렇게 해서 혹독한 기후에 단련되어 있는 것이다.

바람은 사막의 기후 요소들 중에서 가장 눈에 잘 띄는데, 다른 곳에서보다 사막에서 더 세게 불어서가 아니라 사막에서 그 효과가 더 강하게 느껴지기 때문이다. 바람은 열매, 모래알, 마른 식물, 곤충 등 많은 것들을 운반하며, 때로는 원래 있던 장소에서 아주 멀리까지 이런 것들을 실어 나르기도 한다. 예를 들면, 나는 타네즈루프트 지역 한가운데서 커다란 잠자리 한 마리를 본 적도 있었다.

세찬 바람은, 특히 거기 모래가 섞여 있고 당신이 바람을 정면으로 맞으며 걸을 때는, 사람을 아주 기분 나쁘게 만들 수 있다. 정신적으로는 사기를 떨어뜨리고 육체적으로는 피로를 안겨주는 것이다. 진짜 모래 바람은 위험을 안고 있지는 않다. 하지만 캐러밴은 일단 전진을 멈춘 다음 최대한 자신을 보호하면서 여차하면 며칠씩 계속될 이 폭풍우가 끝나기를 기다려야만 한다.

물론 견디기가 너무나 힘든 곳이기는 하지만 그럼에도 사막은 사람들을 매혹시킨다. 그곳의 거대함, 그곳의 침묵, 그 공간의 고독은 사막을 인간 이전의 세계로 보이게 만든다. 이런 곳에 사는 인간 존재들은 경탄의 대상이 되어야 마땅하다. 이 텅 빈 공간에서 사는 그들은 점점 더 커 보이는 반면, 군거를 이루어 안락하게 사는 우리의 삶은 점점 더 비루하게 느껴지는 것이다. 유목생활의 소멸은 사막에 사는 사람들뿐만 아니라 사회 전체에 대해서도 역시 큰 잘못을 저지르는 결과를 낳게 될 것이다. 바로 그들의 것이며 그 안에서는 그 누구도 다른 식으로는 살아남을 수가 없는 자연에 적응하려는 인간들이 그토록 오랜 세월에 걸쳐 이루어온 노력의 결과를 무산시키기 때문이다. 나에게는 유목민들의 미래에 대해서 불안해할 만한 충분한 이유가 있었다. 비록 낙관론을 유지하려고 애쓰기는 하지만, 나는 온갖 형태의 주변적인 삶이 서서히 소멸되어가는 것을 보면서 조금씩 희망을 잃어가고 있다. 유목생활의 소멸과 더불어 자유의 한 형태가 사라져가고 있다. 내가 무엇보다도 아쉬워하는 것은 바로 이렇게 사라지는 자유다.

사막에 사는 사람들의 불확실하기 짝이 없는 미래에 대해서도 말해야겠다. 옛날 유목민 부족들의 생활은 지금은 사라진 수많은 활동을 중심으로 이루어졌다. 예를 들자면 약탈 행위가 있다. 지금은 마을들을 약탈해서 노예들을 모으고 낙타를 도둑질할 수가 없게 되었다. 그런 일은 이제 일어나지 않는다. 약탈은 하나의 경제 현상이었다. 약탈은 사구 속에서 자신의 생명을 무릅쓰는 즐거움을 누리기 위한 것도 아니었고, 목동을 몇 명 죽이기 위한 것도 아니었다. 이 작전의 목표는 사람을 죽이는 게 아니라 그 반대로 노예들과 낙타들을 생포하는 것이었다. 공식적인 노예제도 역시 이미 폐지되어 투아레그족들은 그들이 가지고 있던 노예들을 거의 대부분 잃었다.

유목생활은 이렇게 해서 그 전통 경제의 많은 축들을 잃어버렸다. 물론 지금도 낙타를 이용한 수송이 각 지역에서 이루어지기는 하지만, 사하라를 횡단하는 대규모 캐러밴은 더 이상 존재하지 않는다. 르네 카이에가 통북투에서 모로코를 경유해 돌아올 때 동행했던 것처럼 수천 마리의 낙타들로 이루어진 캐러밴은 이제 과거의 유물이 된 것이다. 그런데 이 낙타 수송 역시 유목민 경제의 한 형태였다.

반면, 새로운 활동들이 존재한다. 오늘날 유목민들은 도로 건설 현장에 채용될 수 있다. 아니면, 유전이나 광산(우라늄 등등)에서 일을 할 수도 있다. 엄청난 변화를 겪은 유목민 사회는 여기서 어느 정도까지 존속할 수 있을 것인가? 정착화를 유도하는 중앙정부의 유혹이 여기에 덧붙여진다.

모리타니에서는 실제적인 정착화가 가능하지 않다. 장관들 자신이 유목민 출신이기 때문이다. 니제르도 유목생활이 잘 보존되어 있는 나라다. 이 나라에는 유목생활부가 존재할 정도다. 반면, 말리 같은 나라에서는 정부가 정착화 수단을 권유하고 심지어는 연구까지 했는데, 이 수단들은 합법적이지만 필요할 경우에는 폭력적이기도 했다. 어처구니없는 일이다. 정착화로의 변모는 유목생활이 변화하는 가운데 자연스럽게 이루어져야 하고, 더군다나 주요 당사자들의 동의나 암시가 있어야 하기 때문이다.

이 문제의 실상을 보여주기 위하여 나는 『유목민과 경찰』이라는 제목이 붙은 아프리카에서의 유목생활에 관한 책에 서문을 썼다. 이것은 개와 늑대의 우화를 어느 정도 연상시킨다. 그런데 나는 언제나 본능적으로 늑대 편이다. 왜냐하면 늑대는 불쌍하고 배척받고 추격당하기 때문에, 특히 자유롭기 때문이다(반면에 개는 노예상태의 상징인 목걸이를 차고 있다).

5

아프리카의 강에서 발견한 새로운 세계

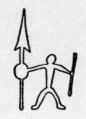

테오도르가 시청 할인점에 보낸 편지 :
"카르디날 르므완 가 75번지로 낚시용품 카탈로그를 좀 보내주세요.
시청 할인점 물건은 뭐든지 다 값도 싸고 질기거든요. 안녕히 계세요."

_「테오도르의 수첩」, 1912년 정월

바다와 사막은 테오도르 모노의 운명 속에서 서로 만난다. 그를 사막으로 인도한 것은 살아 있는 바다지만, 이 바다는 아무도 살지 않는 건조한 사하라를 따라 뻗어 있었다. 대조적인 이 두 세계의 균형을 회복시키려는 듯 테오도르 모노는 사막에 관심을 쏟는 동시에 바다의 내용물에도 그만큼의 주의를 기울였다. 이 두 가지 사랑의 대상은 그 이후로도 아무 마찰 없이 서로 가까이 지내면서 그의 마음속에 공존하고 있다. 그가 어느 쪽을 여행하고 연구하느냐에 따라서 이 둘은 앞서거니 뒤서거니 이어진다.

이 두 세계의 공통성과 유사성은 역설적으로 이 둘의 극단적인 차이에서 비롯된다. 테오도르 모노는 먼 바다 항해를 캐러밴들의 장거리 횡단에 비교했고, 낙타들의 수평 전진과 배들의 전진을 똑같은 감각 속에서 결합시켰으며, 드넓은 물의 탐험과 사막 탐험을 똑같은 이야기 속에 묶었다. 또한 그는 어떤 때는 소금이, 또 어떤 때는 모래가 밀려오는 이 두 대양에서 깊은 고독과 확실한 자유로 이루어진 이 두 세계를 다시 발견한다.

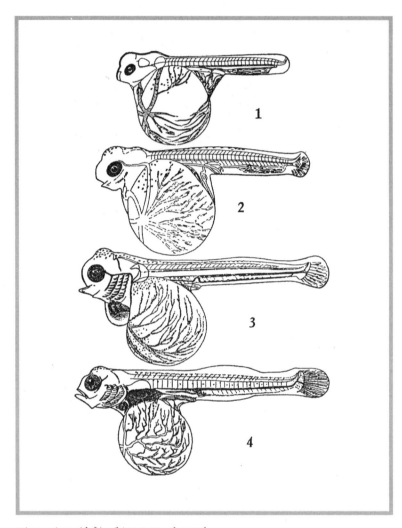

Tilapia nilotica(유충). 테오도르 모노의 크로키.
「테오도르 모노의 직위와 연구 실적에 관한 약술」(Mâcon, Imprimerie Protat Frères, 1963)
에서 발췌한 것임.

아프리카에서 발견한 새로운 어류와 갑각류

긴 해안과 큰 강들을 가진 아프리카는 언제 보아도 새롭고 풍부하여 놀라움을 불러일으키는 동물상과 다양한 환경의 하천과 바다와 호수 등을 조금씩 보여주었다.

1922년에 나는 박물관의 원양어업 실험실에 들어갔고, 또한 프랑스 해안에 사는 등각 갑각류의 생태에 관한 박사학위 논문을 쓰고 있었기 때문에 어류와 갑각류를 소홀히 할 수 없었다. 오히려 그 반대로 어류와 갑각류에 특히 더 많은 관심을 가진 것은 당연하다.

1922년에서 1923년 사이에 나는 아프리카의 모리타니에 있는 레브리에 만(灣)의 포르 에티엔에 파견되어 인근 지역의 어류학 관련 동물상과 어로 산업에 관해 조사하라는 임무를 맡았다.

나는 동료인 샤바노와 함께 이 지역의 어류 목록을 책으로 펴냈다.

나는 또 트롤선을 타고 나가 있는 동안에 갑각류를 특히 많이 수집했다. 우리는 바다 밑바닥에 식용조개가 지천으로 널려 있는 에스파냐령 사하라 해안으로 갔는데, 이곳에는 또 바다부채(덤불 모양을 이루어 서 있는 아주 다양한 색깔의 아름다운 동물)가 놀랄 만큼 풍부했다. 나는 많은 어류 기생충, 갑각류 체외 기생충과 체내 기생충, 특히 편형동물류와 선충류도 채집했다.

포르 에티엔에 머무르는 동안 캡 베르 군도에 가서 소금을 찾아볼 기회가 한 번 있었다. 그때 나는 이 군도를 이루는 섬들 중 한 곳에 분화구가 있고, 그 밑바닥에 제염공장과 소금이 침전된 호수가 있다는 사실을 알게 되었다. 이 섬들과 해안 사이에는 물의 온도가 해안의 온도보다 더 높은 지역이 있었는데, 이곳은 바닷속 깊은 곳의 물이 수면으로 올라오는 매우 특별한 수리학적 현상이 관찰되는 지역들 중 하나였던 것이다. 표면의 물에 영양분을 함유한 소금이 풍부해서 여러 가지 유형의 플랑크톤과 온갖 먹이사슬이 예외적으로 발전할 수 있는 것은 바로 이 현상 덕분이다.

파리로 돌아온 나는 운 좋게도 알제르 대학에서 동물학을 가르치는 쇠라 교수가 가베스 근처에서 발견해서 박물관에 보내온 견본들을 살펴본 결과 갑각류의 새로운 종류인 테르모스베나세스를 식별할 수가 있었다. 행운에 가까운 이 발견이 놀랍기도 하고 기쁘기도 했던 나는 내가 연구한 이 동물에 나 자신의 이름이 뒤에 붙은 '테르모스베나 미라빌리스'라는 학명을 부여했는데, 새로운 분류군을 명명할 때는 이렇게 하는 것이 관례다.

1933년, 어업국 소속의 선박 프레지당 테오도르 티시에 호가 진수되었다. 브레스트에서 출발한 우리는 마데르 쪽으로 내려가다가 그랑드 살바주에 기항했다. 살바주 군도와 카나리아 제도 사이에서 스크루가 파손되는 바람에 배는 물 밖으로 나와 라스 팔마스 항구의 선가(船架)에 오랫동안 머무를 수밖에 없었고, 그리하여 우리는 배가 물 밖으로 나오면 온갖 종류의 문제가 일어난다는 사실을 쉽게 깨달을 수 있었다. 돌아올 때는 카사블랑카를 경유했다. 모로코를 떠날 때부터는 바다에 거센 파도가 일었다. 그런데 내 그물 침대는 사진 실험실 안에 매달려 있었고, 현창(舷窓)은 수면과 같은 높이에 있었으므로, 며칠에 걸친 이 좁은 방에서의 생활은 아무런 즐거움도 주지 못했다.

 나는 다카르에서는 아프리카의 수상동물들을 연구하는 한편, 파리의 자연사박물관에서는 '식민지 동물성 어로와 어획' 분야 교수로 임명되어 어류학의 세계에 몰두하기도 했다. 이렇게 아프리카 대륙에만 관심을 쏟음으로써 해양 동물학 연구를 확대시켜 나갔다.

 나는 인도양과 서태평양의 바다에 몇 차례 나가긴 했는데, 1953년에 인도네시아가 몰뤼크 제도에서 조직한 해양학 탐사단에 참가했던 것이다. 미국 어류학자 두 명과 그 지역 전문가들이 나와 함께했다. 그곳의 산호초들은 어마어마했다. 나는 인도차이나의 안남 해안에서 산호초를 한 번 본 적은 있다. 하지만 산호초의 동물학적 실험은 해보지 못했다. 아프리카 서부 해안에는 산호초가 없기 때문이다.

 일반적으로 각 대륙의 서부 해안에는 녹석(綠石, 산호초의 일종)이 형성되어 있지 않다. 이것은 온도 문제로 인한 것일 수도 있고(왜냐하면서부 해안에는 서로 대립하는 두 개의 조류가 흐르고 있어서 상당히 차가운 물을 북에서 남으로, 그리고 남에서 북으로 실어감으로써 중앙의 따뜻한 대역을 축소시키기 때문이다), 아니면 물의 혼탁 문제일 수도 있다(아주 큰 강들이 바다로 흘러들면서 산호초의 형성에 유리하지 않은 엄청난 양의 퇴적암과 진흙을 실어 나르기 때문이다).

이렇게 해서 인도네시아에서 나는 엄청나게 풍부한 산호초군을 보게 되었는데, 그렇잖아도 어떤 동물군과 동물종이 산호더미에 종속되어 있는가를 알아내려던 참이었다. 우리는 잠수를 하여 산호 조각을 채집한 다음 그걸 잘게 깨부수어 많은 동물들을 끄집어냈다. 우선은 작은 새우들을 발견했는데, 이 놈들은 그 큰 집게발을 서로 부딪쳐서 권총소리를 냈다. 물 속에서는 산호초가 따닥따닥 작은 폭발음을 낸다. 그 다음에는 하팔로카르시네데스과에 속한 게들이 발견되었는데, 이것은 감옥이나 다름없는 산호 속에 갇혀 사는 아주 작은 종류다. 이각류도 아주 많았고, 다모환충류도 금방 눈에 띄었으며, 거미불가사리들은 아주 좁은 공간 속에서 경쾌하게 움직이고 있었다. 정말 놀라웠다. 색깔이 아주 아름다웠다. 연체류도 많이 눈에 띄었는데, 시프레라고 불리는 아주 아름다운 조개류가 특히 많았다. 이 기회를 이용해서 나는 산호초 지역에서 내가 수집한 동물들을 수록한 시리즈를 펴냈다.

바다는 생물 세계의 광활한 보고로서, 박물학자들은 그 풍요한 자원을 아직까지도 완전히 다 발견하지는 못했다. 그러나 민물에도 역시 바다에 사는 동족들과는 다르지만 흥미롭기는 마찬가지인 많은 동물이 살고 있다. 나는 이 분야에서도 역시 온갖 종류의 연구와 조사에 몰두

했는데, 단순한 목록 작성에서 상세한 형태학, 여러 가지 어로(漁撈) 유형의 분류와 연구를 거쳐 비교해부학에까지 이른다.

1925년, 처음으로 모리타니를 여행하고 난 나는 카메룬으로 가서 우선은 해안과 망그로브 나무 숲에서의 어로와 어류들을 연구했다. 이 지역을 다닌다는 게 항상 쉬운 일은 아니었다. 만조 때는 망그로브 나무 사이를 돌아다닐 수가 있지만, 간조 때는 사람은 물론이요 카누까지 나무 위에 걸터앉아 있을 수밖에 없었다. 나는 해안을 따라 카메룬 남쪽 끝까지 갔는데, 이곳은 밤이면 나무가 발효되면서 생기는 인광이 빛을 발하는 밀림지역이다. 어류군은 이 해안을 따라 아주 풍부하게 서식하고 있다. 이곳에서는 또 상당히 특이한 해삼들을 볼 수가 있다. 이 해삼들은 양쪽 끝이 가까워졌다가 아예 붙어버리기도 한다. 공 모양을 한 이 동물은 일종의 돌출부 위에 입과 항문이 동시에 나 있다. 이것은 공간을 절약하기 위한 나름대로의 방식이다.

또 나는 큰 강들도 보았다. 카누를 타고 다니면서 수집을 했는데, 두알라로부터 멀지 않은 곳에서 새로운 종류의 물고기를 발견하기도 했다. 그 당시만 해도 흔히 속(屬)을 발견할 수 있었지만, 지금은 종(種)밖에는 발견할 수가 없고, 조금 더 지나면 그것마저 드문 일이 될 것이다. 이 물고기는 아주 이상야릇한 모습을 하고 있었다. 억센 이빨이 박힌 주둥이에 머리가 앞으로 길게 나와 있어서 박물관에서 일하는 동료 펠그렝은 이 놈에게 '가비알로샤락스'라는 이름을 붙여주었다. 이 지역 낚시꾼들은 독초를 이용하여 이 가비알로샤락스들을 잡았다. 독초로 죽을 쑤어서 물 속에 뿌리면 물고기들이 마취되기 때문에 수월하게 잡을 수 있다는 것이다.

나는 이 강 저 강 거슬러 올라가면서 북쪽 차드까지 갔다. 그리고 다시 은자메나를 지나서 샤리 강을 내려가다 보니 차드 호수가 나타났다. 그곳에는 코토코 부족에 속하는 낚시꾼들이 살고 있었는데, 이들은 식물에서 뽑아낸 줄기로 판자를 엮어서 만든 거대한 범선을 이용했다. 이 카누에 설치된 엄청나게 큰 세모꼴의 흔들그물이 굴대 위에서 흔들리고 있었다.

나이저 강에서와 마찬가지로 차드 호수에서의 낚시도 대규모로 이루어진다. 수단에서 흘러드는 강들은 상당히 풍부하고, 엄청나게 많은 물고기가 있다. 이곳에서는 많은 시프리니데(잉어과)와 시클리데스(틸라피아), 페르코이드를 볼 수 있고, 서부 아프리카에서는 대장이라고도 부르며 그 중 한 종이 이집트에서 신격화되기도 했던 레이트를 볼 수가 있다.

아소르 군도에는 최근 몇 년 동안 여러 차례 갔다. 이 섬들은 중부 대서양의 해저 산맥에 위치한 유럽 서부의 먼 바다에서 군도를 이루는데, 이곳에 도착한 현무암들은 대류의 해류에 의해 표면으로 밀려 나갔다가 여기서 동쪽이나 서쪽으로 이동한다. 왜냐하면 대서양은 심해에서 솟아오르는 이 새로운 암벽덩어리들의 영향으로 계속해서 조금씩 확장되어 가고 있기 때문이다. 아소르 군도는 거의 대부분이 화산으로 이루어져 있다. 이 화산들 중 일부는 아직도 활동중이며, 몇 년 전에는 해안 근처의 바다에서 화산 하나가 솟아올라서 아소르 군도의 면적이 넓어지는 일까지 일어났다. 해변에 등대가 하나 있었는데 지금은 땅 속에 있다. 화산이 너무나 서투르게 조준을 하는 바람에 다행히 등대는 손상되지 않았다. 그러나 등대는 지금 끝없이 펼쳐진 검은 모래 속에 파묻혀 있어서 아무 쓸모가 없다.

나는 여러 차례 탐험대에 참가했는데, 그 중 한 번은 1971년에 프랑스 선적의 대형 해양연구선인 장 샤르코 호를 타고 탐험했다. 이때 나는 포르투갈 동료와 함께 민물의 동물군을 집중적으로 연구했다. 어떤 섬에 닿을 때마다 우리는 배에서 내려 강이나 하구 또는 숲속에서 모래벼룩과 다른 종들을 수집했다. 우리는 바닷물이 해변에 버려놓은 해초더미 속에서도 우리가 개발한 방법을 이용했다. 숲속에 있는 짚더미를 한 움큼 집어서 비닐봉지에 넣은 다음 적당한 장소에 도착하여 봉투 속에 클로로포름을 부었다. 이렇게 하면 그 안에서 잠자고 있는 동물들을 훨씬 더 쉽게 수집할 수가 있었던 것이다.

나는 이곳 민물에 사는 자에라속(屬)의 등각류에 특별한 관심을 갖고 있었다. 이 등각류는 산과 분화구 등 어디를 가나 살고 있었다. 원래 바다에서 사는 이 동물이 도대체 어떻게 민물 속에서 살게 된 것일까? 알수가 없다. 나는 이 문제에 관한 가설을 가지고 있다. 자에라는 개울 밑바닥의 돌 아래에서 산다. 반면에 흔히 섬유수 속에서 사는 이각류는 포식동물들을 만날 가능성이 훨씬 더 큰 것으로 추정된다. 그런데 아소르 군도의 물 속에 무지개 송어를 방류했으므로 이 송어들이 이각류 집단을 잡아먹어서 자에라의 번식이 수월해지지 않았을까 추정해볼 수 있을 것이다.

1988년 여름에 포르투갈 사람들은 백 년 전에 시작되었던 알베르트

1세 왕자의 해양학 답사를 축하하려고 했다. 그들은 세미나를 개최하고 기념제를 벌였다. 여러 섬에서 회의를 개최하고, 짧은 여행을 하고, 명소를 방문하는 것이었다.

　나는 지중해 전역뿐만 아니라 흑해와 도나우 강, 미국 동부 해안에까지 알려져 있는 아소르 군도의 자에라속에 대해 강연을 해달라는 제의를 받았다. 또한 나는 아소르 군도에서 지질학 탐사를 하기도 했다. 1972년도에 플로레스 섬으로 돌아갔다가 그곳의 분화구 가장자리에서 표면이 오톨도톨한 입상암(粒狀岩)을 발견했는데(화강암이 아니라), 중부 대서양 해저 산맥에 이 암석이 존재한다는 것은 여러 가지로 흥미로운 문제들을 불러일으키는 것이었다.

　사막은 그 자체의 물을 가지고 있다. 생명체는, 보잘것없고 눈에도 잘 띄지 않는 이 작은 늪에서도 살 수가 있다. 사하라를 여행하고 난 나는 사막의 어류와 갑각류 표본을 몇 개 가져왔다. 내가 사하라의 한 구엘타에서 수집한 해파리를 보여주면 나와 이야기를 나누는 사람의 얼굴 표정은 놀라움 반 의심 반으로 변한다. 나는 옛날에 탕가니카 호수에서 살았다고 알려진 이 해파리들을 모리타니령 아드라르 지역에서 발견한 것이다. 이렇게 함으로써 내가 사랑하는 두 '대양'이 장난기로 가득 찬 내 눈길 속에서 합쳐진다.

　내가 사하라의 수상동물에 관심을 갖게 된 것은, 지속적이든 일시적이든 간에 이곳에 민물이 있기 때문이다. 이곳에서 나는 많은 물질을, 특히 여러 다양한 군에 속하는 갑각류뿐만 아니라 종이 다른 어류들도 수집했다. 이 어류들은 이미 오래 전부터 이곳에 존재했던 것으로 추정된다. 걷거나 낙타를 타고 여기까지 올 수는 없었을 테니 세네갈 강과 아드라르 지역의 구엘타들이 연속적으로 연결되어 있던 시대부터 이곳에 있었음이 분명하기 때문이다. 그러므로 기상 상황은 현재의 기상 상황과는 완전히 달랐을 것이고, 사람들은 한 지점의 물에서 다른 지점의 물로 갈 수가 있었을 것이다. 악어들은 이렇게 해서 아드라르 지역에 도달했을 것이다. 지금은 살아 있는 악어가 없지만, 나는 그들이 이전에 존재했던 흔적(예를 들면 분화석)을 발견했다. 아프리카의 모든 큰 강들은 다 이렇게 연결되어 있었다. 나일 강 유역의 동물상과 서부 아프리카의 수단계 큰 강들의 동물상 사이에는 놀랄 만한 유사성이 존재한다. 또한 큰 강들 중의 하나인 나이저 강의 동물상과 식물상은 나일 강의 그것들과 상당히 비슷하다. 이 사실은 또한 나일 강과 차드 호수, 나이저 강과 세네갈 강이 옛날에는 수로로 연결되어 있었다는 것을 의미한다. 차드 호수와 나이저 강은 지금도 수계(水系)로 연결되어 있으며, 늪이 일종의 중간 단계 역할을 한다. 그러나 다른 모든 곳에서는 사막이 형성되어 있다. 항구적인 구엘타의 갑각류와 어류만이 어디에나 물이 있던 그 시대의 유일한 증인들로 남아 있을 뿐이다.

피카르 호를 타고 내려간 바닷속 탐험

1948년에서 1954년 사이에 나는 물밑으로 내려간 최초의 심해관측용 잠수정인 피카르 호가 행한 최초의 실험에 참가했다.(1954년에 쥘리아르 출판사에서 펴낸 『바티폴라주』에서 이 '심해 속으로의 잠수'에 대해 재미있게 이야기한 바 있다.)

성층권으로 올라갈 수 있는 기구를 발명하고 난 피카르(1884~1962) 교수는 이번에는 바닷속으로 내려갈 수 있는 기구를 고안해내려고 했다. 이런 기구가 아직 없었던 것이다. 그 당시만 해도 바다에 대해서 알려져 있는 건 오직 수면뿐이었다. 물론 끈이나 케이블 끝에 뭔가를 매달아서 바다 밑바닥으로 던지기는 했지만, 다시 올라온 것은 거기다 매달아놓았던 것뿐이었다. 그래서 나는 항상 우리가 바다 밑바닥에 대해 알고 있는 것은 지표에서 날아오른 경기구 조종사가 구름 위에서 지구를 내려다보며 짐작할 수 있는 것보다 결코 더 많지 않을 것이라는 생각을 했다. 그는 경기구에서 낚싯대를 던져 화장실에서 쓰는 양동이 덮개라든지 브래지어, 성무일과서(聖務日課書), 아니면 굴 껍질 등을 건져 올릴 것이다. 물론 이런 것들도 흥미롭기는 하겠지만, 지구 표면에서 무슨 일이 일어나고 있는지를 실제로 가르쳐주지는 않는다. 가서 머무르면서 직접 보아야 하는 것이다.

최근까지는 바다도 마찬가지 상황이었다. 우리가 알고 있는 거라곤 바보같이 사람 손에 잡히는 불쌍한 물고기들뿐이었다. 이제는 깊고 깊은 해구(海溝)를 포함하여 밑바닥까지 내려간다. 그러나 이 깊이에서는 사막이나 다름없이 특별하게 볼 게 없다. 그 당시 피카르는 무엇인가를 타고 바닷속으로 내려갈 수 있는 기구를 발명해야겠다는 생각을 해냈다. 이미 베에베 구형 잠수기가 존재하고 있었지만, 이걸 타고는 그다지 많이 내려가지를 못했다. 피카르가 고안해낸 기구의 원리는 아주 놀라웠다.

깊이 내려가기 위해서는 한두 사람이 수압을 견뎌낼 수 있는 선실이 필요하다. 다시 말하자면, 구체(球體)가 필요한 것이다. 이 구체는 특별히 제작된 아주 두꺼운 쇠로 만들어져 있었다. 작은 구멍을 통해 이 구체 속으로 들어가게 되어 있었으며, 물이 새어들지 않도록 구체 전체를 바깥쪽에서 단단히 볼트로 죄었다. 내려가는 것은 그다지 복잡하지 않아서 바닥짐만 실으면 되었다. 바닥짐은 전자석으로 고정시켜놓은 과립 형태의 쇠로 되어 있었다. 바닥짐을 실으면 이 구체는 아주 천천히 밑바닥을 향해 내려가게 된다.

그러고 나면, 어떻게 다시 올라오느냐 하는 문제가 제기된다. 우선은 바닥짐을 제거해야 한다. 복잡한 일이 아니다. 전류를 끊기만 하면 풍덩! 바닥짐이 바다 밑바닥으로 떨어지면서 금속 과립들이 작은 언덕을 이루는 것이다. 그러나 무엇보다도 피카르가 정말 뛰어난 점은, 수면으로 다시 올라오게 만드는 데 쓰이는 동체에 탄화수소를, 즉 휘발유를 집어놓도록 결정했다는 사실이다. 이 휘발유를 외부 압력에 견디도록 보호할 필요는 없었다. 이 휘발유 탱크의 압력은 외부나 내부나 똑같기 때문이다. 그리하여 4만 리터가 들어가는 어마어마한 휘발유 탱크 밑에 선실을 설치했다. 이 거대한 휘발유 공은 수면까지 서서히 올라갔다.

원리상으로는 이랬지만, 이걸 실현한다는 건 또 다른 문제였다. 이 심해 관측용 잠수정이 다카르에 도착했을 때 나는 제작자들이 이 기구를 단 한 번도 물 속에 집어넣어 보지 않았다는 사실을 알았다. 아무리

그래도 이 잠수정을 앙베르 항의 도크나 북해의 바닷물 속에 집어넣어 최소한 물이 스며들지는 않는지, 흔들거리지는 않는지, 제대로 내려가기는 하는지 확인할 수 있었을 것이다. 하지만 그들은 이 기구가 단번에 문제없이 작동될 것이라고 확신했던 것 같다.

이 잠수정은 배의 화물창에 실려 도착했다. 이는 곧 배에서 잠수정을 끄집어내야 된다는 걸 의미하는데, 이 일이 그렇게 쉬운 것이 아니었다. 화물창에서 끌어낸 잠수정을 갑판 아래로 옮긴 다음 물 속에 집어넣어야 했다. 이 단계에서는 휘발유 탱크가 비어 있기 때문에 그걸 채워야만 한다. 이 일이 아주 위험한 일이었다. 4만 리터에 달하는 휘발유를 화물선에 매인 이 잠수정에 펌프질을 해서 집어넣어야 하는 것이다. 적어도 원칙적으로는, 바로 이 순간부터 이 잠수정을 조종할 수가 있다.

첫 번째 잠수를 위해서 우리는 다카르를 출발하여 캡 베르 군도로 갔다. 바로 이곳에서 우리는 엄밀한 의미의 시험 잠수를 시작했다. 물론 몇 가지 사건이 있었다. 우리는 처음에는 사람이 들어가지 않은 상태에서 잠수정을 물 속에 집어넣는 게 나을지도 모르겠다고 생각했다. 그러기 위해서는 수면으로 다시 올라오는 순간에 바닥짐을 버리도록 할 수 있는 방법을 찾아내야만 했다. 피카르는 자명종이 울림과 동시에 금속 과립이 쏟아져 내리는 시스템을 고안해냈다. 그는 자명종을 맞추어 잠수정 안에 집어넣은 다음 우리와 함께 점심을 먹으러 갔다. 그런데 별안간 끔찍한 소리가 들려오는 게 아닌가. 잠수정이 바다 밑바닥으로 내려가기도 전에 자명종이 화물선 갑판 위에서 작동하기 시작한 것이었다. 과립이 온통 갑판 위로 쏟아져 내렸다. 갑판 위에 사람이 아무도 없어서 그나마 다행이었다.

1948년 10월 22일, 우리는 사람이 탄 잠수정을 처음으로 잠항시켜보기로 결정했다. 우리는 누가 피카르와 함께 잠수정에 탈 것인지를 결정하기 위해 제비뽑기를 했다. 그렇게 해서 뽑힌 사람이 바로 나였다. 제비뽑기를 하는 데 무슨 부정이 있었던 것일까? 잘은 모르지만 그런 것 같지는 않다. 시험 잠수는 10월 26일에 행해졌다. 잠수정은 25미터 깊이의 물 속으로 옮겨졌다.

『바티폴라주』책에는 우리가 탑승한 이 잠수정의 첫 잠항 사진이 몇 장 실려 있다. 잠수정 안으로 들어가는 피카르 교수의 엉덩이와 내 엉덩이가 아주 작은 현창을 통해서 보인다. 우리 두 사람 모두 반바지만 입고 있다. 그 누구도 결코 내려가 보지 못했던 바다 밑바닥의 낯선 세계 속으로 우리를 데려갈 이 공 모양의 쇳덩어리 속에 자진하여 갇혔다는 사실이 쉽게 믿겨지지 않을 정도다. 밀실공포증 환자라든지 회의적이거나 우유부단한 성격을 가진 사람은 이런 종류의 잠수를 할 수 없는 노릇이다. 아무도 본 적이 없는 걸 발견하기 위해서는 일절 주저하지 말아야 하는데, 이런 과학적 관찰자의 역할을 할 수 있었다니! 그 당시에 언론은 내가 인어와 마주보며 이야기를 나누면서 진지한 표정으로 작은 수첩에 뭔가를 써넣고 있는 모습을 묘사하기도 했다.

최소 열두 시간은 물 속에서 머물렀던 것 같다. 우리는 시간을 보내기 위해 체스를 가져갔다. 잠수부들이 우리 주위에 와서 손짓을 하는 게 현창 밖으로 보였다. 우리는 종이에 "우린 아무 문제 없습니다"라고 써서 그들과 의사소통을 했다. 처음 몇 번에 걸친 시험 잠수 중에서 가장 진지했던 이 최초의 시험 잠수는 이 방법이 좋다는, 내 생각에는 아주 썩 좋다는 사실을 증명해주었다.

그러고 나서 우리는 사람이 탄 상태로 더 깊은 곳까지 잠수를 했다. 잠수정이 다시 올라왔을 때 보니 한 가지 문제가 있었다. 탱크 속에 있는 휘발유를 회수할 수가 없었던 것이다. 그래서 그 많은 휘발유를 바다에 쏟아 부어야만 했다.

그러나 그것은 시작에 불과했다. 휘발유가 바다로 퍼져 나가자 무슨 일이 있나 해서 타이에즈와 쿠스토가 엘리 모니에 호를 타고 나타났던 것이다. 그들이 탄 소형보트의 연통에서 불꽃이 솟아올랐다. 우리는 그들의 소형보트가 그 괴물 같은 휘발유 띠를 향해 다가오는 것을 불안한 심정으로 지켜보고 있었다. 마음 졸여지는 순간들이 흘러갔다. 결국 모든 게 다 잘 마무리되었다.

그 당시에 잠수정은 벨기에의 국립과학연구기금 소유였다. 1950년에 이 배는 프랑스 해군으로 넘어갔다. 그때 아주 중요한 두 인물인 해군장교와 기술자가 등장하여 이 잠수정을 가동시키는 책임을 맡았다. 이때부터 자연환경에서의 활용이 시작되었다. 그들은 다카르 앞에서 시험 잠수를 하기로 결정했고, 1954년에 나는 옵서버 자격으로 여기 참여할 수 있도록 허용해달라고 해군성에 요청했다. 시스템은 개선되었다. 아예 처음부터 잠수정에 휘발유를 채운 다음 잠수 지점까지 끌고 가는 것이었다. 하지만 실제로는 일이 그렇게 단순하지가 않았다. 해군 초계정을 타고 잠수정이 있는 곳까지 가야만 했던 것이다.

원칙은 다음과 같다. 고무보트를 타고 잠수정에 접근한다. 당연히 잠수정에 닿기도 전에 벌써 온몸이 물에 흠뻑 젖는다. 그러고 나서 잠수정의 둥근 지붕 위로 올라간 다음 가는 끈에 매달린 채 몇 가지 곡예를 벌이며 그 구체 안으로 들어가는 것이다. 바로 그 순간 나는 불안해지기 시작했다. 과연 다시 올라올 수 있을까 하는 의문이 들었다. 예를 들어 만일 바닥짐이 빠지지 않아서 바닷속 2천 미터 되는 곳에서 꼼짝 못하게 되면 어떻게 하지?

어쨌거나 우리는 잠수정을 타고 내려갔다. 우리는 이 수직 여행을 하면서 많은 것들을 보았다. 나는 내려가면서 본 것을 기록해놓았다. 결국 45분 만에 우리는 2천 미터도 더 되는 바다 밑바닥에 닿았다. 잠수정에는 두 개의 작은 프로펠러가 달려 있어서 바닥을 수평으로 이동할 수 있게 되어 있었다. 하지만 실제로는 그다지 잘 작동되지 않았다. 어느 정도 시간이 지나자 우리는 현창 밖을 내다보는 게 지겨워져서 바닥짐을 쏟아 부은 다음 천천히 수면을 향해 올라왔다. 나는 며칠 간격을 두고 두 번 더 잠수를 했는데, 한 번은 850미터까지 내려갔고, 또 한 번은 1,700미터까지 내려갔다.

결국 우리는 무사히 이 모험을 마쳤다. 이 최초의 시험에 참여한다는 건 참으로 흥미로운 일이었다! 다카르로 돌아가 보니 아내를 비롯해 많은 사람들이 항구에서 우리를 기다리고 있었다. 아내가 물리학자인 코지앵에게 내 안부를 묻자 그는 안도의 한숨을 내쉬면서 이렇게 대답했다고 한다. "다행히도 죽은 사람은 아무도 없습니다." 아내 역시 안도의 한숨을 내쉬었을 것이다.

돌아오는 길에 나는 과학아카데미에 제출할 '보고서'를 요약했는데,

탐조등을 이용해서 본 것을 수위별로 기술하는 것이었다. 바다의 살아 있는 부분은 주로 수면에 존재한다는 사실을 상기시켜야 할 것 같다. 수면 아래로 100미터만 내려가도 벌써 어둡다. 물론 희미한 반사광은 있다. 하지만 그러고 나서 11,000미터까지는 완전한 어둠이다.

바다와 대양에 서식하는 생물체 가운데는 내가 특히 좋아하는 동물군이 있는데, 바로 두족류 즉 문어다. 어렸을 때 읽었던 쥘 베르느 소설의 영향이든, 아니면 여러 개의 팔을 한꺼번에 내미는 이 커다란 동물에게 매료되었든 간에 만일 인간이라는 종이 사라지게 될 경우 진화에 개입할 수도 있다는 이유로 나는 문어를 가장 선호한다.

일반적으로 두족류(문어·낙지·오징어, 그리고 아직 존재하는 몇 종류의 앵무조개)는 아주 독특한 특징을 가지고 있다. 우선 감각기관이 놀라울 정도로 완전하다. 특히 눈이 우리의 눈만큼이나 완벽에 가깝게 되어 있다. 흡각이 달려 있는 유연한 팔 역시 매우 효율적인 촉각기관이다. 두족류는 거의 대부분 뼈가 아니라 연골조직으로 이루어져 있는 두개(頭蓋)를 가지고 있다. 무척추동물에게 이것은 아주 크나큰 진보라고 말할 수 있다. 특히 문어를 중심으로 한 두족류의 정신현상은 최근 몇 년 사이에 많이 연구되었는데, 상당히 발달되어 있는 것으로 추정된다. 문어는 기억력까지 갖고 있는 것으로 보인다.

두족류는 때로 어마어마한 크기에 달하기도 한다. 북극해에는 길이가 20미터나 되는 거대한 오징어들이 사는 것으로 알려져 있으며, 때로는 이 오징어로부터 떨어져 나온 팔만 발견되는 경우도 있다. 또한 향유고래의 몸에 남아 있는 오징어 흡각의 흔적을 측정함으로써 이 오징어가 얼마나 큰 놈인지를 알아낼 수도 있다. 두족류의 포식동물인 이 고래류는 오징어들과 갈등관계에 있기 때문에 때때로 그들의 몸에서는 일부 거대한 두족류의 흔적이 발견되는 것이다. 이 흔적은 원반 모양에 크기는 찻잔 받침 정도인데, 흡각 하나가 이 정도라면 과연 오징어가 얼마나 클지 충분히 상상할 수 있다.

따라서 이 동물군은 흥미로운 후보가 될 수도 있겠지만, 그럼에도 그 생리 기능, 특히 소화 기능을 비롯한 몇몇 부분에서 미진한 바가 있다. 또한 이 동물들은 오직 물 속에서만, 그것도 바닷속에서만 살 수 있다. 말하자면 바닷물 속에 용해된 산소를 마시는 것이다. 이 두족류가 뭍에 사는 생물들과 경쟁하기 위해서는 배수구를 다시 만들고, 허파를 다시 만들고, 완벽한 방수성의 비밀을 재발견해야 할 것이다. 그리하여 뭍에 상륙할 수 있는 상태를 회복하지 않는 한 그들은 영장류의, 보다 일반적으로는 포유류를 계승할 직접적인 경쟁자가 되지 못할 것이다.

물론 우리는 다른 동물군을 생각할 수 있다. 어떤 사람들은 경이로운 세계를 구성하며 놀라운 메커니즘을 보여주는 곤충류를 생각했다. 하지만 곤충류는 본능에 사로잡혀 있는 것처럼 보인다. 그런데 한 동물군이 아무리 완벽에 가깝게 되어 있다 할지라도 오직 혁신할 수 있다는 조건하에서만 진화될 중계자로 작용할 수 있을 것이다. 그런데 곤충류가 그런 조건을 갖추고 있는지 아닌지는 아직 확실하지 않다. 조류도 많은 장점을 갖고 있지만, 나는 손과 비교될 만한 도구를 가지고 있지 않은 동물들이 영장류가 이룩해놓은 것과 경쟁관계에 들어갈 수 있을

지에 대해서는 확신이 안 간다. 반대로 조류들은 난생(卵生)의 이점을 가지고 있다. 이 점에서는 파충류도 언급될 수 있을 것이다.

어떻든지 간에 이 같은 진화의 계주(繼走)는 새로운 출발의 형태로 이루어질 것이다. 진화는 인간의 진화보다 낮은 단계에서 다시 시작되어 천문학적인 기간을 거치면서 우리가 오늘날 알고 있는 것들과 반드시 비슷하지 않은 종들을 만들어내게 될 것이다. 이것은 생명 역사의 새로운 장이 될 것이다. 물론 이 모든 가설들은 재미있고 흥미진진하다. 하지만 그것들은 그 어떤 확실성도 갖추지 못한 가정에 불과하다.

'앵무새물고기'라는 아주 특별한 어류에 관한 연구

나는 30년도 더 전에 산호를 뜯어먹고 살며 주둥이가 꼭 앵무새 부리처럼 생긴 아주 특별한 어류에 관한 방대한 연구를 시작했다. 박물관에 있는 나의 실험실 선반에는 뼈가 반들반들하고 눈부시게 반짝이며 잉크로 보일락 말락 하게 주요 사항을 적어 넣은 이 어류의 작은 두개골이 몇 개 놓여 있다. 주둥이가 놀랄 만큼 억세 보인다. 나는 마치 백과사전만큼이나 두껍고 펜화들로 뒤덮인 자료집을 펼친다. 문외한들로서는 해석을 하려야 할 도리가 없기 때문에 아무것도 이해하지 못한 채 그냥 건성으로 페이지를 넘기는 수밖에 없다. 그러나 이 약화(略畫)들의 정확성이라든가 세밀함, 그것들의 아름다움(그 뜻은 이해하지 못하지만 절로 감탄사가 흘러나올 정도의 조화를 갖춘 중국의 명필을 보는 듯하다)에는 깊은 인상을 받게 된다.

속칭으로 '앵무새물고기'라고 불리는 스카리데과의 어류들은 고대 그리스 로마 시대부터 알려졌다. 그 당시에 파랑비늘돔이라고 이름 붙여졌던 이 어류는 맛이 좋다고 널리 알려져서 로마인들에게 꽤 인기가 있었다.

이 어류의 지리적 분포는 아주 특이하다. 이 동물군은 테티스라고 불리는, 오랫동안 곤드와나 대륙(고생대 말기에서 중생대까지 남반구에 있었다고 생각되는 가상적인 대륙. 그 뒤에 분리되어 현재의 아프리카, 남아메리카, 오스트레일리아, 인도 반도 및 남극 대륙 따위가 되었다고 한다—옮긴이)과 유라시아 대륙을 나눠놓았던 그 넓은 횡해(橫海) 안에 분화되었던 것이다. 현재 이 어류의 종들은 두 지역에 특별히 많다. 한편으로는 인도양과 태평양의 일부(인도네시아, 폴리네시아 등), 또 한편으로는 카리브 제도 지역에서 이 어류의 종들을 볼 수가 있다.

이 앵무새물고기는 괴팍한 식이요법에 아주 놀랍도록 잘 적응한다. 즉, 이 어류는 군락을 이룬 녹석의 표면을 잘게 썰고 석회 부스러기를 으깨서 먹는데, 석회탄산염을 먹기 위한 것이 아니라 암초의 유기적 부분을 섭취하기 위한 것이다. 이 물고기들은 인두(咽頭)에 일종의 절구 같은 게 붙어 있어서 석회 부스러기 속에 함유된 요소들을 추출해낼 수가 있는데, 이 절구가 어찌나 놀랍고 효율적인지 그들의 소화관에서는 아주 미세한 석회 침적물밖에는 발견되지 않는다. 이 스카리데과 어류들은 산호 덩어리에 종속되어 있지 않을 때에는 조개류라든지 갑각류, 때로는 해초같이 단단한 물체들을 먹는데, 숫자도 아주 많고 크기도 매우 커서 바다 밑바닥에 엄청나게 많은 양의 침전물을 토해낸다. 그래서 이 어류는 지질을 결정하는 한 요소로 간주되고 있다.

이들의 적응은 소화기관의 두 부위에서 이루어졌다. 우선은 치열이다. 즉, 이 어류를 앵무새물고기라고 부르는 것은 완전히 접합된 이들의 이빨 가장자리가 날카로운 일종의 부리를 형성하고 있어서 엄청나게 큰 산호초의 표면을 거칠게 문지르고 잘게 가는 데 더할 나위 없이 적합한 도구가 되기 때문이다. 뒤쪽에는 주머니처럼 생긴 인두(咽頭)가 있는데, 섭취된 산호 조각들은 양쪽에 하나씩 있는 이 인두낭 속에 들어 있다가 맷돌을 거쳐 넘어간다.

그러고 나면, 인두 뼈들이 아치처럼 생긴 아가미 앞부분에서 솟아 나와 있다. 약간 오목한 판처럼 단단히 결합된 아래쪽의 두 인두는 닳으면 다시 돋아나는 이빨들로 뒤덮여 있다. 나란히 배열되어 있으며, 역시 이빨로 덮여 있는 위쪽의 두 인두는 아래 인두의 표면에서 앞뒤로 움직이면서 섭취한 재료를 빻는 일을 한다. 물론 위쪽 인두가 아래쪽 인두를 지속적으로 누르면서 앞뒤로 움직이도록 하기 위해서는 매우 강력한 근육이 필요하다. 그래서 아래쪽 인두 옆쪽에는 상당히 두꺼운 기둥 모양의 근육이 있어서 상하운동을 가능하게 해준다. 이 근육 중 일부는 지나치게 발달된 나머지 터널 모양의 두개골 속으로 들어가 있다.

이 근육 계통의 해부학적 연구는 매우 복잡하다. 왜냐하면 이 어류들과 극기어류(棘鰭魚類) 간의 차이가 엄청나서 서로 다른 근육들의 식별이 아직 완전히 해결되지는 않은 몇 가지 문제를 제기하기 때문이다. 그러나 이 연구는 오래 전에 시작되었으며, 나는 이미 수백 점에 달하는 잉크화를 그렸다. 그 중에는 크기가 작은 앵무새물고기들의 머리를 횡단면으로 잘라서 시리즈로 그린 그림들도 있다.

지금 나는 자연사박물관 어류학자인 장 클로드 위로의 도움을 얻어서 이 모든 그림에 설명문을 붙이고 있는 중이다. 그러고 나면, 본문도 쓰고 도판도 순서대로 정리해야 한다. 이 연구에는 「앵무새물고기의 입과 인두 부위에 관한 시론」이라는 제목이 붙여질 것이다. 나는 이제 앵무새를 닮은 어류들에 관한 연구를 끝맺는다. 어류에 관한 마지막 연구에 서명함으로써 65년 전에 시작된 어류학자로서의 이력을 끝내는 것이다.

6

박물학자로서의 삶을 시작하다

잠에서 깨어난 그가 침대에 누운 채 말했다.
"엄마, 전쟁은 나쁜 놀이고, 지혜는 좋은 거예요."
_「테오도르의 수첩」, 1906년 11월

테오도르 모노는 10년 넘게 아프리카를 여행했다. 그가 아프리카 땅에서만 경력을 쌓고 있을 때 프랑스 흑(黑)아프리카연구소가 설립되었고, 이 연구소의 초대 소장으로 임명됨에 따라 그는 모든 걸 다 새로 이루어내야 하는 엄청난 모험 속으로 발을 내딛게 되었다.

그러나 최초의 대혼란이 그의 일을 늦추고 이 신생연구소의 발전을 가로막는 걸림돌로 등장했다. 그가 다카르에 자리를 잡자마자 전쟁이 터지는 바람에 직원들이 뿔뿔이 흩어지고 연구소 활동이 일체 중단된 것이었다. 그렇다고 해서 테오도르 모노가 박물학자로서의 일을 그만둔 건 아니었다. 일을 그만둘 수도 없었고 전쟁을 숙명으로 받아들일 수도 없었던 그는 군에서 그를 파견한 지역으로 가서 식물을 채집하기까지 했다.

이 평화주의자는 폭력이 불러일으키는 두려움의 감정과 조국을 위해 싸우고 싶다는 욕구 사이에서 갈등했다. 그는 날카롭기는 하지만 인명을 빼앗지 않는 무기인 글을 사용하여 그의 양심이 정해놓은 유일한 목표인 평화와 자유를 위해 싸웠다.

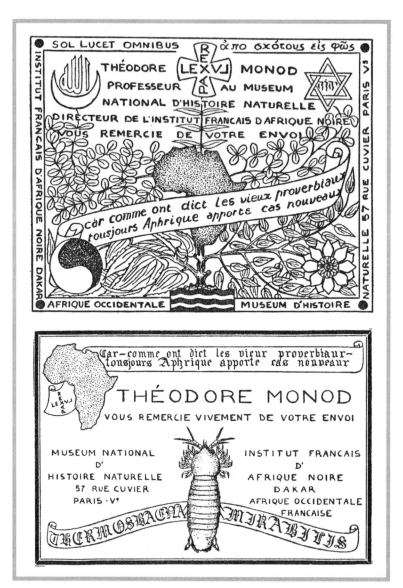

테오도르 모노가 그린 두 장의 카드

프랑스령 서부 아프리카에 설립된 연구소

1936년, 프랑스 흑아프리카연구소(IFAN)를 설립한다는 법령이 프랑스령 서부 아프리카 총독에 의해 선포되었다. 그 당시만 해도 여기서 무슨 일을 할 것인지, 누가 이 연구소를 이끌어갈 것인지 아무도 몰랐지만, 어쨌든 이론상으로는 IFAN이 탄생했다. 다카르에는 이미 얼마 전부터 프랑스 서부 아프리카 역사 · 과학연구위원회가 존재하고 있었는데, 정식으로 임명된 연구원도 없이 거의 상징적이라고 볼 수 있는 이 단체가 벌이는 활동이라고는 군인, 관리, 선교사 등이 보내오는 모든 논문을 받아서 회보 형태로 찍어내는 것뿐이었다.

아무 글이나 마구 실린다는 것도 문제였지만, 이 회보에 실린 글에 비판정신이 부족하다는 사실 역시 지적되어야만 했다. 바로 이 같은 이유 때문에 서부 아프리카에서의 과학연구를 촉진하고 그 결과를 출판하는 것을 임무로 삼는 조직을 설립하는 게 필요하다는 판단이 내려진 것이었다.

IFAN 사무총장 자리를 처음에는 마르셀 그리올에게 제의했으나, 그리올은 내가 모르는 이유로 이 제의를 거부했다. 만일 그리올이 이 자리에 임명되었더라면 IFAN은 인류학과 인문과학 쪽으로 치우친 또 다른 역사를 갖게 되었을 것이다. 그러나 이 연구소는 그것과는 다른 모습을 띠게 되었다. 그 당시 인간박물관 관장이었던 폴 리베가 손을 써서 내가 이 자리에 임명되었으므로. 나는 1938년 7월 14일에 다카르에 도착했다. 아내와 세 아이는 몇 주일 뒤에 나와 합류했다.

나는 자리를 잡기 시작했으나 쉬운 일은 아니었다. IFAN이 들어갈 사무실조차 아직 마련되지 않았던 것이다. 사실 다카르 지역 총독 사택으로 쓰기 위해서 플라토 지구에 지어놓은 큰 건물이 있기는 했다. 정보부가 그 중 일부를 쓰고 있던 이 건물의 텅 빈 작은 방 세 개가 내게 제공되었다. 책꽂이가 없었던 탓에 내 책들은 6개월 동안 바닥에 내버려져 있었다. 직원도 없었고, 예산도 없었다.

친절하게도 총독부 사무총장은 나의 역할이 순수하게 지적이라는(상징적이라고 말하기는 뭣하니까) 사실을, 다시 말하자면 예산이 책정되지 않을 거라는 사실을 내게 주지시켜주었다. 그럼에도 나는 아프리카 출신 직원 한 사람을 책정받게 되었는데, 베냉 출신의 알렉상드르 아당데는 그 뒤로 국제적인 경력을 쌓게 될 것이다. 그러고 나서 훨씬 나중에 비서 겸 타자수가 한 사람 충원되었다.

처음에는 약간 힘이 들었지만, 조금씩 상황이 나아져서 우리는 그럭저럭 체계적으로 일을 시작할 수 있게 되었다. 아, 그런데! 바로 그때 전쟁이 터지고 만 것이었다. 우리의 노력은 중단되었고, 모든 게 다 원점으로 돌아가버렸다. 나로 말하자면 티베스티로 파견되어 거의 일 년 동안 다카르를 비우게 되었다.

전쟁 속으로

프랑스에서 군대가 동원되고, 수천 킬로미터에 달하는 마지노 전선을 따라 배치되어 적군의 공격을 기다리는 동안 나 역시 이 '이상한 전쟁'에 참전했다. 리비아 국경에 가서 적의 동향을 염탐하라는 좀 하찮으면서도 나름대로 중요한 임무가 맡겨진 것이다. 나로서는 그 당시까지만 해도 유럽인들이 거의 가보지 않았던 지역을 탐험하고 또 이 지역의 식물과 동물들의 목록을 작성할 수 있는 아주 좋은 기회였다. 전쟁중에도 박물학자인 내 시야는 여전히 열려 있었고, 정신도 늘 깨어 있었기 때문이다.

다카르에서 티베스티까지 가기 위해서 나는 온갖 종류의 운송수단을 다 이용해야만 했다. 코토누까지는 배를 탔고, 코토누에서 차우루까지는 기차를 탔으며, 차우루의 기차 종착역에서는 트럭(이 트럭에는 '내겐 신만 있으면 돼'라는 이름이 붙어 있었다)을 타고 니제르 쪽에 있는 진데르라는 곳까지 갔다. 여기서 차드의 포르 라미까지는 비행기를 이용했고, 북쪽의 무소로 군기지까지는 자동차를 탔으며, 다시 낙타를 타고

파야라는 곳까지 가서 1923년 내가 처음으로 낙타 여행을 했을 때 모리
타니에서 본 적이 있었던 콜론나 도르나노 대령을 만나본 다음 또다시
낙타를 타고 북서쪽으로 간 끝에 결국 티베스티의 중앙 기지가 있는 바
르다이에 도착할 수 있었다. 여기서 다시 나는 프랑스령 적도 아프리카
의 맨 북쪽, 리비아와의 국경에 자리잡은 아오주 기지로 파견되었다.

나는 혼자였으며, 이론상으로는 사람들이 완곡하게 정보 업무라고
부르는 일을 맡았다. 나는 포르 라미에서 근무하는, 말하자면 아주 먼
곳에서 근무하는 한 대령 휘하에 있었다. 우리는 마치 초등학생들처럼
암호를 써가며 연락을 주고받았다. 얇은 영어사전에 등장하는 문자들
을 점을 찍어 표시하는 것이었다. 이 암호는 딱 한 번 쓰였는데, 포르 라
미에서 근무하는 이 양반은 내가 복무하는 동안 내 얼굴을 한 번도 보
지 못했고, 나 역시 그 양반한테 자주 연락을 취하지 않았으니 이것도
무리는 아니었다.

그렇지만 나는 내게 주어진 임무를 나름대로 아주 성실하게 수행하
였다. 나는 두 차례에 걸쳐 이탈리아 공군기지를 염탐하러 가서 이탈리
아군이 버린 통조림 상자에 기재된 사항을 기록했는데, 그 덕분에 이탈
리아군이 먹는 콘비프가 에리트레 지방의 아스마라라는 곳에서 만들어
진다는 사실을 알게 되었다. 병에 붙인 이름들도 기록했는데, 물론 이
건 아무 짝에도 쓸모없는 일이었다.

내 첩자 노릇으로 말하자면, 내가 가진 시간을 모두 쏟아 부을 만큼
의 재미는 없었다. 나는 리비아와의 국경지대를 순찰한다는 핑계를 대
고서 내가 관심을 가진 지역으로 탐험을 떠났다. 나는 투부족 한 사람

과 같이 낙타를 타고 평원으로 나갔다가 동쪽으로 비스듬하게 방향을 바꾸었다. 중간에 기복을 이룬 산악 지형이 나타났는데, 하나는 아돌프라고 이름 붙였고, 또 하나는 베니토라고 이름 붙였다. 그러고 나서 나는 유럽인들이 단 한 번도 들어가 보지 못했을 도혼이라는 지역으로 향했다.

나중에 나는 수원이라든가 도로 등의 정보가 담긴 도정 안내도를 펴냈다. 리비아 사막을 정찰했던 사막 장거리 순찰대 소속 영국 군인들은 티베스티의 북부 지역에 관한 내 정보가 자기들에게 매우 유용하게 쓰였다고 전쟁이 끝나고 난 뒤에 이야기했다.

이렇게 탐험을 계속하다가 우연히 리비아 남동부에서 페잔으로 이어지는 이탈리아군 트럭 통행로를 보게 된 순간 나는 내가 비밀요원이라는 사실을 문득 상기했다. 그리하여 나는 독일어로 쓴 문서가 들어 있는 빈 위스키 병을 이 도로 중간중간에 놓여 있는 200리터짜리 나무통 아래 놓아둠으로써 적군을 혼란에 빠트리기로 했다. 이 작전의 목표는 이탈리아인들로 하여금 독일 지질학자 두 명이 이탈리아인의 영토를 비밀리에 돌아다니고 있다고 믿게 만들기 위한 것이었다. 만일 이 문서를 보게 되면 이탈리아인들은 틀림없이 의문을 품었겠지만, 어쩌면 이 병은 언제까지나 이 도로 표지 밑에 놓여 있게 될지도 몰랐다.

사실 나는 나와는 아무 상관이 없는 이 트럭 통행로를 찾으려는 생각은 전혀 없었다. 내가 보려고 했던 것, 그것은 선사시대 말기 사람들이 요긴하게 썼던 초록색 장석(長石), 아마조나이트 지층이었다. 나는 지금도 투부족들이 어떤 장소로 가서 이 암석을 캔 다음 남쪽으로 가져간다는 사실을 알고 있었다. 나는 이 지층을 발견했고, 견본(암석·광석 찌꺼기 등)을 몇 개 수집했다.

고백하건대, 난 좀 두려웠다. 그 당시 나는 리비아 영토에(그러니까 이탈리아 영토에) 들어가 있었기 때문에 까딱 잘못하다가 붙잡혀서 트럭에 실려 트리폴리까지 가게 되면 일이 복잡해질 수도 있었던 것이다. 나는 이곳에서 하룻밤을 보낸 뒤 그 다음 날 바로 다시 산으로 올라갔다. 평야보다는 산이 훨씬 더 안전했던 것이다.

또한 나는 티베스티 지역에 머무르는 기회를 이용하여 두 곳의 고산(高山)에 올랐다. 첫 번째 고봉인 해발 3,415미터의 에미 쿠시 산은 둘레가 40킬로미터로서 파리만큼이나 큰 분화구로 이루어져 있었다. 나는 이 분화구의 가장자리까지 올라가서 이미 오래 전에 잃어버린 암석 하나를 수집했다. 나는 텐트도 없이 이 분화구 안에서 밤을 보냈는데, 그날 밤 기온이 영하 12도였다. 하지만 바람은 불지 않았다. 내가 느끼기에는, 바람이 불 때의 영상 5도보다는 바람이 안 불 때의 영하 12도가 낫다. 그러고 나서 다시 하산을 해야만 했는데, 그게 쉬운 일이 아니었다. 내리막길이 날카로운 화산암 더미로 뒤덮여 있는 바람에 낙타들이 발을 베어 피를 흘리기까지 했다.

박물학 연구를 향한 열정

티베스티를 돌아다니는 일에 몰두하다 보니, 나는 전쟁이 벌어지고 있다는 사실을 깜빡 잊어버리고 말았다. 고독하고 독립적인 생활은 나에게 아주 잘 어울렸다. 나는 지질학과 식물학이 아닌 것에는 일절 관심을 두지 않았고, 흥미가 가는 지역을 여기저기 돌아다녔다. 그러던 차에 아주 자연스럽게 순전히 학문적인 차원에서 이탈리아인과 접촉하는 과정에서 작업에 유용한 정보를 얻기 위해 같은 분야에 종사하는 이탈리아인에게 편지를 쓰게 되었다. 그러나 프랑스 정보기관에서 일하는 사람들의 생각은 달랐다. 그들은 정보라는 단어를 전혀 다른 의미로 이해하고 있었던 것이다.

몇 달 뒤, 내가 이탈리아인들과 접촉했다는 사실을 안 진데르의 한 장군('카키 수염'이라는 별명으로 불리던)에 의해 나는 티베스티에서 쫓겨났다. 내가 이탈리아인들과 연락을 취한 건 사실이었다. 리비아 남부에 있는 화산 한 곳을 보러 가고 싶어서 이탈리아인들에게 전보를 보냈던 것인데, 운이 나쁘게도 내가 보낸 전보가 프랑스 감청부대에 의해 감청당했고, 이 부대의 책임자는 감히 적에게 전보를 보낼 생각을 했다는 이유로 나를 티베스티에서 쫓아내기에 이르렀다. 임무가 끝났으니 다카르로 돌아갈 것!

물론 나는 돌아가는 길에 투시데 산을 들렀는데, 그 높은 곳에 무엇이 있는지 보기 위해서였다. 투시데 산은 해발 3,315미터에 달하는 원뿔 모양의 거대한 화산으로 금방이라도 하늘을 뚫을 듯 우뚝 솟아 있었다. 자연사박물관의 라크루아 교수는 투시데 산 정상의 암석이 없다며 꼭 견본을 몇 개 보고 싶다고 말했기 때문에 나는 더욱더 강한 호기심을 느꼈다.

우리는 아침에 출발했다. 산 아래에 낙타를 내버려둔 채 산을 오르기 시작했다. 쉬운 일이 아니었다. 처음에는 하트 모양의 예리한 화산암이, 그 다음에는 원뿔처럼 생긴 탄각(炭殼)이 나타나는 바람에 서로 손을 잡아주는데도 오르기가 힘들었던 것이다. 마침내 우리는 정상에 도착했다. 올라오기를 잘했다는 생각이 들었다. 뜨거운 수증기가 산꼭대기에서 분출되어 땅을 적셔주고 있어서 희귀한 식물들(르네 메르와 내가 함께 쓴 『티베스티의 식물』이라는 책에 등장하는)이 자라고 있었던 것이다. 뿔이 둥글고 흰 야생 양도 몇 마리 살고 있었는데, 자기네 동네에 인간이 나타나자 혼비백산하여 줄행랑을 쳤다. 물론 나는 라크루아를 위해 암석들을 수집했지만, 이 암석들은 영영 프랑스에 도착하지 못했다.

산 아래에 낙타와 냄비를 남겨두고 올라왔기 때문에 우리는 그날 바로 다시 내려가려고 했다. 하지만 내려가던 중에 어둠이 내려 밤이 되고 말았다. 6월이었는데도 상당히 추웠다. 그런데 우리가 아무것도 안 가지고 올라갔기 때문에 몸을 덮을 만한 모포는커녕 수건 한 장도 없었다. 바로 그때, 일종의 자연 중앙난방장치가 가동되는 동굴 하나가 눈에 띄었다. 동굴 안에서는 뜨거운 공기가 느껴졌고, 야생 무화과나무 뿌리도 있어서 불까지 피울 수 있었다.

그 다음 날, 무사히 산을 내려가서 낙타들을 끌고 주아르까지 간 우리는 여기서 나중에 다른 방면에서 명성을 떨치게 될 마수라는 이름의 대위를 만났다. 독일군이 파리에 입성했다는 소식을 듣게 된 건 그날 밤 바로 이 마수 대위의 집에서였다. 우리가 샐러드 접시를 염치없이 뒤적거리며 저녁식사를 하고 있는데, 그가 라디오와 전등을 꺼내 들고 우리 쪽으로 걸어오는 것이었다. 그가 우리에게 파리 함락 소식을 알려주는 순간 다들 동요하는 표정이 역력했다. 나는 지금도 그때 일을 뚜렷하게 기억한다.

그러고 나서는 다카르로 돌아가야만 했고, 교통수단을 빈번하게 갈아타는 일이 다시금 시작되었다. 나는 낙타를 타고 빌마로 출발했다. 가는 길은 좀 건조했고, 또 약간 더웠다. 빌마 북쪽의 디르쿠 군사 기지에 도착한 나는 니제르의 아가데즈로 가는 자동차를 탔다. 사실 내게 신경을 써주는 사람은 아무도 없었고, 그 바람에 때로는 먹을 게 없어서 고생하기도 했다. 아가데즈에서는 겨우 설탕덩어리 한 개밖에 못 구했던 일이 생각난다. 나는 어쩔 수 없이 그걸 먹었다. 설탕을 먹는 일이 뭐 그리 나쁘냐고 말하실 분이 계실지 모르나, 사실 나는 설탕이 아닌 빵 조각을 먹고 싶었다.

아가데즈에서는 진데르 방향으로 가는 트럭을 탔고, 진데르에서는 다오메이 기차역까지 가는 또 다른 트럭을 탔다. 우기가 이미 시작되었다. 가는 길에 나는 초원지대에서 식물들을 수집할 수 있었다. 결국 나는 텁석부리가 되어 코토누에 도착했다. 이곳의 선교사들은 당초 선교에 나설 생각을 안 하는 이 선교사가 과연 누구일까 얼마 동안 궁금해 했다고 한다. 내가 코토누의 길거리를 돌아다니면 아이들이 다가와서 신의 가호를 빌어달라고 부탁하곤 했다. 그게 나쁜 일이 아니었기 때문에 나는 그 같은 부탁을 거절할 생각이 없었다. 그래서 나는 아이들에게 신의 가호를 빌어주었고, 그러면 내 기분도 무척이나 흡족해졌다. 거기서는 세네갈까지 가는 비행기를 구해 타야만 했다. 수상비행기를 이용해서 카메룬에서 다카르로 돌아가려던 플라통 장군이 나를 태워주었다. 드디어 나는 가족과 재회할 수 있게 되었다.

내가 집에 도착하고 나서 몇 분 뒤에 아이들 중 하나가 아내에게 다가가더니 물었다.

"저 아저씨가 우리랑 같이 살 거예요? 우리 집에서요?"

아이는 나를 알아보지 못했던 것이다.

조국의 자유를 위해

다카르로 돌아온 내가 이제 할 일은 생긴 지 얼마 안 되는 IFAN연구소를 다시 맡는 것이었다. 그러나 전쟁은 여전히 내 마음속에 존재하고 있었다. 내 조국의 자유를 구속하는 이 전쟁에 내 자신이 직접 관련되어 있다고 느꼈던 나는 그 엄청난 폭력과 공포에 반대했다. 나의 양심은 독일에게 굴복한 프랑스 권력과 나치 이데올로기가 강요하는 속박에 맞서 분기했다. 얼마 지나지 않아 나는 드골(1890~1970) 장군을 지지하게 되었다.

나는 다시 IFAN 소장직을 맡았으나, 워낙 혼란스러운 시대였던지라 이것저것 신경 쓸 일이 많았다. 그 당시 나는 이미 오래 전부터 프랑스령 서부 아프리카 총독을 맡고 있던 브와송을 방문했다. 브와송 총독은 그 뒤로 공격의 대상이 되었지만(드골 지지자들이 다카르에 정착한 뒤로 같은 입장을 취하지 않은 사람들이 많은 변화를 겪었다), 이 당시에는 경의를 표해야 마땅할 정도의 인간적이며 자유주의적인 태도를 취했던 걸로 기억된다. 무엇보다도 나의 부탁을 받은 브와송이 한 유대인 의사에게 약용식물에 관한 임무를 주어 감비아로 파견했던 일이(이 의사가 당연히 감비아 국경을 넘어 영국인들을 만나 연합국 주둔지로 갈 거라는 사실을 뻔히 알면서 말이다) 무엇보다도 가장 기억에 남는다.

내가 개인적으로 비시 정부를 특별히 지지하지는 않는다는 사실을 모르는 사람은 아무도 없었다. 페텡 원수의 초상이 그려진 인쇄물에 IFAN에서 필요한 것들을 적어넣게 되어 있었는데, 나는 그냥 한 단어로 '없음'이라고만 써넣었던 일이 생각난다. 나의 이 같은 입장은 여러 가지 사소한 어려움을 불러일으킬 수도 있었겠으나, 내가 직접적으로 영향을 받을 만큼 심각한 일은 일어나지 않았다.

심지어 나는 1940년 10월에서 1941년 11월까지 라디오 방송(아직 초보적인 수준이기는 했으나 그 얼마 전에 다카르에 라디오 방송국이 설치되었던 것이다)을 하도록 허가받기도 했다. 여기서 나는 내가 하고 싶은 말을 할 수 있었으나, 어느 날 몇 가지를 바꾸라고 요구하기에 거부하고 그만두었다. 이 방송은 나중에 『하마와 철학자』라는 제목의 책으로 묶였으나, 1943년 출간 당시에는 비시 정부로부터 일부 검열을 받았다. 하지만 다카르에서 나는 많은 자유를 누렸다.

나는 얼마 지나지 않아 드골 지지자들과 관계를 맺게 되면서 세네갈에서 '투쟁 프랑스'라는 단체의 의장이 되었다. 나는 다카르의 그룹을 이끌었다. 또 나와 내 친구 한 사람은 '프랑스 박애의 힘'이라고 이름 붙인 운동 단체를 서서히 만들어갔는데, 이 단체는 높은 이상으로 고무

되기는 했지만 우리가 원했던 만큼의 관심을 대중들에게서 끌지는 못했던 것 같다.

1942년, 나는 파리 여행을 했다. 을씨년스럽기만 한 이 도시는 어둠이 내리자 통행금지가 되면서 어둠에 잠기고 말았다. 역(逆) 만(卍)자형의 커다란 독일 국기가 도처에 휘날리고 있었다. 상원 건물에도 꽂혀 있었고, 독일 공군 사령부로 바뀐 몽테뉴 고등학교 건물에도 꽂혀 있었다. 돌아올 때는 비시로 가서 알제로 가는 비행기를 탔다. 그리고 내가 알제에 도착한 1942년 11월에 미군이 아프리카에 상륙했다.

파리에서 본 것에 깊은 충격을 받은 나는 다카르로 돌아가자 강연회를 열어서 프랑스에 체류하는 동안 무엇에 영감을 받았는지를 여러 사람에게 알렸다. 강연 내용은 다카르의 '자유 프랑스' 기관지인 〈우리의 투쟁〉에 실렸다. '투쟁의 의미에 관한 성찰'이라는 제목의 이 글에서 나는 나의 신념을 표명하는 한편, 치러야 할 전쟁의 의미를 확대시키면서 적에게 군사적 투쟁 상대를 넘어선 악(惡)의 모습을 부여하고, 어디서 어떤 상황에서든 이 악과 줄기차게 싸워 이겨야 한다고 주장했다. 이렇게 해서 나는 아프리카에 사는 프랑스인들에게 도덕적이며 철학적인 교훈을 제공하고, 어떤 길을 걸어야 하는지에 대한 확신을 주었다. 그러자 알제에 머무르고 있던 드골은 나에게 편지를 보내 감사의 뜻을 전했다. 집의 서재와 서랍, 벽장을 뒤진 끝에 나는 '내 좋은 친구, 모노 의장에게'라는 헌사가 적힌 드골 장군의 낡은 사진 한 장을 찾아낼 수 있었다.

1943년, 드골이 '자유 프랑스'에 동조한 서부 아프리카를 처음 방문했을 때 나는 옛날 구두가게에 자리잡은 다카르 '자유 프랑스' 본부에서 그를 맞았다. 1943년부터 새로운 '투쟁 프랑스' 기관지가 다카르에서 발행되기 시작했고, 나는 이 기관지에 글을 기고했다.

1944년, 나는 국제아프리카연구소의 동료들과 다시 접촉하기 위해서 런던으로 갔다. 이때 재배식물들을 수록한 두꺼운 세 권짜리 '베일리 사전'을 낑낑거리며 안고 갔던 일이 생각난다. 돌아올 때는 런던에서 모로코행 항공기를 탔고, 노르망디 상공을 지나다가 이 지역이 온갖 색의 둥근 점들로 뒤덮여 있는 광경을 보았다. 그것은 이제 막 프랑스에 상륙한 연합군이 땅바닥에 놓아두고 간 낙하산들이었다. 종전(終戰)이 머지않았다는 얘기였다.

7
나는 마지막 박물학자

그는 항상 서류와 책, 수첩 속에 파묻혀 있다.
그는 심심풀이로 우화의 단장(斷章)들이라든지,
지질학 서적에 나오는 선사시대 동물들의 이름을 베껴 쓴다.
_「테오도르의 수첩」, 1909년 2월

테오도르 모노 같은 박물학자들에게서 가장 인상 깊게 느껴지는 점은 그들이 매우 자유롭게 작업 계획을 짠다는 것이다. 그들은 항상 자신들이 원하는 일을, 마음에 드는 일을 하는 것처럼 보인다. 실제로도 거의 대부분은 그렇다. 그러나 이 같은 독립성은 다른 시대(이런 자유가 학자들에게 새로운 지평을 열어주고 그들로 하여금 온갖 희망을 품게 해주었으며, 과학이 오직 세계의 발견으로만 이해되던 시대)의 것이 되고 말았다. 우리 시대는 이제 끈질기게 지구를 누비고 호기심어린 눈으로 지구를 관찰하면서 엄청나게 축적된 지식을 통해 현대과학에 토대를 제공해주던 그 지칠 줄 모르는 측량사들의 것이 아니다. 오랫동안 하나의 표준이었던 것이 이제는 예외가 되었다. 테오도르 모노는 자신이 최후의 박물학자들 중 한 사람이며("어쩌면 나는 마지막 박물학자인지도 모릅니다"라고 그는 말한다), 이제는 더 이상 그 전처럼 살 수 없다는 사실을 잘 알고 있다. 지구를 체계적으로 탐색하고 지구의 풍요한 자원을 조사하는 것으로 여기는 자연과학의 실천은 이제 식물원의 수많은 학자들이 사용했던 전통적인 방식으로는 더 이상 이루어지지 않을 것이다.

여행하는 박물학자, 바로 이것이 테오도르 모노의 모습이었다. 라 페루지아라든지 부갱빌 혹은 아델베르트 폰 샤미소처럼 위대한 여행자들과 동행했던 박물학자들이 그랬듯이, 그 역시 아프리카를, 특히 사막을 연구 영역으로 정하고, 여러 가지 것들을 수집하기 위한 준비와, 단순하기 짝이 없지만 흔히 경험적이고 체험에 의해 완벽해진 방법으로 살아 있는 종들과 광물들을 수집했다.

낙타를 타고 여행하는 박물학자

여행 준비는 정해진 계획을 어떻게 짜느냐와 특히 어떤 이동 수단을 이용하느냐에 따라 달라진다. 낙타를 타고 이동하느냐, 아니면 자동차를 타고 이동하느냐에 따라서 모든 게 판이하게 달라질 것임은 분명하다. 물론 꼭 그대로 가는 건 아니지만, 그래도 코스는 미리 짜두어야 한다. 그리고 이 코스에 맞추어 통과해야 할 지역의 특성(암석으로 이루어진 고원인지, 레그인지, 아니면 사구인지 등등)이라든지 거기서 무엇을 발견할 수 있을지에 대한 정보를 알아보아야 한다. 그리고 이 모든 요소들을 고려해야 하는 것이다.

그러고 나면 물자와 기술 준비에 몰두할 수 있다. 물론 이상적인 것은 최소한의 것만 가져가는 것이다. 아주 간단한 도구들이 있다. 우선 나침반이 필요하지만, 이것은 박물학자들만 쓰는 건 아니다. 내가 수년 전부터 특히 낙타를 타고 장기 횡단을 할 때 갖고 다니는 것은 토포 쉑스 나침반이다. 사실 이건 콤파스다. 옛날에는 바늘이 방위 눈금의 꼭대기에 매달려 있는 나침반들을 사용했었는데, 그 중 하나인 페네 나침반은 정확성이 상당히 떨어지는데도 오랫동안 사하라에서 쓰였다. 반면에 내가 쓰는 것 같은 액체 나침반은 지평선의 여러 지점을 돌아다니면서 연속적으로 위치를 결정할 경우에는 자화(磁化)된 원반이 천천히 규칙적으로 따라 움직인다. 이렇게 하면 나침반을 삼각대에 고정시키지 않고도 손에 들고 아주 안전하게 일을 할 수가 있다.

고도계를 가지고 가면 편리하다. 지금은 작으면서도 완벽한 고도계들이 나와 있어서 고도를 측정하거나, 아니면 최소한 낮은 지점과 높은 지점 사이의 고도차를 측정할 수 있다. 복잡하게 같은 시각에 해발 압력을 잴 필요가 없는 것이다.

또한 나는 수년 동안 사생기(寫生器)를 사용했는데, 이것은 특히 지리학자들이나 지질학자들과 관련이 있는 도구다. 사생기는 긴 막대에 의해 평판측정기(이 측정기는 삼각대 위에 서 있다)에 고정된 프리즘으로 이루어져 있다. 이 프리즘으로 절벽이라든가 암벽, 전경 등 눈에 보이는 것을 상세히 그릴 수 있는 것이다. 나는 이렇게 해서 개관(槪觀)이라고 불리는 것을 자주 하곤 했다. 그림을 그리기 시작한다. 평판측정기를 조금씩 돌린다. 그러면서 계속 그림을 그린다. 결국은 주변의 모든 외형과 더불어 각도별 방향이 기록된 긴 띠를 얻을 수가 있게 된다. 사생기는 쓸모가 아주 많은 도구다.

수첩이라든가 연필, 색연필, 지우개, 수집품이나 지표의 기복 등 이것저것 기록하는 데 필요한 공책, 그리고 특히 여행 일기장도 잊어서는 안 된다.

돌에 관심이 있느냐, 수상 동물에 관심이 있느냐, 아니면 식물에 관심이 있느냐에 따라서 조금 달라질 것이다. 돌은 모으기가 그렇게 어렵지는 않지만 그 기원을 나타내주는 흔적을 보관해야 하며, 따라서 일련번호를 붙여야 한다. 식물과 동물 견본 등에도 물론 일련번호를 붙여야 한다.

자연사박물관 실험실의 서가 위에 붙어 있는 벽장들 중 하나를 열어보면 연대순으로 분류된 '수집품 노트'가 열대여섯 권 가량 나란히 꽂혀 있다. 때로는 여러 차례에 걸쳐 모은 답사 수집품들이 노트 한 권에다 기록되어 있는 경우도 있다. 작고 촘촘한 글씨로 쓴 번호와 설명문, 그리고 때로는 이름들이 끝없이 이어져 있는 페이지에는 이따금 몇 개의 약화가 등장해서 단조로움을 깨뜨린다. 어떤 페이지에는 오직 그림만 그려져 있고, 또 어떤 페이지들은 자주색 잉크로 쓴 글로 덮여 있는데, 그림이든 글이든 거의 읽을 수가 없지만 그래도 그것을 그리고 써넣은 사람의 방법과 깔끔함, 끈기를 느낄 수가 있다.

모은 수집품은 일련번호를 연속적으로 붙여가며 면밀히 기록해야 한다. 불행하게도 나는 이 번호 매기기를 아주 늦게, 그러니까 1934년에서야 시작했다. 기록은 매일 밤 해야 한다. 그날 낮에 수집한 것을 정확한 날짜와 함께 요일을 빠트리지 말고(왜냐하면 시간 개념을 금방 잃어버리고, 따라서 이따금 날짜가 헷갈리기 때문이다) 적어넣어야 하는 것이다. 언젠가 한번은 아내와 함께 낙타를 타고 아드라르 지방을 한 바퀴 돈

다음 어떤 구엘타 근처에 도착했는데, 이곳에는 아타르라는 인근 소도시에 주둔한 프랑스 군인들이 일요일이라서 목욕을 하러 와 있었다. 우리는 시간 개념을 잊어버리는 바람에 요일을 며칠씩이나 착각하고 있었다.

사막 안으로 : 사막의 모든 것들을 수집하다

사막에서는 많은 것들을 수집할 수가 있는데, 무엇보다도 광물이 있다. 모래밭에서 광물을 수집하는 건 비교적 쉬운 일이다. 일반적으로 모래밭에서 많은 견본을 수집하여 그 입자들을 연구한다. 지금은 분상체 세립 측정 분류법과 형태 측정 분류법이라는 두 가지 방법으로 이 입자들을 좀더 자세히 검사한다. 분상체 세립 측정 분류법은 이런저런 크기를 가진 입자들의 비례에 관한 정보를 제공해주는 반면, 형태 측정 분류법은 모래 입자들을 현미경으로 연구하면서 그 형태를 토대로 그것들이 어떤 영향을 받았는지를 결정하려고 애쓴다. 이렇게 함으로써 모래 입자의 세 가지 주요한 종류를 구분할 수가 있게 되었다. 우선은 마멸되지 않은 입자들, 즉 바람에 의한 것이든 아니면 물에 의한 것이든 간에 수세기에 걸친 가공(加工)을 아직 받지 않아서 원래 형태에 가까운 모습을 여전히 간직하고 있는 석영 결정체들이 있다. 그리고 광택이 없거나 아니면 매끈한 둥근 입자들이 있다. 둥글고 매끈한 입자들은 물에 의해 연마되고 수로를 통해 운반되었다. 노끈을 꼰 모양의 아주 미세한 문양이 새겨져 있으며 충격을 받아 표면에 반점이 찍힌 둥글고 광택 없는 입자들은 바람에 의해 운반되었다. 모래 견본은 딱딱한 종이로 만든 작은 봉지 속에 보관한다. 효과적으로 닫을 수 있도록 가능하면 금속성을 띤 띠를 종이에 붙여서 사용할 수도 있을 것이다.

아드라르 지역의 지질 구조를 체계적으로 연구할 당시 나는 암석 견본을 저장하기 위해서 아주 오랫동안 아내가 천으로 만들어준 관 모양의 용기를 사용했다. 첫 번째 견본을 이 용기 속에 집어넣으면 바닥까지 내려간다. 그전에 암석이나 라벨에 정성 들여 번호를 기록하고 용기 속에 집어넣은 다음 견본 윗부분에 매달린 가느다란 끈으로 용기를 졸라매서 그 다음에 이어지게 될 모든 견본들과 분리시킨다. 그러고 나서 두 번째 견본을 집어넣는 것이다. 이렇게 하면 일종의 소시지 모양으로 염주처럼 이어진 암석 견본들을 얻을 수가 있는 것이다.

이 방법에는 여러 가지 이점이 있다. 우선은 염주처럼 용기 속에 포개어진 스무 개 가량의 견본들이 아주 쉽게 상자 속에 들어간다. 염주가 차곡차곡 쌓이면서 빈틈이 메워지면 나중에는 더 이상 아무것도 움직이지 않는다. 한 가지 불편한 점이 있다면, 며칠 전에 주웠던 견본을 다시 보고 싶어도 끄집어낼 수가 없다는 사실이다. 물론 그 견본을 넣어놓은 용기의 바깥 부분에 수성 펜이나 잉크로 번호를 써놓는다면 모르지만 말이다. 그렇게 해놓으면 면도날 같은 걸로 용기를 찢은 다음 견본을 꺼내서 검사하는 게 가능해질 것이다. 암석 견본을 수집하기 위해서는 망치를 가져가는 게 낫다는 말을 했어야 하는데 깜박 잊었다.

지금은 머리 부분은 물론 손잡이 부분까지 모두 금속으로 되어 있는 지질학자용 망치를 구할 수가 있다. 옛날에 우리는 나무 손잡이가 달린 망치를 사용했다. 그런데 아주 건조한 지역에서는 이 나무 손잡이가 마르면서 수축되는 경향이 있다. 그래서 첫 번째 망치질을 하는 순간 망치 머리는 어디론가 날아가고 손에는 손잡이만 남곤 했다. 물론 이런저런 방법을 써서 손잡이를 고정시키려고 애를 써보았지만, 늘 우지끈 소리를 내면서 다시 떨어져 나가기 일쑤였다. 전체가 금속으로 되어 있는 망치가 등장하면서 이 문제는 해결되었다.

어떤 경우에는 끌을 몇 개 가져가는 것도 쓸모가 있다. 단단한 암석에서 화석을 추출해내야 될 경우 망치로 직접 공격할 수는 없다. 예를 들면, 암맥의 형태로 나타나는 사하라의 아름다운 초록색 조립(組立) 현무암은 공 모양으로 잘라지며, 그 중에는 사람 머리만큼이나 큰 것도 있다. 그런데 이처럼 공 모양을 한 암석은 조각을 떼어내기 위해 힘을 가할 모서리도 없고 각(角)도 없기 때문에 직접 망치로 때려봤자 아무 소용이 없는 것이다. 이런 암석의 견본이 꼭 필요하다면 이미 공 모양으로 쪼개져 있는 암석을 찾아보거나, 아니면 끌을 사용해야 한다.

나는 한 가지 분야에 안주하는 인물이 아니다. 사람들은 나를 어류학자라고 믿고 있었다. 그런데 나는 이제 지질학자일 뿐만 아니라 식물학자이기도 하다. 나는 젊었을 적부터 파견되었던 낯선 나라들의 매혹 때문에 눈에 보이는 것은 무엇이든지 수집했다. 그리고 나는 사하라를 장기 횡단할 당시 단조롭기 짝이 없는 풍경의 권태로움에서 벗어나기 위해 수집할 수 있는 건 뭐든지 단 하나의 예외 없이 수집했다.

"길을 가면서 닥치는 대로 주워 모으는 것보다 더 쉬운 일이 또 뭐 있겠습니까? 만일 내가 그 견본들을 직접 연구하지 않는다 하더라도 다른 연구자들에게 쓸모 있을 겁니다."

실제로 서른 명이 넘는 이름난 식물학자들은 내가 아프리카에서 수집한 식물을 사용했다.

나는 답사를 나갈 때마다 항상 지질학자에게도 필요하고, 식물학자에게도 필요하고, 동물학자에게도 필요한 장비를 가져갔다. 내가 모든 걸 다 수집하면서 이런 식으로 했던 것은 사막에서는 모든 게 동시에 나타나기 때문이다. 사막은 현재의 것이든 아니면 이전의 것이든 간에 각양각색의 자질구레한 것들과 생명의 흔적이 너무나 풍부하기 때문에 이렇게 하면 무척 재미가 있다. 나는 아직까지도 거의 알려져 있지 않은 지역에서는 최대한 견본을 수집하는 게 좋다고(왜냐하면 내가 현장에 와 있으니까) 생각했다. 사막이 아닌 다른 곳에서는 눈에 띄는 걸 모두 수집한다는 게 아예 불가능하니까.

건조지역에서는 건조가 놀랄 만큼 빠르게 이루어지기 때문에 식물 연구가 매우 수월하다. 열대림에서 식물학을 한다는 건 끔찍한 시련이 아닐 수 없다. 많은 식물학자들이 새로운 방법을 채택했다. 즉, 밤마다 몹시 습한 대기 속에서 등불을 받으며 수집한 식물 견본의 수분을 조금씩 제거하려고 애쓰는 대신 알코올을 가득 부은 비닐봉지 속에 견본을 집어넣는 것이다. 이렇게 하면 확실히 보존할 수가 있다. 그리고 답사가 끝난 뒤에 봉지에서 견본을 꺼내 직접 압착하면 되는 것이다.

　사하라에서는 수집한 견본을 신문지 사이에 넣어두기만 하면 된다. 그래서 항상 신문지를 많이 갖고 다녀야 하는데, 아무 신문이나 다 되는 건 아니다. 〈르몽드〉 신문이 가장 적당하지만, 〈관보(官報)〉도 나쁘지는 않다. 〈피가로〉지는 안 좋다. 좀 매끄러워서 습기를 충분히 흡수하지 못하기 때문이다. 심지어는 사하라에서조차도 습기를 흡수하는 종이를 사용하는 게 좋다. 그렇게 해도 모든 게 다 금방 말라버린다.

　수집된 견본들은 압착기 속에 집어넣는다. 여기에도 여러 가지 방법이 있다. 내 경우에는 처음 오지에라스-드레이퍼 사하라 탐험대에 참가했을 때 호가르 지역에서 직접 만들었던 압착기를 항상 가지고 다니면서 사용했다. 이 휴대용 압착기는 두 개의 널빤지를 경첩 역할을 하는 두 개의 가죽끈으로 연결시켜 놓았기 때문에 가죽끈을 세게 잡아당기면 그 안에 들어 있는 견본이 강하게 압착된다. 나는 이 도구를 어깨에서 허리로 비스듬히 둘러메고 다녔다. 내가 이런 식으로 압착기를 가지고 다녔더니 오지에라스-드레이퍼 탐험대에 동참했던 동료 왈라디미르 베나르가 이 압착기에 아주 재미있는 이름을 붙여주었다. 그는 이 도구를 '모노식 시소'라고 불렀다. 나는 수차례 식물학 답사를 나갈 때마다 압착과 보관 기능이 있는 이 널빤지를 가지고 다니다가 새로운 유사 모델로 바꾸어서 최근에 살바주 군도 답사 때 사용했다.

　사하라에서는 대부분 가시 있는 식물을 수집해서 견본으로 만들게 된다. 그렇기 때문에 이 식물들을 가능한 한 최대한 거칠게 다루어야만

고분고분 말을 잘 듣게 만들 수 있다. 정상적인 형태를 되찾으려고 늘 애쓰는 이 불운한 가시들의 저항을 분쇄하기 위해서는 널빤지 위에 올려놓고 혼내주어야 하는 것이다. 마른 상태로 수집해서 압착을 했다가는 가루가 되어버릴지도 모르는 초본식물의 경우, 유일하게 가능한 해결책은 이 견본들을 뜨거운(펄펄 끓는) 물 속에 집어넣어 무르게 만든 다음 '모노식 시소'가 얼마나 무서운 곳인지 맛을 보여주는 것이다.

수집한 식물은 하루나 이틀쯤 지난 뒤에 널빤지 사이에 넣고 압착시킨 다음 잘 건조되면 다발을 만들어서 봉지나 가방 속에 집어넣는다. 이것을 낙타에 실어놓으면 좀 불편하다는 말을 해야겠다. 낙타에 싣는 짐은 항상 신축성이 있어야 하기 때문이다. 쌀이나 설탕 주머니는 아주 쉽게 낙타 위에 올려놓을 수가 있지만, 상자라든가 트렁크, 빳빳한 물건을 낙타에 묶어두면 여러 가지 문제가 발생하게 된다. 하지만 완전히 불가능한 건 아니다. 나는 광택지라서 습기를 거의 통과시키지 않는 〈일러스트레이션〉 지 사이사이에 식물 표본을 끼워넣은 다음 낙타에 싣고 티베스티 지역에서 다시 나온 적이 있었다. 그때 나는 종려나무 잎사귀로 발을 엮어 만든 다음 그 사이사이에다 견본 다발들을 집어넣었다.

모래 입자라든가 과일 등을 저장하는 건 아주 쉽다. 작은 봉지나 작은 상자를 가져가는 걸로 충분하다. 탐험을 하는 도중에 또 나는 여러 과의 버섯이 자라고 있는 동물의 똥을 체계적으로 주워 모으기도 했다. 자연사박물관 연구자들 중 이 개체군에 관심을 가지고 있는 몇몇 연구자들이 있었던 것이다. 이 버섯들을 연구하기 위해서는 똥을 물에 적신 다음 이 작은 종들이 발아되기를 기다려야 한다. 이렇게 해서 때로는 우리가 모르는 새로운 형태를 발견하게 되기도 한다.

몇 가지 부류의 동물(어류, 양서류, 파충류, 여러 가지 무척추 동물)을 수집하기 위해서는 보관용 용액을 가져가야 한다. 포르말린을 희석시켜서 얻은 포르말린수도 괜찮고, 알코올도 괜찮다. 포르말린은 몇 가지 장점을 가지고 있는데, 무엇보다도 적은 양의 원액(40퍼센트)만으로도 10퍼센트 희석액을 얻을 수가 있으며, 이렇게 해서 보관용 용액의 양을 늘릴 수가 있다. 그러나 포르말린은 냄새가 고약하고, 동물을 표본병 속에 집어넣을 때 손가락 끝부분이 상하게 된다. 알코올이 분명히 가장 좋은 매질(媒質)이며, 다루기에도 가장 쾌적하다. 단지 아주 많은 양의 원액이 있어야 하고, 더더구나 쉽게 증발하기 때문에 갖고 다니는 게 항상 가능하지 않다는 게 단점이다. 나는 에테르 용액이나 필요하다면 클로로포름을 한 병 준비해서 가지고 갈 것을 권하는데, 이것이 있으면 동물을 마취시킨 다음 영구 보존할 수 있다. 뱀이라든지 개구리, 두꺼비, 파충류, 포유류 등등에 사용할 수가 있는데, 이 동물들을 산 채로 보존용액 속에 집어넣는다는 건 말도 안 되기 때문이다. 대체로 나는 '덩치 큰 동물'은 거의 수집하지 않았다. 한 번은 오지에라스가 아드라르데 이포라 지역에서 사냥한 하이에나를 박제로 만든 일이 있었고, 같은 지역에서 잡은 야생 양의 껍질을 벗긴 적도 있었으며, 새도 박제로 만든 적이 몇 차례 있었지만, 그럼에도 척추동물은 내가 선호하는 수집종이 아니다.

반면에 작은 동물들은 무척 많이 수집했다. 그러기 위해서는 완전히 밀봉할 수 있는 표본병을 많이 준비해야 하는데, 지금은 무척 쉬워졌다. 모든 용기에 플라스틱으로 만든 뚜껑이 달려 있어서 아주 편리하게 열었다 닫았다 할 수 있기 때문이다. 옛날에는 이것이 무척 복잡했다. 코르크 마개를 사용해서 모든 용기를 밀봉했기 때문이다. 그러다 보니 여러 가지 문제가 생겼다. 우선은 거의 윗부분까지 이미 용액으로 가득 차 있는 유리 용기를 코르크 마개로 봉한다는 게 그다지 쉬운 일이 아니었다. 코르크 마개가 용기의 목 부분으로 들어가서 거기에 고정되어야 하는데, 용액과 코르크 사이에 들어 있는 공기가 코르크를 자꾸 밀어내는 바람에 그렇게 되지를 않기 때문이다. 동료 한 사람이 한 가지 방법을 가르쳐주었는데, 그게 뭔가 하면 용기 속에 용기 밖으로 비어져 나오는 작은 구리줄을 하나 집어넣은 다음 용기를 밀봉하는 순간에 구리줄을 끄집어내서 공기가 빠져나갈 틈을 마련해주는 것이다.

그러나 사고가 일어날 가능성이 있다. 나도 용기를 마개로 막으려다가 용기를 깨뜨린 적이 있었다. 병의 목 부분이 산산조각 나더니 삼각형 모양의 수많은 유리조각들이 내 왼손 집게손가락의 손톱 밑에 박히면서 힘줄 하나가 절단되었다. 그래서 그 뒤로 나는 이 손가락의 제3지골(指骨)을 더 이상 구부릴 수 없게 되었다. 내가 바이올리니스트가 아니어서 그나마 다행이었지만, 이런 종류의 사고는, 특히 사막 한가운데서 일어나는 바람에 딱히 별다른 치료 수단이 없을 때에는 항상 골치 아픈 법이다.

지금은 흔히 통조림을 만들 때 쓰는 고무마개가 달린 유리 표본병을 사용하는데, 이 잠금 장치를 사용해서 뚜껑을 닫으면 병이 새지 않는다. 반면에 이런 유리 표본병을 가지고 다닌다는 건 간단한 문제가 아니다. 그리고 이것을 낙타 등에 싣는다는 건 더더구나 수월한 일이 아니다. 깨지기 쉬운 물건들을 효과적으로 포장한 다음 그것들을 낙타 등에 싣고 오랜 여행을 한다는 게 분명히 쉬운 일이 아닌 것이다. 이러다가 귀중품을 잃는 때도 이따금 있다. 물론 자동차를 이용하면 운송이 편하다. 깨지기 쉬운 도구들을 포함해서 뭐든지 다 가져갈 수가 있다. 나는 사람들이 위도 측정기와 경위의(經緯儀) 등을 낙타 등에 싣고 운반했다는 사실을 잘 알고 있다. 그러나 사고가 일어날 가능성은 언제나 상존한다. 어떤 도구가 땅에 떨어져 깨져버릴 수도 있고, 아니면 다른 짐과 함께 무너져 내릴 수도 있다. 결국 최선을 다해서 요령 있게 적절한 조처를 취해야만 한다.

조류나 많은 포유류를 보관하기 위해서는 표본을 '박제'로 만들어야 한다. 각 견본은 배 부분을 절개한 다음 내장과 근육덩어리, 뼈를 완전히 들어낸다(두개골만은 이빨을 연구하기 위해 별도로 보관한다). 그런 다음 표피는 보존액, 예를 들면 비소를 함유한 비누액을 칠한 다음 상자 속에 정돈한다. 그러고 나면 이 '판판한 표피'는 수집품으로 분류될 것이다. 익수류(翼手類)나 작은 설치류, 작은 식충류(食蟲類), 파충류, 양서류 등 일부 동물군을 보존하는 가장 적당한 방법은 알코올 속에 보관하는 것뿐이다.

모래에 덮여 있는 고대의 유적

나는 박물관으로 나를 만나러 오는 모든 사람에게 한쪽은 반들반들하고 윤기가 나며, 또 한쪽은 광택이 없는 불그스레한 색깔의 아름다운 주먹도끼를 보여주곤 한다. 나는 이 도끼를 사구 사이의 모래밭에서 주웠는데, 양쪽 면의 모습이 다른 것으로 봐서 원시인이 자신의 무기를 여기에 내던진 순간과 내가 그걸 줍는 순간 사이에 이 도끼가 단 한 번도 뒤집혀지지 않았다는 것을 알 수가 있다. 이 도끼는 계속 같은 자리에 놓여 있었던 것이다. 이 두 인간 사이에, 두 가지 몸짓 사이에 약 만년이 흘러간 것이다. 다듬어진 돌을 비롯한 옛 '공업제품들'을 줍다 보면 인류사를 넘어선 시간의 흐름을 의식할 수 있게 된다. 내가 이 상징적인 손도끼를 보여주면서 전달하려는 것은 바로 이 지속되는 시간의 개념이다.

고고학은 여러 가지 연구 분야와 수집 분야를 포함한다. 우선은 공업제품들이 있다. 잘 골라서 줍기만 하면 이 제품들을 수집하는 것은 상당히 수월하지만, 여기서도 예를 들어 구석기시대의 도구들을 수집하려고 할 경우에는 금방 무게의 문제에 부딪히게 된다. 손도끼 하나만 해도 벌써 무거운데, 열대여섯 개씩이나 수집하는 것이다. 그렇기 때문에 거대한 지층에서는 가벼운 견본을 하나만 만들어야 한다. 이것은 그다지 나쁜 일이라고 볼 수는 없다. 어떤 전문가에 의한 체계적 연구가 이루어지기도 전에 지층을 지나치게 빼내는 거야 나쁜 일이지만, 그 정도는 아니기 때문이다.

지금은 물체들을 연구하는 것이 아니라 물체들의 집단, 즉 전체 지층을 연구한다. 그런데 이 지층들은 통계를 작성할 수 있도록 최대한의 정보를 제공해야 한다. 예를 들어 아슐리언기의 손도끼와 작은 도끼들의 지층에서는 이 도끼들의 전체 숫자, 서로 다른 형태의 숫자를 확정할 수 있어야 한다. 이 결과를 보면 지층의 특성을 알 수 있고, 그 결과 이 지층을 특징짓는 산업이 무엇인지를 결정할 수 있다.

반면, 우리가 오늘날 뼈대와 아마존석 또는 홍옥수라고 부르는 다른 도구들이나 화살촉은 보관하기가 아주 쉽다. 그러나 이것들은 쉽게 부서지기 때문에 잘 보호해야 한다.

유적들은 고고학 연구의 두 번째 주제를 구성한다. 여기서 유적이라 함은 분묘와 기타 유형의 묘비로서, 때로는 여러 층의 탑 형태를 하고 있기도 하고, 또 때로는 초승달 모양을 하고 있기도 하다(중부 사하라에 특히 많다). 전체적으로 보면, 이슬람교가 들어오기 이전의 유적들은 아직까지도 잘 알려져 있지 않다. 이 유적들의 크기를 재고, 그림으로 그리고, 사진으로 찍고, 방향을 결정하는 등의 일을 해야 한다. 한 유적의 완벽한 연구에는 발굴 작업도 포함되어 있다. 분묘 속에 뭐가 있는지 알고 싶으면 이것을 해체해야 하는데, 결코 쉬운 일이 아니다. 돌을 하나씩 들어내면 된다고 간단히 생각할 수도 있겠지만 전혀 그렇지가 않다. 왜냐하면 분묘가 세워진 이후로 지금까지 시간이 흐르는 동안 모래와 먼지가 온통 내려앉은 건 물론이고, 판석(板石)들이 서로 얽힌 상태로 배열된 이 돌들을 전부 다 들어내야만 한가운데에 도달할 수 있는데, 막상 가보면 해골의 흔적은커녕 아예 텅 비어 있을 수도 있다.

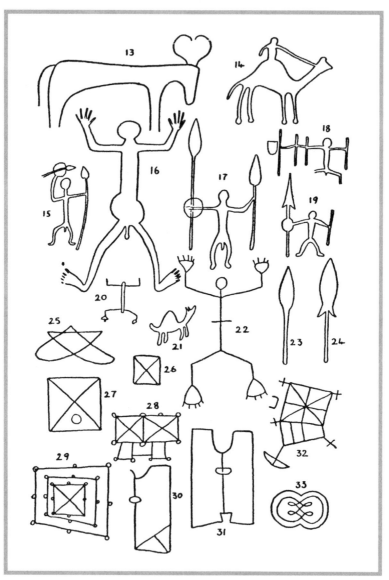

테오도르 모노가 모리타니 아드라르 지역의 암데르에서 발견한 암벽화들.
「서부 사하라 연구에 대한 기여」(테오도르 모노의 지도하에 출판됨, Paris, Librairie Larose, 1938, p.15)에서 발췌한 것임.

고고학의 세 번째 차원은 암벽화다. 사하라에 있는 거의 대부분의 암벽에서는 그림을 발견할 수 있는데, 충격을 주거나 절개를 해서 그린 그림이든지 아니면 황토로 그린 회화 작품이다. 이 유물 자료를 가져온다는 건 애당초 불가능한 일이니, 유일하게 할 수 있는 일은 그 형상을 간직하는 것이다. 우선은 암각화나 암벽화를 그대로 복제하는 것이다. 즉, 이 그림들을 측정한 다음에 직접 베끼는 것이다. 이것은 내가 항상 사용했던 방법이다. 또한 투사지를 위에 놓고 복제할 수도 있다. 사진을 찍는 방법도 있다. 지금은 아주 멋진 사진을 찍을 수가 있지만, 나는 습관이 안 되어서 그런지 이 방법은 한 번도 써본 적이 없다.

암각화를 복제할 때는 몇 가지 조심해야 될 게 있다. 우선 암각화에 무슨 표시를 하지 말아야 한다. 즉, 백묵 같은 걸로 그림의 윤곽을 표시하지 말아야 한다는 뜻이다. 암벽화에 물을 묻히는 일도 있는데, 이 방법은 비록 색깔을 더욱 선명하게 만드는 장점이 있다 할지라도 그다지 권하고 싶은 방법은 아니다. 암벽화는 소중히 여겨야 하며, 그것들을 손상시키지 않고 복제하도록 노력해야 한다.

이런 탐험에서 동식물을 손에 넣으려면 기상천외한 위험을 무릅써야 하는데, 어떤 경우에는 수집품이 목적지에 도달하지도 못한 채 완전히 사라져버리기도 한다.

박물학자들은 끈기로 뭉친 사람들로서, 그 어떤 위험에도 굴하지 않고 마치 미친 사람들처럼 열정을 발휘해가며 자신들의 유일한 관심사인 과학에 대해서 더 많이 알고 발전시킨다는 임무를 끝까지 완수한다. 이처럼 탁 트인 자유정신은 운송 수단의 발달과 과학의 진보, 그리고

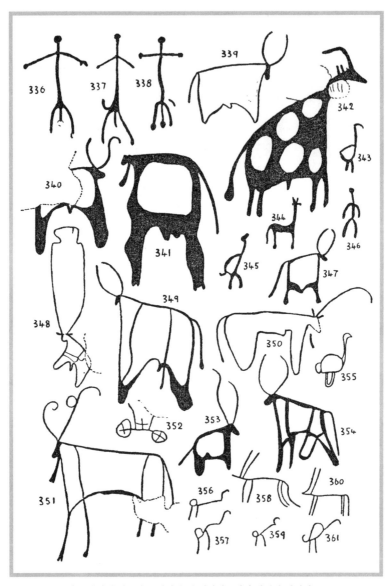

테오도르 모노가 모리타니 아드라르 지역의 엘 베이에드에서 발견한 암벽화들.
「서부 사하라 연구에 대한 기여」(테오도르 모노의 지도하에 출판됨, Paris, Librairie Larose, 1938,
p.28)에서 발췌한 것임.

사회가 동요하면서 밀어닥친 변화와 더불어 소멸되고 말았다.

　나는 아직까지도 일종의 '잔존 생물'에, 이제 한갓 추억으로만 기억되는 한 세계에 마지막까지 남아 있는 박물학자에 속하는지 모른다.

　지금은 그 누구도 내가 했던 방법을 사용해서 동식물이나 광물을 수집하지는 않는다. 운송과 운항 수단이나 일을 하는 방법이나 나야말로 이 분야에 마지막까지 남아 있는 사람들 중 하나라고 자주 말하곤 했는데, 왜냐하면 지금은 더 이상 누구도 호주머니에 천으로 만든 관모양의 용기를 집어넣은 채 혼자 돌아다니지는 않기 때문이다. 한편으로는 팀을 짜서 작업을 하고, 또 한편으로는 하나의 목표를 정하고 탐사 계획을 짜면 여기에 여러 전문가들이 참여하여 서로를 보완한다. 어떤 지역이 선택되면 여기에 자리를 잡고 상당한 정확성과 능력을 발휘해가며 탐험한다. 한 시대는 이미 지나갔고, 사람들은 이 시대로부터 얻어낼 수 있는 것을 웬만큼 얻어냈다. 나는 개인의 차원에서 내가 할 수 있었던 것보다 더 많은 일을 할 수 있었으리라고는 생각하지 않는다. 낙타를 타고 그보다 더 큰 탐험을 할 수가 없으니까. 하기야 이젠 그럴 필요조차 없다. 이제는 사람의 발길이 안 닿은 데가 없으니 말이다.

　반면에 사하라에서는 아직도 몇몇 지역을 탐험할 수가 있으니, 그런 곳에 가고 싶어하는 사람이 있다면 거기가 어딘지 가르쳐줄 용의가 내게는 있다. 자동차로 2, 3주일 먹을 물을 싣고 갈 수만 있다면 그런 곳에 오래 머무를 수도 있다. 옛날만 해도 그런 곳에는 물도 없고 목초지도 없었기 때문에 그냥 지나치기만 할 뿐이지, 멈춰 설 수는 없었던 것이다.

과학이 발전하기만 한다면 방법 따위는 그다지 중요하지 않다. 식물원의 퀴비에관 건물 정면에 붙어 있는 해시계에도 이렇게 쓰여 있지 않은가.

'시간은 흐를 것이고, 과학도 계속해서 발전하리라.'

그 움직임은 결코 중단되지 않으리라.

8
사막은 아름다움을 간직하고 있다

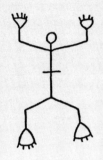

꽃봉오리를 벌리면서 그가 말했다.
"사람들은 자연의 외부에만 아름다움이 있는 줄 알지요.
하지만 그 내부에도 아름다움이 있어요."

_「테오도르의 수첩」, 1910년 6월

사막 지역들을 여행하면서 테오도르 모노는, 생물체들이 특히 사막의 건조한 기후가 가하는 제약과 공격에 직면하여 어떤 식으로 행동하는지를 관찰하려고 애썼다. 그 결과 그는 사막의 경계선 안쪽에 사는 동물군과 식물군에 대해서 알게 되는 한편, 이 두 군의 생존을 가능하게 하는 생물학적 여건을 명확히 밝힐 수 있게 되었다. 그러고 나서 일반적으로 생명이 없다고 믿어지는 거대한 영역인 사하라에서 그가 만났던 것들의 긴 목록이 이어진다. 사람들은 사막에 뱀도 있고, 여우도 있고, 심지어는 영양도 있다는 상상 정도는 한다. 하지만 그보다 훨씬 더 다양한 형태의 생물체들이 도처에 자리를 잡고, 적응을 하고, 절망적일 만큼 엄격한 상황에 저항한다는 상상까지는 하지 못한다. 관찰자는 자연을 보면서 끊임없이 놀라고 경탄하다가 생명체들이 스스로를 유지하고 확장시키려고 집요하게 애쓰는 것을 보며 또 한 번 감탄한다. 테오도르 모노는 이 영악한 식물들과 꾀 많은 동물들의 매력에 줄곧 사로잡혀 있다. 주변 환경의 요구에 따르는 이 동식물들의 능력이야말로 우리를 둘러싸고 있는 다양한 세계가 놀라운 성공을 거두었음을 보여주는 표시인 것이다.

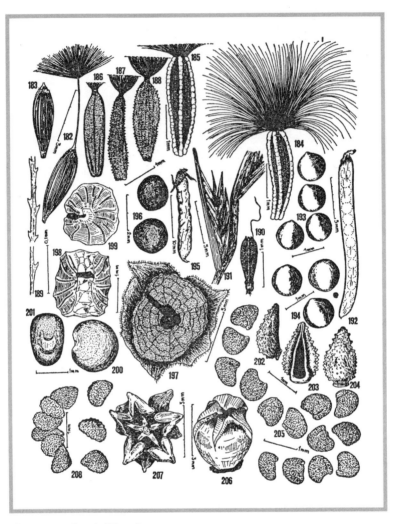

테오도르 모노가 그린 식물 도판.
「자연사박물관 회보」(Paris, 4e série, 1, 1979, section B, n° 1 : 3-51, '모리타니의 과일과 씨앗들', fig. 182–208)

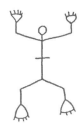

사막의 식물세계

나의 목록 작성은 식물에서부터 시작되는데, 식물이야말로 모든 체
계의 토대를 이루므로 아주 논리적이다. 사막에 사는 식물 종의 숫자
는 상당히 적다. 제한된 숫자의 식물만이 존속하고, 성장하고, 특별한
생물학적 조건(사구·레그·돌·급사면 등)에 얽매인 개체군을 만들어
내기에 이르는 것이다. 프랑스 같은 나라는 식물이 약 4천 종에 이른
다. 사하라에서는 그 숫자가 급격히 줄어서 겨우 수백(300~400) 종밖
에 되지 않으며, 토질에 따라서는 그 숫자가 훨씬 더 줄어드는 경우도
많다. 거대한 모래 분포대인 마자바 알 쿠브라에는 겨우 일곱 종의 꽃
식물류밖에는 살지 않는다. 토질이 아주 엄격하게 선별을 한 것이다.

사막 지역의 이 식물들은 살아남기 위해서 혹독한 기후, 즉 물이 부
족한 기후뿐만 아니라 아주 높은 기온에도(보다 한정된 지역에서는 기온

이 또 아주 낮다. 겨울 온도가 호가르에서는 영하 17도까지, 티베스티에서는 영하 18도까지 내려간 적이 있었다) 적응했다. 사용되는 방법이 다양하기 때문에 식물의 종들을 아주 다른 범주들로 분류할 수가 있다. 흔히 하는 말로, 전략이 다양한 것이다.

우선은 유해할 뿐만 아니라 때로는 치명적이기도 한 사막 기후의 영향을 전혀 받지 않도록 알아서 하는 식물들이 있다. 이 식물들은 아주 간단한 방법으로 극단적인 조건을 극복하기에 이른다. 즉, 유리한 순간에만 싹을 틔우는 것이다. 그렇다고 '계절' 식물이라고 말할 수는 없다. 왜냐하면 사하라에는 계절이란 게 없고 오히려 년(年)이 있기 때문이다. 비는 이따금 내린다. 그러나 한번 쏟아지고 나서 소나기가 다시 내리는 건 몇 년이 지난 뒤의 일이다.

이 식물들은 내리고 난 직후에 땅 속으로 침투하는 소나기와 관련을 맺고 산다. 그러므로 이런 식물들은 '우량(雨量)식물'이라고 부르는 게 더 정확할 것이다. 유리한 상황에서 싹을 틔우는 이 식물들은 가능하면 짧은 시간 내에 그들의 주기(성장·개화·결실)를 끝내야 한다. 이 생명의 주기를 행하는 데 시간을 너무 많이 들이게 되면 이 식물들은 하루가 다르게 점점 더 심해지는 가뭄의 영향을 받게 된다. 태양이 언제나 떠 있어서 증발이 급속도로 이루어진다. 물에 젖어 있던 땅은 며칠 만에 다시 메말라버린다. 그러면 이 식물들은 비록 그때까지는 성장을 하고 있었다 할지라도 즉시 말라붙으면서 죽어버리고 만다. 이런 식물들은 그걸 피하기 위해서 급속하게 성장하는 것이다.

그리고 충분한 물이 있기 때문에 천천히 여유를 가지고 성장하는 식물들이 있는가 하면 훨씬 더 빨리 싹을 틔우는 식물들도 있다. 2센티미터 길이의 새싹들이 벌써 꽃을 피운 것도 볼 수가 있다. 이 새싹들은 그들의 역할을 다한 뒤에, 다시 말하자면 다음 번에 소나기가 내릴 것을 대비하여 씨앗을 땅에 남겨둔 다음에 죽는다. 통북투에는 열흘 만에 싹을 틔우고, 성장하고, 꽃을 피우고, 씨앗을 뿌리는 작은 보에르아아비아속 덩굴식물이 있다. 그렇다고 이 식물들이 무슨 특별한 형태학적 특성을 가지고 있는 것은 아니다. 그냥 다른 식물들과 다를 바 없는 보통 식물이다. 이 식물들은 경우에 따라서 크고 무르며 약간 두툼한 잎을 가질 수도 있다. 이 식물들은 아마 일드프랑스라든지 스코틀랜드, 바바리아 지방 같았으면 쑥쑥 자라났을 것이다.

반면, 건조한 기후에 적응해서 몇 달 동안 또는 몇 년 동안 견디다가 비가 내리면 꽃을 피우고 열매를 맺고 씨앗을 뿌리는 식물들도 존재한다. 이 같은 특성을 가진 적응 방식은 아주 다양하며, 그 중 많은 부분이 이미 기술되었다. 예를 들자면, 증발을 감소시킴으로써 계속하여 호흡을 하고 광합성을 실천할 수 있는 가능성을 유지하는 것이다.

아주 많이 사용되는 방법들 중의 하나는 잎의 크기를 줄여서 증발하는 표면을 최소한으로 제한하고, 엽록소를 잔가지나 가시의 껍질 속에 저장하는 것이다. 그렇게 하면, 잎은 아주 작아지는 반면 잔가지들이 푸르러지면서 동화기관으로서의 기능을 다하게 된다. 이 종류로는 커다란 초록색 가시를 가진 바날리테스 에집티아카라든지, 길고 아름다운 초록색 밀산(密纖) 꽃차례가 달려 있어서 금작화랑 좀 비슷해 보이는 렙타데니아 피로테크니카를 인용할 수 있을 것이다.

어떤 식물들은 세포 조직의 일부를 없애버리고, 기관의 일부를 줄임으로써 잎의 표면을 축소시킨다. 그들이 가지고 있는 생리적 잠재력의 일부를 제거함으로써 증발을 제한하는 것이다. 그래서 잔가지와 잎이 떨어진다. 발아할 때가 되면 손가락처럼 생긴 팽만상태의 거대한 잎이 무성해지는 송엽국(松葉菊)이라는 식물도 있다. 손가락이 마치 물을 잔뜩 먹은 것처럼 보일 정도다. 그러고 나면 곧 꽃이 피고 씨앗이 뿌려진다. 그런데 땅 위에 놓여 있는 이 식물을 들어올려 보면 이 식물이 뿌리를 내리고 있지 않다는 사실을 알게 된다. 뿌리였던 것 대신에 목질(木質)의 말라붙은 실 같은 게 있는데, 이것은 땅 속에 침투한 물을 이 식물에 전해주는 요소로 쓰이지 않는다. 달리 말하자면, 이 식물은 단 한 번만에 물을 저장해서 몇 주일 혹은 며칠을 견디는 것이다. 즉, 성장을 하고 난 이후에 필요하게 될 예비량을 비축해놓기 위해 뿌리가 빨아들일 수 있는 최대한의 양을 빨아들이고 그것을 영양 기관에 주입시키는 것이다.

외피(펠트를 씌운 것 같은 털이라든지, 아니면 두껍거나 밀랍처럼 생긴 각피로 덮인)나 숨구멍(잎의 아래쪽 면이나 가시에서 발달하는), 또는 가시에서 적응이 이루어지는 경우도 있다. 사막에 사는 식물들에 가시 모양이 공통적으로 나타나는 걸로 볼 때 그 모양이 기후와 관련되어 있다고 생각되기 때문이다. 일반적으로 사하라 식물들의 생태학에 나타나는 몇 가지 특성들은 더 습한 지역에 사는 식물들과는 확연히 다르기 때문에 매우 흥미롭다.

우선 열매의 열개(裂開) 현상을 들 수 있다. 프랑스에서 꼬투리나 깍지, 또는 장각과(長角果)의 열개 현상이 일어나는 것은 날씨가 건조하기 때문이다. 브르타뉴 지방에서 가시양골담초의 깍지가 터지는 소리를 듣는 것은 날이 건조해지면서 열매가 분리되어 딱 소리와 함께 외부로 내던져지기 때문이다. 반대로 사하라에 사는 몇몇 식물들의 경우에는 습한 날씨 탓에 열매(물론 말라 있다)가 열린다. 이것은 '습기에 의한 열개 현상'이라고 불린다. 예를 들자면 납가새속 식물이나 에주운 카나리엔쇠속 식물에 이런 현상이 관찰된다. 만일 에주운 카나리엔쇠속 식물이 맺은 열매의 맨 윗부분에 물을 한 방울 떨어뜨리면 이 식물의 판(瓣)이 열리면서 씨앗이 나타나는 것을 볼 수 있다. 이 씨앗은 싹을 틔우기 좋은 순간에 이 같은 수단에 의하여 밖으로 튀어나오는 것이다.

아리스티다와 스티파그로스티스 같은 속의 몇몇 화본과 식물의 경우에는 씨앗의 윗부분에 실처럼 가늘고 긴 세 개의 꺼끄러기가 달려 있고 앞부분에는 부리 같은 게 달려 있어 나선운동을 통해 땅 속으로 뚫고 들어갈 수 있다. 사실 이 식물들은 저 혼자 돈다. 말하자면, 모래 속에서 조여지는 것이다. 이 식물들 중 일부(특히 아리스티다속의 식물)는 바람이 부는 대로 돌아다니다가 손 두 개를 합쳐놓은 것만큼이나 굵은 실뭉치를 이루면서 분지 속에 쌓이고, 결국은 땅에 하나씩 달라붙는다. 이 식물의 씨앗에는 대부분 깃털 모양의 꺼끄러기가 달려 있는데, 씨앗이 지면에 뿌리를 박고 난 뒤에 이 작은 은빛 깃털들이 무너져 쌓인 흙더미의 비탈 위에서 바람에 따라 이리저리 가볍게 흔들리는 걸 보면 정말 아름답다. 이 식물들은 비를 기다리고 있다.

사하라에는 이런 종류의 신기한 식물이 많다. 열매가 여러 조각으로 갈라지는(분과分果 혹은 분리과分離果라고 불리는데, 현학자들은 이런 식물에 붙일 이름을 벌써 여러 개나 지어냈다) 트리불루스 테레스트리스라는 이름의 식물도 그 중 하나다. 이 열매의 부분 속에는 네댓 개의 씨앗이 차곡차곡 포개져 있다. 열매의 한 부분을 발아시키면 그 안에 네댓 개의 씨앗이 있는데도 그 중에서 오직 하나만 싹을 틔운다. 맨 위에 있는 씨앗만 싹을 틔운 것이다. 만일 이 열매를 다시 말려서 몇 달 뒤에 습기가 있는 모래 속에 집어넣으면 이번에는 위에서 두 번째 있던, 그러나 이제는 맨 위에 있는 씨앗이 싹을 틔운다. 한 발씩 발사되는 소총의 탄창을 연상하면 될 것이다.

이 열매 속에서 무슨 일이 일어날까? 이 작은 씨앗들이 모두 동일한 발육 단계에 있지는 않은 것일까? 아니면, 첫 번째 씨앗이 억제 물질을 확산시켜서 "이번은 내 차례이니 기다려라. 네 차례는 다음인 것 같다"라는 사실을 다음 씨앗들에게 이해시키는 것일까? 아직은 알지 못한다. 비록 정확한 실험이 이루어진 적은 없다 할지라도 나는 기꺼이 두 번째 가설에 동조하련다.

15세기에 포르투갈 출신의 한 탐험가는 사하라 사막에 면한 해안에서 자라는 식물 한 종을 기념으로 가져와서 항해자라는 별명을 가지고 있던 앙리 왕자에게 선물했는데, 사실 이 왕자는 항해라고는 생전 해본 적이 없었다. 하지만 이 왕자는 사람들에게 항해를 하도록 허락했는데, 이것은 아주 굉장한 것이다. 그 당시를 기록한 포르투갈 연대기를 보면 이 진짜 항해자는 이 식물을 '성모 마리아 장미'라고 불렀으며, 사람들은 로즈마리라고 오랫동안 믿었다. 나는 이 연대기에 의거하여 성모 마리아 장미를 정확히 판별해내려고 시도했으나 많은 어려움을 느꼈다. 결국 나는 이 성모 마리아 장미가 다름 아닌 제리코 장미(옛날 팔레스타인에 갔다가 이 식물을 많이 꺾어온 순례자들에 의해 널리 알려진)라는 결론을 내렸다.

박물학자는 때때로 이처럼 기원을 연구하고 재조명하는 일을 하기도 하는데, 이 일은 우선 출처가 다양하고, 또한 다른 사람들이 이미, 그러나 다른 곳에서 알고 있는 것을 자기가 발견했다고 믿는 사람들이 있기 때문에 한층 더 복잡해진다. 그렇기 때문에 대조하고, 비교하고, 체계화해야 하는 것이다. 그러기 위해서는 정확해져야 할 필요가 있다.

사막에 사는 식물들은 열매나 씨앗을 퍼뜨리는 방법에서도 나름대로 적응했다. 아주 복잡한 형태의 열매를 맺는 십자화과 식물인 제리코 장미의 경우, 꽃차례는 씨앗이 발육하는 동안 저절로 오므라져서 오그라진 작은 손 모양이 되는데, 이 손 안에 씨앗이 모두 들어 있다. 마른 제리코 장미를 물에 적시면 이 작은 손이 손가락을 벌리면서 씨앗을 보여주는 걸 볼 수 있다.

또한 씨앗의 표면에 일종의 풀인 점액이 나타나는 일도 있다. 그래서 이걸 '점액 종자'라고 부른다. 이 점액은 딱 한 번, 씨앗이 물에 젖어 있을 때만 나타난다. 만일 어떤 십자화과 식물의 씨앗을 하나 집어서 물에 적신 다음 얇은 유리판 위에 올려놓으면 이 씨앗은 도저히 떼어낼 수 없을 만큼 단단하게 달라붙는다. 유리판에 완전히 접착되는 것이다.

때로는 씨앗이 물에 젖어 있을 때 털이 곤두서기도 하는데, 이 털들은 씨앗이 지면에 들러붙을 수 있게끔 끈적끈적하고 접착력이 있어야 한다. 이는 씨앗이 흩어지는 걸 쉽게 만들어주는 현상과는 반대다. 즉, 착근식물을 땅에 뿌리내리게 해서 원산지 개체군의 영향하에 고정시키는 방법인 것이다.

물론 원산지에 따라서 식물을 분류하는 것은 좀 주관적이다. 그렇지만 현재의 사막 표면에서 옛날에는 어느 정도 다습했던 시기가 연속적으로 반복되었다는 사실이 확인된다. 식물군은 지중해적 요소들은 아주 멀리 남쪽으로 가져가고, 열대적 요소들은 아주 멀리 북쪽으로 가져감으로써 이 공간을 일소(一掃)했는데, 그래서 지금 이곳에는 식물들이 이처럼 혼합되어 있는 것이다. 즉, 사하라에는 북쪽에서 온 식물들도 있고 남쪽에서 온 식물들도 있으며, 모리타니에서 중앙아시아까지 펼쳐진 중간지대가 원산지인 식물들도 있다. 이 중간지대에 명아주과와 화본과 식물이 집중 서식하는 것으로 미루어볼 때, 이 지역은 아마도 사막이나 건조지역의 식물군에 여러 가지 요소들을 제공해준 보고들 중 한 곳이었던 걸로 추정된다.

식물의 기원에 관해서는 아직도 논쟁의 여지가 무척 많다. 그 다음에는 식물들의 지형 배치, 달리 말하자면 식물들의 국면이 있다. 우선 아무것도, 정말 아무것도 없는 지역이 발견된다. 리비아 사막에서는 100킬로미터 이상을 가도 식물을 단 한 그루도(마른 식물조차도) 볼 수가 없다. 15년 또는 20년에 한 번씩 비가 내리기 때문이다. 옛날에는 비가 내렸고, 원시인들과 신석기 산업이 있었으며, 분명히 코끼리, 기린, 동물들, 인간들, 그러므로 식물들도 있었다. 이제는 거의 아무것도 없다.

테네레 지역에는 이제 나무가 거의 자라지 않는다. 타네즈루프트 지역으로 말하자면 자갈이 깔린 평원에 불과하다. 걷거나 낙타를 타고 이 지역을 통과할 때는 낙타들에게 줄 사료를 가져가야 한다. 길을 가는 도중에 방목지가 단 한 군데도 없기 때문이다.

식생(植生) 자체는 풍경과 그 구조에 따라 크게 달라진다. 두 개의 큰 범주로 나눌 수 있는데, 하나는 확산성 식생이고 또 다른 하나는 수축성 식생이다. 사하라의 북쪽이나 남쪽 가장자리, 혹은 산에서 자라는 식물들이 확산성 식생이다. 사하라 한가운데서 북쪽을 향해 걷다 보면 확산성 식물들을 만나게 된다. 덤불숲이 조금씩 풍경을 뒤덮고 있고, 도처에 나무가 보인다. 남쪽을 향해 걸어도 마찬가지다. 사헬 지역에 도달하면 식물이 이 지역 전체를 뒤덮기 시작한다. 산의 경우, 어느 정도 고도에 도달하면서부터는 순전히 기후학적인 이유(더 쌀쌀하고, 습기가 더 많다)로 인해 식물들이 웨드(물이 마른 하천으로서 지형이라든지 거기서 자라고 있는 식물로 알아볼 수 있다 - 옮긴이)를 벗어나서 급사면 등 풍경 전체에 번식하기 시작한다.

진짜 사막의 식생으로 말하자면, 그것은 웨드의 하상(河床)으로, 수로망으로 엄격히 한정된다. 이 특별 지역들 사이에는 거의 아무것도 없다. 반면 차드 북동쪽의 사암 고원으로서, 협곡도 있고 옛날에 큰 강이 깊게 파놓은 웨드도 있는 에네디 같은 지역에는 거의가 숲이고 어떤 곳은 나무가 무성하게 우거져 있다. 이 지역은 사실 사하라 사막에 속해 있다기보다는 사헬 지역에 속해 있지만, 우리는 이 웨드들이 단어의 식물학적 의미에서 볼 때 삼림에 가깝다고 말할 수 있다. 즉, 나무들이 마주 이어져 있다는 것이다. 이것은 아주 보기 드문 경우다. 에네디 지역에서는 영양이라든가 천산갑(穿山甲) 등 남쪽에서 살다가 거기까지 거슬러 올라온 동물들이 몇 마리씩 발견되기도 한다. 니제르 북쪽에 위치한 아이르 지역의 웨드들은 숲이 무성하게 우거져서 사헬 초원을 방불케 하지만, 이 웨드들 사이의 산들은 아무것도 없이 완전히 벌거벗고 있어서 그야말로 사하라 사막을 연상시킨다.

그러므로 식물대는 일종의 모자이크를 형성하며, 동물군도 거의 마찬가지다. 바로 이것이 수축형 식생이다. 사하라의 식생을 나타내는 지역을 떠나서 남쪽으로 내려가면 기복 지형이 덤불숲에 이어 나무들로 조금씩 덮이는 게 보이며, 나무들의 실루엣이 기복 지형을 하늘로 길게 연장시키면서부터는 이미 확산형 식생이 시작되었다는 사실을 확신할 수 있다. 여기서부터는 도처에, 웨드와 기복 지형 모두에 식물이 존재하게 될 것이다. 수축형 식생에서 확산형 식생으로의 이행이 단번에 이루어지는 것은 아니다. 두 구역을 나누는 선이 땅 위에 그어져 있는 게 아닌 것이다. 사하라에서 사헬로 건너가려면 여러 날이 필요하다. 풍경은 서서히 변하고, 이런저런 종들이 새로 나타나는 반면, 다른 종들은 사라져가는 것이다. 진짜 사막에서 벗어난 것이다.

사막의 동물세계

건조지역에서 사는 동물들의 일부는 오아시스 근처에 자리를 잡고 웨드들로 이루어진 생명의 땅 가장자리에 모여 산다. 반면 진짜 사막에서 사는 동물들도 있는데, 이들은 물을 아예 못 보거나 아니면 거의 보지 못하기 때문에 그들의 생존을 보장하기 위해 물을 고려할 수가 없다. 여행을 하면서 볼 수 있으리라고는 예상치 못했던 종들과 이따금 마주치곤 했다. 이런 종들은 외로운 은자(隱者)들이며, 살아남기 힘든 지역에서 길을 잃었지만 거기서 다시 빠져나올 수가 없는 자들이다. 극단의 사막인 차드 북쪽의 에르디 고원에서 발견된 그 수사자처럼 말이다. 이 사자가 이처럼 외지고 건조한 곳에서 살아갈 수 있었다는 사실에 경악을 금치 못한 나는 이 사자의 가죽을 박물관에 기증했다. 북부 아드라르에서 멀지 않은 차르라는 곳에서 군인들에게 사살된 최후의 표범을 발견한 것 역시 아주 특별한 일이었다.

사하라는 가장 넓기도 하지만, 또한 가장 아름답기도 한 사막이다. 사하라는 또 내가 가장 잘 알고 있는 사막이기도 하다. 아니, 내가 조금 알고 있는 유일한 사막이라고 말해야 될 것 같다. 특별히 사하라적이라고 말할 수 있는 동물군에 관해 확인된 많은 사실들은 다른 사막에서도 역시 유효하다(비록 종은 다르더라도). 비록 체계적인 자료는 다르지만, 그 자체로서의 사막(건조함 · 기온)과 관련된 동물들의 상황은 여전히 비슷한(동일하지는 않지만) 것이다.

사하라의 동물들이 기후뿐만 아니라 인간들에게도 심각한 공격을 받았고, 지금도 받고 있다는 사실을 우선 밝혀두어야 하겠다. 수십 년 전만 해도 흔히 볼 수 있었던 상당히 많은 숫자의 큰 동물들이 지역에 따라서는 아주 희귀해졌거나, 아니면 어느 지역 전체, 심지어는 사하라 전체에서 완전히 사라져버린 경우도 이따금 있다.

포유류 가운데서 널리 퍼져 있던 유제류(有蹄類)는 몇 종의 영양으로 대표된다. 프랑스 사람들이 그 이유도 모르는 채 로베르 암사슴이라고 부르는 대영양이 있고, 옛날에는 아주 흔했으나 요즘은 보기가 힘들어진 도르카스 영양이 있다. 또 오릭스 영양도 있는데, 활모양으로 살짝 구부러지고 끝이 무척 뾰족한 긴 뿔을 가진 이 영양은 사헬 지역을 점유하고 있는 것으로 알려져 있지만, 그 개체군은 북쪽의 전(前) 에스파냐령 사하라에서 오랫동안 살았다. 그리고 옛날에는 대서양에서 홍해에 이르는 지역에 분포되어 있었으나, 지금은 많은 곳에서 사라져버린 아닥스 영양이 있다. 수많은 아닥스 영양들이 사냥을 당했지만, 그래도 이 영양은 마자바 알 쿠브라라고 불리는 그 거대한 무인지대에서 살고 있기 때문에 그나마 어느 정도는 인간의 손에서 벗어날 수 있는 몇 안 되는 동물들 중의 하나다. 차드의 에네디 사암 고원과 에르디 고원 사이에 펼쳐진 모르디 모래 분지에서도 나는 아닥스 영양들을 본 적이 있다.

오직 모래밭에서만, 나무라곤 단 한 그루도 안 보이는(이 놈들은 생전 나무라곤 본 적이 없다) 공간에서 사는 걸로 볼 때 이 아닥스 영양은 모래 섞인 지형에서의 생활에 놀랄 만큼 잘 적응했음에 틀림없다. 이들의 발굽 또한 부드러운 땅에서의 생활에 적응한 결과로 보인다. 이들은 발굽이 둥글게 생겼기 때문에 발자국이 오릭스 영양이나 대영양과는 전혀 다르다. 아닥스 영양의 발굽은 아주 납작하기 때문에 모래언덕을 쉽게 달릴 수가 있다.

아닥스 영양은 물이라는 걸 평생 본 적이 없다. 비가 내린다 한들 저장될 수가 없기 때문이다. 비는 내리는 즉시 모래 속으로 스며들기 때문에 지표에는 전혀 아무것도 남지 않는다. 그렇기는 하지만, 이 영양들에겐 물이 필요하며 식이요법으로 흡수한다. 만일 토마토와 사과, 포도만 먹고 산다면 우리는 이따금 물을 한 잔씩 마실 필요가 전혀 없을 것이다. 그러나 아닥스 영양의 메뉴는 그렇게까지 다양하지가 않다. 나는 마자바 지역 내에서 그다지 두툼하지 않은 꽃 식물류를 일곱 종밖에는 보지 못했다. 두 종의 화본과 식물과 한 종의 명주아과 식물(사하라의 사구에서 흔히 볼 수 있는 스티파그로스티스 푼겐스와 조금 더 작고 조금 더 부드러운 스티파그로스티스 아쿠티플로라, 그리고 코르눌라카 모나칸타)이 그들의 일상적인 식단이다.

이 지역에서는 스보트라고 부르는 스티파그로스티스 푼겐스는 아주 억세다. 돋아나고 얼마 안 될 때쯤(아자란느) 먹으면 그래도 상당히 부드럽지만, 이 단계에서조차도 걷고 있던 낙타들이 그것을 한 뭉치 뜯어내면 꼭 피아노의 로프가 끊길 때처럼 거의 금속성에 가까운 소리가 난다. 5월이 되면 이 식물은 꽃을 피워서 아주 좋은 방목장(일리그)이 된다. 그리고 나서 잎사귀가 둥글게 말리면서 줄기의 밑동이 마르면 이것으로 특히 낙타에게 족쇄를 씌울 때 쓰이는 끈을 만든다. 그러나 이 식물이 다 자라면 어찌나 억센지 낙타조차도 정 먹을 게 없으면 모를까 안 그러면 거들떠보지도 않는다. 낙타들도 이거라도 안 먹으면 죽겠다 싶을 때만 이 풀을 먹는다. 중간에 방목지가 없는 먼길을 떠날 때 이 풀을 가져가면 사료로 쓸 수 있다. 그런데 아닥스 영양은 이 식물을 매일 먹는다.

아닥스 영양의 사냥은 이미 오래 전부터 존재했지만, 많은 발전이 이루어진 것은 최근의 일이다. 옛날에는 서쪽이나 남쪽, 그리고 일부는 동쪽을 통해서 무인지대 안으로 들어온 전문가들이 아닥스 영양을 사냥했다. 이들은 소규모 야영지를 세워놓은 다음 사냥개와 함께 걸어 다니면서 창으로 양들을 사냥했다. 비축해놓은 물이 없기 때문에 여기서 오랫동안 머무를 수 없었다. 그 당시에는 인간들이 아닥스 영양을 사냥해도 이 종이 멸종 위기에 처하지는 않았다. 그런데 그 이후로 낙타와 게르바가 등장하면서 사냥 기술이 향상된 것이다. 낙타는 때로는 엄청나게 큰 가죽부대 속에 물을 담아서 싣고 갈 수 있도록 해주었다. 사냥꾼들은 샘에서 멀리 떨어진 곳에 캠프를 설치하고 한 달까지도 머무를 수 있게 되었다. 그러고 나서 공기총이 등장하여 생전 영장류라고는 본 적이 없는 이 불쌍한 짐승들을 사냥하는 게 그다지 어렵지 않게 되었다. 그 뒤로 45리터들이 물통이 등장해서 아닥스 사냥은 한층 더 쉬워졌고, 지금은 자동차까지 등장해서 많은 사람들이 티크타르라고 불리는 아닥스 영양의 말린 고기를 즐겨 먹는 데 크게 기여했다.

그들이 사는 영역에 들어가서 많은 관찰을 한 동물학자 브뤼노 라마르슈 덕분에 아닥스 영양의 생태는 비교적 잘 알려져 있는 편이다. 이 영양은 그들이 먹는 세 가지 식물에서 물을 섭취한다. 겨울에 이들이 물을 잔뜩 마시면 털에 광택이 나는데, 여간 아름답지가 않다. 정말 목이 마를 경우에는 이들의 제1위(胃)에 들어 있는 물을 마실 수도 있는데, 이 위 속에는 식물들이 반쯤 소화된 채 큼지막하게 뭉쳐져 있다. 신선하기만 하다면 이 물을 마셔도 그다지 역겹지는 않다. 아침 이른 시각에 마실 것. 물론 아주 걸쭉하기 때문에 거기서 뭔가를 얻어내려면 여과기가 필요하다.

아닥스 영양의 위 속에 든 내용물은 낙타들에게 음식으로 주기도 한다. 미리 소화가 된 이 음식, 일종의 섬유소 죽을 억지로 먹이는 것이다. 낙타는 이걸 전혀 안 좋아하기는 하지만, 이 놈의 무릎을 꿇린 다음 한 손으로는 코를 잡고 다른 한 손으로는 죽을 한 움큼 퍼서 입 속에 집어넣는 것이다. 그러면 이놈은 머리를 거칠게 흔들어대면서 그 누르스름한 국물을 자기 주변에 있는 모든 것에 대고 튀길 것이다. 죽을 한 움큼 낙타의 목구멍 속으로 집어넣는 데 성공했으면 그게 잘 내려가는지를 확인해야 한다. 죽이 목적지에 도달했는지를 확인하기 위해서는 낙타의 목을 꼭 누르고 있으라. 사냥꾼들 역시 사냥개에게 아닥스 영양의 위 속에 들어 있던 이 즙을 먹일 것이다.

암벽화 덕분에 우리는 옛날에 사하라에 살았던 큰 동물들에 대해 많은 걸 알게 되었다. 이 시대 사람들은 눈에 보이는 것을 형상으로 표시했다. 그들은 코끼리와 많은 숫자의 기린, 예를 들면 뷰벌 영양처럼 지금 존재하는 것과는 다른 영양들, 지금은 이 지구상에서 멸종되어버린 큰 뿔 달린 거대한 수소, 그리고 마지막으로 뿔이 둥글고 흰 야생 양을 그림으로 그렸다. 이 야생 양들은 아직도 돌과 절벽, 아니면 최소한 고립된 언덕이 있는 곳에는 어디에나 존재한다. 리비아 사막에는 스위스만큼이나 넓은 길프 케비르라는 고원이 있는데, 지리학적으로 아직 거의 알려져 있지 않은 이곳에는 세 개의 큰 웨드가 파여 있다. 나는 이 세

웨드 중 한 곳을 돌아다니다가 두개골과 발자국, 똥 등 최소한 몇 마리는 아직도 거기 살고 있음을 의미하는 야생 양들의 흔적을 발견했다. 그러나 야생 양들은 물과 연관을 맺고 있기 때문에 그들이 거기에 있다는 건 곧 미래가 없음을 의미하는 것이었다. 그러므로 어떻게 그들이 그 환경 속에서 살아남을 수 있는지는 수수께끼다. 나는 도대체 그들이 뭘 먹고 사는지 궁금하기 짝이 없었다. 구할 수 있는 유일한 식량은 아카시아 잎사귀뿐인데, 이 잎은 아주 높은 곳에 달려 있지 않은가. 그렇다면 그들은 도대체 어떻게 이 잎사귀를 뜯어먹을 수 있는 것일까. 미스터리가 아닐 수 없다.

육식동물로 말하자면 엄청나게 큰 놈은 없지만, 사하라에서는 상당히 많은 종(種)들이 산다. 웨드 주변 여기저기에서 하이에나를 만날 수가 있다. 타네즈루프트나 테네레같이 진짜 사막을 제외하면 재칼 역시 흔히 볼 수가 있다. 여우는 모래언덕을 쏜살같이 달리는 아프리카여우를 비롯하여 여러 종이 있다. 이 아프리카여우를 산 채로 잡아 아주 쉽게 키울 수가 있다. 이 놈은 눈이 내린 걸 봐도 겁을 안 내는 것 같다. 이 여우들은 야영지 근처로 와서 뭐 훔쳐갈 게 없나 두리번거리곤 한다. 사막에서 살아남는 게 쉬운 일은 아닌 것이다. 그래서 이들은 아무 거나 닥치는 대로 먹는데, 특히 개미를 엄청나게 먹어댄다. 그렇지만 이들이 진짜로 좋아하는 것은 물론 작은 설치류나 도마뱀이다.

사막에는 또 레이틀도 사는데, 오소리를 닮은 이 동물은 여간해선 보기가 힘들다. 이상하게도 이 동물은 아주 공격적이다. 귀찮게 하면 덤벼든다. 야생 고양이도 발견된다. 그리고 마지막으로 사하라에서는 아주 이상하게 느껴질 수도 있겠지만, 사자들도 있다. 옛날에는 사막의 사자라고 얘기했지만, 그건 착오다. 그렇지만 동부 사하라에서는 적절하게 우기를 이용해서 다르푸르의 아랍족 소유의 가축 떼(사자들은 이 가축들을 아마 식료품 저장실 정도로 생각했으리라)를 따라 남쪽에서 북쪽으로 올라간 것으로 추측되는 고립된 사자 두 마리가 관찰되었다. 그중 한 마리는 1940년 차드와 북쪽 끝 다르푸르 사이의 경계에서 사살되었다.

영장류 가운데서 원숭이는 사하라에 그다지 많이 살지 않지만, 티베스티 지역에는 특별한 아종(亞種)으로 추측되는 비비(狒狒)들이 아직도 좀 살고 있는데, 이것은 이 거대한 화산 산괴의 특징이다. 파타라고 불리는 붉은원숭이는 사막의 경계선상까지는 도착했으나 엄격한 의미에서 사하라에 산다고 볼 수는 없다.

반면 설치류들은 사막에 많이 산다. 산토끼는 어디서나 아주 흔히 볼 수가 있고, 제르브와즈라든가 제르비으, 메리온느 등은 땅굴 속에 살면서 밤에만 나오는 작은 설치류다. 이 동물들은 아주 흔하지만, 그래도 약간의 식물은 있어야 한다. 이들은 오직 씨앗만 먹고 살기 때문이다. 게다가 이들은 씨앗으로 물을 만들어낼 수 있는 능력까지 갖고 있다.

곤충을 먹고 사는 포유류 가운데 두 종의 고슴도치와 서너 종의 박쥐가 발견된다. 박쥐들이 날개막을 유지하려면 어느 정도의 습도가 필요하다. 우물의 안쪽 벽에 달라붙어서 사는 박쥐처럼 이상한 경우도 있다. 그러나 엄격한 의미의 사하라에서는 이 박쥐를 보기가 쉽지 않다.

큰 토끼와 흡사하게 생겼으면서도 하마나 코뿔소를 연상시키는 발굽

토끼를 잊어서는 안 된다. 아주 이상한 모습의 이 동물은 지리적으로도 기묘하게 분포되어 있다. 모리타니의 바위산과 호가르 지방, 수단, 나일 강 유역, 팔레스타인에는 살지만 마그레브에는 살지 않는 것이다. 이 발굽토끼는 성경의 잠언에도 인용되어 있다.

> 땅에 작고도 가장 지혜로운 것 넷이 있나니
> 곧 힘이 없는 종류로되 먹을 것을 여름에 예비하는 개미와
> 약한 종류로되 집을 바위 사이에 짓는 발굽토끼
> 왕이 없으되 다 떼를 지어 나아가는 메뚜기와
> 손에 잡힐 만하여도 왕궁에 있는 도마뱀이니라.

사막의 조류는 깃드는 새 아니면 철새로 모두 500종을 헤아린다. 낮과 밤 모두 활동하는 맹금류들이 발견되고, 올빼미들의 배설물에 작은 설치류라든지 작은 식충류들의 두개골(올빼미가 없으면 이런 것들을 구하기가 쉽지 않다)을 발견할 수 있기 때문에 항상 흥미로운 연구대상이다.

옛날에는 타조가 사하라 전역에 널리 분포되어 있었다. 불과 몇 년 전만 해도 자동차를 타고 누악쇼트에서 아드라르로 아크주크트 지역을 올라가면 타조들이 눈에 띄곤 했다. 하지만 이 레그에 자동차들이 너무나 빈번하게 출몰하는 바람에 이 동물들은 어쩔 수 없이 죽어라고 달려야만 했고, 사냥꾼들은 타조의 숨통을 마저 끊어놓았다. 지금 이곳에는 타조가 거의 남아 있지 않다. 사헬 사막에서는 아직도 타조를 볼 수 있

는 곳이 몇 군데 있다. 예를 들어 이슬람 사원 꼭대기 같은 곳에서 여기 저기 타조 알을 볼 수 있는 경우도 있지만, 전체적으로 볼 때 이 개체군의 숫자는 많이 줄어들었다.

사막에서 자주 만나는 조류들을 모두 다 열거한다는 건 불가능한 일이다. 엄청나게 많은 연작류(燕雀類)가 있고, 짝을 이루어 대상을 따라가면서 먹다 남은 음식물 부스러기를 얻어먹는 검은 딱새와 종달새, 피리새, 흰 참새, 때까치, 까마귀도 널리 분포되어 있어서 자주 볼 수가 있다. 더 특별한 종들도 만날 수 있는데, 캉가라는 새는 사막에서만 살지만 물과 관계를 맺고 있고, 바위비둘기는 절대 샘에서 멀리 벗어나지 않는다. 최근 몇 년 사이에 이 캉가라는 새들에게 아주 놀라운 점이 한 가지 발견되었는데, 처음에는 아무도 이 사실을 믿으려 하지 않았다. 번식기가 되면 부모 캉가들은 구엘타로 가서 물 속으로 뛰어든다. 그리고 가슴팍과 배에 난 털을 작은 물방울로 적신 다음 때로는 레그에서 멀리 떨어져 있기도 한 둥지로 돌아와서 새끼들에게 핥게 하는 것이다. 믿기지 않을 수도 있겠지만, 이 새들의 비행 속도를 알게 되면 이 현상을 인정할 수가 있다. 이들이 빠른 속도로 날아가기 때문에 둥지에 도착했을 때까지도 깃털에 아직 물이 남아 있는 것이다. 이것은 놀랄 만한 장치다.

자, 이제는 파충류 차례다. 도마뱀과 아가마도마뱀, 도마뱀붙이 등 파충류는 어디에나 있다. 베두인족들은 이 도마뱀붙이만 보면 공포에 떤다. 이상한 일이다. 이 작은 도마뱀 한 마리가 도대체 어떻게 그 큰 어른 영장류에게 해를 끼칠 수 있겠는가. 우로마스틱스 아칸티누루스라는 학명을 가진 아주 흥미로운 도마뱀도 인용해야겠다. '꼬리로 때리는 도마뱀'이라는 긴 이름도 붙여졌는데 그 이유는 모르겠고, 나무 위에는 기어오르지도 않는데 '종려나무도마뱀'이라는 이름은 또 왜 붙여놓았는지 모르겠다. 그런데 도마뱀 가운데서 유일하게 풀만 먹고 사는 이 도마뱀은 구멍을 파놓고 그 속에 들어가 산다. 아침이 되면 밖으로 나와 자리를 잡고 앉아서 신진대사가 어느 수준에 이를 때까지 햇볕을 쬔다. 말하자면, 에너지를 재충전하는 거랄까. 그러고 나면 자신의 일용식인 웨드의 식물을 뜯어 먹으러 길을 떠난다. 이 도마뱀들은 다양한 색깔을 갖고 있어서 새까만 놈들도 있고, 노란 놈들도 있고, 검은 놈들도 있고, 갈색을 띤 놈들도 있다. 아주 아름다운 동물이다. 베두인족들은 이 도마뱀을 먹는다.

큰 도마뱀들 가운데 나일 강 도마뱀들은 물과 관련을 맺으며 구엘타 근처에서 살고, 그보다 작은 모래도마뱀들은 종려나무 숲에서 산다. 반면 영구적인 구엘타에는 수생 거북이가 안 산다. 이유는 모르겠다. 이 거북이가 있기는 있었다. 통북투 북쪽에서 발견된 신석기시대 주방(廚房)의 잔해 가운데 이 민물거북이의 등껍질 조각이 다수 들어 있었던 것이다. 그렇지만 북쪽 끝에 있는 누악쇼트까지 거슬러 올라가는 육생 거북이도 있다. 어떤 놈은 엄청나게 큰데, 새끼를 품고 있을 수도 있다. 나는 벌써 사막이나 다름없는 장소인 아라우안 북동쪽에서 이 육생 거북이를 발견했다.

물론 뱀도 있는데, 거의 보기가 힘들다. 독 없는 뱀도 있지만, 대부분은 뿔뱀이다. 기회가 닿으면 코브라도 볼 수 있다. 일반적으로는 조심을 하고 손을 바보처럼 구멍 속에 집어넣지만 않는다면 아무 위험이 없다. 그렇지만 이 뱀들이 모래 속에 숨어 있어 안 보이기 때문에, 모르고 그 위로 걸어갈 수도 있다. 하지만 이 뱀들은 아주 우아한 그림들을 그리면서 지팡이 모양으로 아주 독특한 흔적을 남기기 때문에 알아볼 수가 있다. 그리고 설치류가 있으면 그건 곧 뱀도 있다는 얘기다.

양서류와 어류로 말하자면, 엄격한 의미의 사막에는 별달리 눈에 띄는 게 없다. 그러나 영구적 구엘타에서는 여러 종의 어류를 만날 수 있다. 심지어 나는 에네디에서 크세노푸스 무엘레리라는 학명을 가진 아주 흥미로운 두꺼비를 보기도 했는데, 이 지역에서 이 두꺼비를 본다는 건 아주 드문 일이다.

무척추동물이 아직 남았다. 이건 어마어마한 세계다. 실제로 무척추동물은 다 만날 수 있다! 수많은 군과 종이 사막에 모습을 보인다. 물론 자주 모습을 드러내지 않는 종들도 일부 있다. 빈모류(貧毛類), 즉 작은 벌레들은 사하라에 널리 분포되어 있다고 말할 수는 없다. 이들에게는 아주 특별한 생물학적 환경이 필요한 것이다. 그렇지만 액체가 스며 나오는 것으로 충분할 수도 있다. 내가 모리타니의 아드라르 지역에서 유일하게 발견한 불행한 빈모류 한 마리는 이끼가 있고 땅이 항상 물에 젖어 있는 샘 근처에 있었다. 그건 지렁이가 아니라 흰색 구더기였다.

가장 간단한 방법은 큰 군별로 살펴보는 것이다. 우선 연체동물이 있다. 주로 수생 연체동물들이다. 옛날에는 육생 연체동물들도 있었고 많은 달팽이 조개 화석이 남아 있으나, 오늘날에는 남아 있는 몇 개의 달팽이들이 때로는 몇 년씩 비를 기다리고 있다. 이들은 덤불에 착 달라붙은 채 활기찬 생활을 다시 시작하여 뭐도 좀 먹고, 경우에 따라서는 번식도 하게 될 그날까지 참고 기다리는 것이다. 반면 수생 연체동물은 숫자가 많다. 물이 있는 곳이면 어디든지 있다. 늦틀이 명주말이와 명주우렁이, 멜라니아조개는 물론이요, 때로는 판새류(板鰓類)까지 볼 수가 있다. 나는 모리타니령 아드라르 지방의 구엘타로 이어지는 자갈투성이의 협곡에서 살다가 물이 불어나면서 구엘타까지 떠내려 온 게 틀림없는 판새류의 손상되지 않은 껍질을 여러 개 발견하고 무척 놀란 적이 있다.

절지동물문은 그 자체로 하나의 경이로운 세계를 구성한다. 도처에 이 동물들이 있다. 나비, 메뚜기, 수도 없이 많은 초시류, 사람들이 지독하게 무서워하는(그런데 이건 잘못된 생각이다) 전갈과 독거미, 쌍시류(雙翅類), 진드기류 등이 발견된다. 모든 종류의 곤충들이 모습을 나타내는 것이다.

뭍에서 살거나 물에서 사는 갑각류도 발견된다. 육생 갑각류는 해안과 높은 산으로(습하기 때문에) 한정되어 있다. 그래서 호가르와 캡 블랑에서는 쥐며느리가 발견되지만 그 사이에서는 볼 수가 없다. 반면, 물 속에는 아주 많다. 늘 고여 있는 물 속에도 있고(요각류橈脚類나 새각류鰓脚類), 잠시 고여 있는 물 속에도 있다. 나는 사하라에서 새우를 발견한 적이 없지만, 드자네트에서는 발견되었다는 기록이 있다.

그리고 장내 기생충과 편형동물(혼자 사는 지렁이, 디스토마), 그리고 낙타나 기타 척추동물에 기생하는 곤충들 같은 기생생물이 있다.

모두가 살려고, 살아남으려고 애쓴다. 파리를 예로 들어보자. 믿기 힘든 일이지만, 도처에 파리가 있다. 만일 당신이 낙타를 타고 여행을 하게 되면, 당신 등에 새카맣게 달라붙을 뿐만 아니라 목적지에 도착하면 벌써 당신을 기다리고 있다. 낙타에서 내리면 벌써 거기 와 있는 것이다. 알을 까는 게 아니라 이미 만들어져 있는 유충을 낳아놓는 아주 영리한 파리도 있다. 이렇게 하면 시간을 벌 수가 있기 때문이다.

마지막으로, 적응에 관해 한마디 해야 할 것 같다. 사하라에 존재하는 건 뭐든지 다른 곳에도 존재한다. 그러나 사하라의 동물들은 살아남기 위해서는 어느 정도 대비를 하거나, 아니면 적응을 해야 하는 아주 특별한 환경에 둘러싸여 있다. 척추동물들에는 아직도 해결되지 않은 문제들이 있는데, 그게 뭔가 하면 '사하라의 털 빛깔'이라고 불리는 문제다. 사하라에 사는 동물들은 산토끼든 설치류든 아프리카여우든 영양이든 간에 털 빛깔이 모두 다갈색, 황금색이다. 그런데 이것은 모래 색깔이다. 이 보호색이 포식동물을 피하기 위한 방법은 아닌지, 아니면 단순히 화학적인 것인지 등의 의문이 제기되었다. 그러나 속 시원한 해답은 주어지지 않았다. 아직도 이론이 분분한 것이다.

포유류의 경우, 고막 기포의 적응 또한 한 가지 문제를 제기한다. 두개골의 아랫부분 양쪽에 거품이 있고 이 안에는 귀의 청각 요소가 있는데, 특히 설치류의 경우에는 사막에 사는 종들이 과도하게 팽창된 거품을 갖고 있다는 사실이 발견되었다. 그 이유를 찾았으며, 여러 가지 이유가 주어졌다. 우선 이 거품은 청력을 발달시키는 효과를 가지고 있다는 것이다. 청력이 이처럼 발달된 것은 포식동물이 접근하는 걸 알아차리기 위해서든지, 아니면 먼 거리에서도 서로 쉽게 통신하기 위해서라

고 생각되었다. 하지만 설치류에 관한 이 같은 가정이 다른 포유류에게
도 역시 유효한지는 알 수가 없다. 결국 이 해부학적 장치가 무엇을 위
한 것인지는 여전히 알려져 있지 않다.

사하라에 사는 몇몇 동물은 땅 속이나 굴 속에 살면서 적응하고 있
다. 사방에 구멍이 보인다. 그 구멍 속에는 물론 도마뱀도 있을 수 있지
만, 특히 작은 설치류가 살고 있다. 꽤 깊은 곳에 사는 이 동물은 지표와
는 아주 다른 기후의 혜택을 받는다. 즉, 덥기는 덜 덥고 습하기는 더 습
한 것이다. 이 설치류들은 한낮에 밖으로 나가는 모험은 절대 하지 않
는다. 그랬다가는 죽을지도 모른다. 이들은 날이 어두워진 다음에만 외
출을 한다.

아닥스 영양과 낙타의 다리는 부드러운 땅뿐만 아니라 자갈이 많은
지형에도 적응된 아주 특별한 형태를 갖고 있다. 조류나 파충류 등 다
른 동물군의 경우에도 수많은 적응의 예를 인용할 수 있을 것이다. 예
를 들어서 높은 곳에 자리잡는 것은 낮 동안에 너무 높아지는 지표면의
온도를 피하려는 하나의 수단이다. 다카르에 있을 때 내 사무실에서는
보도 블록에 세워진 전신주가 보였는데, 오랫동안 나는 매일 아침 아가
마라고 불리는 커다란 도마뱀이 전신주 꼭대기로 올라가서 하루를 보
내는 걸 관찰한 적이 있었다. 이 도마뱀은 인도가 덜 더워지는 저녁이
되면 다시 전신주에서 내려오곤 했다.

그래서 우리는 일반적으로 널리 퍼져 있는 견해에 반하는 한 가지 주
장을 펼 수가 있다. 즉, 몇몇 극단적인 경우를 제외하고는 사막의 특징
은 생명의 완전한 부재가 아니라 거기서 살고 있는 생명체들의 놀라운

적응(그들로 하여금 식량 부족이라든지 계절 순환의 부재, 기후 등 극단적인 조건들이 야기하는 헤아릴 수 없이 많은 문제들을 극복할 수 있게 해주는)이라는 것이다. 이것은 매우 놀라운 일이다. 우리는 아주 이상한 비정상을 찾아냈는데, 영양이 메뚜기를 먹는 걸 보았다! 우리는 보통 너새가 메뚜기를 먹으면 똥이 꼭 머랭그(설탕과 계란 흰자위로 만든 크림과자)처럼 분홍색이 된다는 사실을 알고 있다. 하지만 영양은…… 이 영양들이 정말로 먹을 게 없어서 그랬다고 믿어야 할 것이다. 중요한 건 살아남는 것이고, 사막의 생명체들은 나름대로 최선을 다하고 있는 것이다.

9

사막에 떨어진 별을 찾아 걷는 자

그는 별들을 보며 상상력을 발휘한다.

그가 말한다.

"난 천문학자가 될 거예요."

플라마리옹 출판사에서 나온 책에 실린

목성의 그림을 자세히 살펴보던 그가 소리쳤다.

"이것만 계속 보고 있으면 좋겠다. 너무 재미있어요!"

_「테오도르의 수첩」, 1908년 2월 18일

1988년 6월, 한 텔레비전 방송에서 수천 년 전 하늘에서 떨어졌다는 별을 찾아 사막을 걷는 한 노인에 관한 다큐멘터리를 방영했다. 방송이 끝나자마자 언론은 이 주제를 독점했고, 각 신문은 거대한 운석을 찾는 데 평생을 바친 이 노(老)학자의 믿기 힘든 이야기를 나름대로 보도하기 시작했다. 흔히 뉴스라는 것이 그렇듯, 신문에 실린 이 기사들을 보면 이 현대판 투른느솔 교수의 경이로운 이야기가 불러일으키는 흥미를 감소시킬지도 모르는 부분은 전부 다 삭제되고 요약되어 있다.

대중을 감화시키고 어린아이들을 경악시키기 위해서 테오도르 모노는 이 운석에 마음을 빼앗긴 나머지 이것을 찾겠다며 사하라를 구석구석 뒤지고 다니는 그 미치광이 학자가 된다. 사실 독특한 열정은 언제나 경의를 불러일으킬 만큼 감탄스러운 면을 갖고 있으며, 특히 겁 많은 사람들은 그것을 보며 자신도 모르게 경탄하곤 한다. 그렇지만 테오도르 모노가 이 거대한 운석에 자신의 생애를 바친 건 아니다. 그는 60년 전에 시작했지만 다른 수많은 활동에 몰두하느라 그 사이에 그만두었던 추적을 재개했을 뿐이다. 이 호기심 많은 사람은 결코 포기하지 않는다. 테오도르 모노로서는 어떤 해답이든지 간에 얻어내야만 했다. 이 믿기 힘든 전설이 무엇을 감추고 있는지를 알아내야만 했던 것이다. 그가 여든 살이 넘은 나이에 다시 이 운석을 찾아 나선 것은 과학적 지식들로 이루어진 큰 책에 다시 한 단락을 덧붙이기 위해서였다.

칭구에티의 이상한 운석이야기

칭구에티 운석에 관한 이야기는 정말 오래되었다. 왜냐하면 1916년에 시작되었기 때문이다.

그 당시, 가스통 리페르라는 이름의 한 장교가 모리타니령 아드라르지방의 칭구에티라는 오아시스에 주둔한 부대의 부대장을 맡고 있었다. 그런데 칭구에티는 극히 흥미로운 소도시로서 중세 때는 이곳을 거쳐 모로코도 갈 수 있고 세네갈도 갈 수 있어서 매우 널리 알려져 있었다.

칭구에티에는 저명한 학자들이 몇 명 살고 있었고, 이들은 다수의 친필 원고가 소장된 도서관을 가지고 있었다. 지금도 이곳 '복지' 도서관에서는 이 친필 원고들의 상당수를 열람할 수가 있다. 그 당시에 칭구에티의 박학은 이슬람 세계뿐만 아니라 동양에도 영향을 미쳤다.

1916년, 리페르 중위는 그가 지휘하는 부대에서 꽤 떨어진 곳에 뭔가 흥미로운 게 존재한다는 사실을 알게 되었다. 나중에 그는 두서가 없는 건 분명하지만, 그래도 그 당시 무슨 일이 일어났는지를 짐작할 수 있게 해주는 책을 쓴다. 그는 칭구에티 주민들이 엄청난 크기를 가진 쇳덩어리의 존재에 관해 자기네들끼리 얘기하는 걸 우연히 들었다고 주장한다. 그는 대장장이들이 이 자연산 쇠를 녹여 금속을 만들어낸다는 사실까지 알게 된다. 리페르는 칭구에티 주민들이 이 쇳덩어리의 존재를 유럽인들에게 감추고 싶어했다고 덧붙인다. 그렇지만 그는 한 안내인이 자기를 그곳으로 데려가게 하는 데 성공했고, 이 안내인은 수첩이든 연필이든 나침반이든 간에 일절 아무것도 못 가져가게 금했다. 그들은 밤에 출발하여 열 시간 동안 남서쪽을 향해 날이 밝을 때까지 걸었다. 동이 틀 무렵, 리페르는 그가 추정하기로 칭구에티에서 남동쪽으로 45킬로미터 가량 떨어진 장소에 도착했으나, 안내인이 하도 채근을 해대는 바람에 잠시 후에 그곳을 떠나야만 했다. 하지만 리페르는 이상하게 생긴 돌 하나를 주워 가지고 왔다.

이 돌은 무게가 4.5킬로그램 정도 나가는 운석이었다. 이 돌은 다카르의 한 지질학자에게 넘겨졌고, 이 지질학자는 다시 이것을 자연사박물관으로 보냈다. 그리고 여기서 위대한 암석학자 알프레드 라크루아가 이 돌을 연구하여 그 결과를 과학아카데미 보고서에 실었다. 이 돌에는 '칭구에티 운석'이라는 이름이 붙여졌다. 그것이 발견된 장소에서 가장 가까우며 식별이 가능한 마을의 이름을 운석에 붙여주는 것이 관례였던 것이다.

리페르는 또한 아우이넷 엔쉐르라는 수원의 이름을 밝히고, 높이가

40미터에 폭이 100미터나 되는 아주 뾰족한 '언덕'이 있는데, 이것 아래에서 위까지 다 금속으로 되어 있다는 주장을 펴기도 했다. 그러므로 이것은 거대한 운석이라는 것이었다!

파리에서는 라크루아가 이 같은 자료들을 공개했다. 이 소식을 들은 전 세계 천문학자들이 얼마나 놀랐겠는가! 지금 현재까지 알려진 운석들 중에서 가장 크다고 해봤자 길이가 겨우 2미터에 지나지 않는 것이다. 국제천문학회가 지구상에 단 하나밖에 없는 이 운석을 찾아내야 한다는 내용의 결의안을 의결하자 전 세계가 흥분했다. 이런 운석이 있으리라고는 그 누구도 감히 상상해보지 못했던 것이다!

그 이후로 이 일은 프랑스인들로서는 불쾌한 양상으로 전개되었다. 미국인들과의 논쟁이 시작되었던 것이다. 〈뉴욕 타임스〉 지에 실린 한 기사는 그 유명한 운석을 찾아낼 만한 능력이 없다며 프랑스인들을 비난하는 논조를 띠었다. 미국인들은 자기들이 직접 운석을 찾으러 갈 것이라고 큰소리쳤지만, 실제로는 전혀 아무 일도 하지 않았다. 설사 그곳에 갔다 할지라도 그들이나 우리나 그 광대한 땅에서 헤매기는 마찬가지였을 것이다.

이 이야기는 50년 이상 천문 문학에 단골로 등장했고, 최근에는 푸달리라는 이름의 한 미국인 천문학자가 이처럼 엄청난 크기를 가진 운석이 지상에 떨어져도 웅덩이가 생기거나 물질적인 피해를 끼치지 않을 수 있다는 사실을 증명하고자 했다. 이 사람은 마치 이 운석의 존재가 기정 사실화되기라도 한 것처럼 좀 크다 싶은 운석에 대해서는 '칭구에 티의 운석처럼'이라는 비유적 표현을 사용하기까지 했다!

보고서는 만일 운석의 궤도가 땅 위를 거의 스치고 지나갔을 경우, 즉 지면과 거의 평행을 이루었을 경우, 그 운동 에너지가 일단 소진되면 이 운석이 가스 방출을 중단하고 착륙 속도를 유지하면서 칭구에티에 내려앉을 수도 있었다는 것을 증명하려는 의도를 가지고 있었다.

그러나 이렇게 지구 표면에 도달할 수 있었던 거대한 운석들이 과연 실제로 존재하는가? 이 질문에 대답하기 위해서는 우선 칭구에티의 운석을 찾아내야만 했다. 1924년, 수색이 시작되었다. 지질학자와 지리학자, 모리타니에 주둔한 장교 등 수많은 사람들이 운석을 찾아 나선 것이다. 모든 사람이 눈에 불을 켜고 금속으로 된 언덕을 찾아다녔다. 군에서도 수색대를 파견했다. 보냉이라는 이름의 중위는 이 지역을 샅샅이 수색했으나, 사암으로 이루어진 수평 고원밖에는 발견하지 못했다고 군당국에 보고했다. 운석의 흔적은 찾아내지 못했다는 것이었다. 어떻게 보면 당연한 결과였다. 행정당국에서는 어떤 정보라든지 단서, 내역을 제공하는 사람들에게는 보상금을 지급하겠다는 제안까지 내놓았다.

수색은 계속되었고, 운석으로 인한 흥분은 좀처럼 가라앉지 않았다. 1932년, 마르세유 기상대 소장인 천문학자 장 보슬레르가 도전장을 냈다. 그는 당시 카메룬에서 커피 농장 주인이 되어 있던 리페르를 찾아가서 질문을 퍼부으며 못살게 굴었다. 이 불쌍한 리페르는 이 집요한 천문학자 때문에 짜증이 좀 나 있었던 게 틀림없지만 좀더 자세하게 자신의 이야기를 되풀이하는 수밖에 달리 도리가 없었다. 그런데 리페르가 별안간 이렇게 말하는 것이었다. "내가 남서쪽이라고 말했나요? 그게 아니고, 남동쪽 아닌가?" 왜 리페르는 이런 말을 한 것일까? 도저히 이해가 안 간다. 칭구에티의 남동쪽에는 높이가 40미터를 넘는 게 하나도 없는 사구들뿐이었다!

사막을 걷는 미치광이 학자

나 역시 이 운석에 관해 조사해보라는 임무를 맡고 1934년 아드라르 지방에 도착했다. 나는 칭구에티로 가서 탐문 조사를 하고, 대장장이들을 만나보고, 이 쇠로 된 돌에 관한 무슨 정보랄까, 단서 같은 걸 얻어보려고 했다. 그런데 내가 도착했을 때 칭구에티에 사는 한 베두인족이 내게 이렇게 말하는 것이었다.

"최후의 심판이 내려질 때까지 찾아도 그 돌은 못 찾을 겁니다."

물론 격려의 말은 아니었다. 하지만 그 말이 옳기는 옳았다. 그러나 그때까지만 해도 나는 이 사실을 모르고 있었다. 실패였다. 나는 아무런 성과도 얻지 못한 채 돌아오고 말았다.

1934년에서 1987년 사이에는 모든 게 잠잠했다. 미국인들도 입을 다물었고, 프랑스인들도 포기하고 말았다. 그토록 애타게 찾았건만. 결국 이 운석이 존재했다면 누군가가 그걸 보았을 거고 베두인족들도 거기에 대해 얘기했을 것이다.

나는 리페르의 돌변에도 어느 정도 영향을 받았지만, 특히 모리타니를 아주 잘 알고 있는 작크 갈루덱이라는 비행사가 보내준 보고서를 보고 놀랐다. 1980년에 발행된 이 보고서에는 사구들 속에 원형 함몰 지층이 존재한다고 나와 있다. 뭔가 둥근 것은 늘 중요하고 흥미롭다. 큰 웅덩이가 있을 수도 있다는 걸 의미하기 때문이다. 그런데 운석의 낙하지점은 대부분 분화구 모양을 하고 있다. 작크 갈루덱은 자기가 비행기를 몰고 가다가 이 분화구처럼 생긴 걸 보았노라고 내게 직접 말했다. 그리고 그가 확인해준 지점은 리페르가 말했던 그것과 거의 일치할 수도 있었다. 그래서 나는 1987년에 누악쇼트의 조류학자인 브뤼노 라마르슈와 함께 제1차 탐험대를 조직했다. 우리는 오랜 시간을 걸어서 갈루덱이 가르쳐준 장소로 갔으나 아무것도 발견하지 못했다.

나는 그 다음 해인 1988년 1월 좀 다른 조건에서 다시 출발했다. 이번에는 영화감독인 카렐 프로코프와 동행했는데, 그가 가져온 위성 위치 측정 장치로 말하자면, 선원들은 아주 잘 알고 있지만 낙타를 타고 다니는 사람들은 모르는 첨단 장비였다. 크기는 구두상자만 하고, 쓰는 방법도 아주 간단했다.

땅바닥에 자리를 잡고 구두상자를 모래 속에 내려놓은 다음 지팡이를 옆에다 꽂고 고무줄로 안테나를 그 지팡이에 고정시킨다. 그러고 나서 당신의 위치와 추정 고도를 기록하고 당신이 가고자 하는 목적지의 좌표만 알려주라. 그러면 하늘이 당신에게 대답할 것이다. 하늘에는 위성들이 빈번하게 지나간다. 이따금 이 구두상자가 다음 위성이 지나갈 때까지 기다리라고 말하면 몇 시간 동안 참고 기다리라. 그러면 결국 당신이 도달해야 될 지점으로부터 얼마나 떨어져 있는지와 정확한 방향을 알게 될 것이다.

이 장치 덕분에 우리는 둥글기는 하지만 운석과는 전혀 아무 관계가 없는 뭔가를 발견했다. 그것은 서로 떨어져 있으며, 지질학상의 제4기에 존재하던 호수에서 생긴, 같은 호수 지층에서 잘라내어졌고 둥글게 배열되었지만, 모양이 이상하게 생겼다는 것말고는 아무런 흥미도 불러일으키지 않는 언덕들이었다. 우리는 다시 한 번 '아무 성과도 얻지 못한 채' 돌아오고 말았다. 아무 성과도 얻지 못했지만, 그렇다고 해서 낙담하지는 않았다!

리페르가 제공한 자료 전체를 다시 취합한 나는 1988년 12월에 아드라르 지방으로 돌아가서 이번에는 그가 맨 처음에 알려준 정보들에 의거하여 그대로 움직였다. 나는 아우이넷 엔쉐르 샘으로 갔다. 우물, 칭구에티에 대한 방향(남서쪽), 그리고 거리 등 모든 게 다 맞아떨어졌다. 꼭대기가 뾰족한 40미터 높이의 언덕도 있었으나, 이 언덕, 이 어마어마한 바위산은 이 지역에서 흔히 볼 수 있는 암석인 퇴적암들로 이루어져 있었다. 쇠는 단 1그램도 섞여 있지 않았다.

나는 그곳 현장에서 거대한 운석의 수색 작업을 이제 그만두어도 되겠다는 사실을 깨달았다. 사암과 규암으로 이루어진 작은 산이 쇠로 되어 있다고 주장함으로써 리페르는 엄청난 오해를 불러일으킨 것이다.

하지만 도대체 왜 리페르를 이곳으로 데려온 것일까? 그에게 뭘 보여주겠다고 약속했던 것일까? 칭구에티의 베두인족들은 작은 운석의 존재를 모르고 있었다. 리페르는 그 작은 운석을 아주 우연하게 주웠던 것이다. 그러므로 이것은 다른 얘기다. 수수께끼는 단 한 가지도 풀리지 않은 채 여전히 남아 있다. 라틴어로 쓰인 비문도 없고, 이집트의 피라미드도 없고, 팔다리가 잘려나간 그리스 조상(彫像)조차 없다.

자갈과 모래가 있고, 물이 있는 샘이 있고, 이따금 근처에 야영지가 있고, 침낭을 메고 염소를 몰고 다니는 베두인족들은 있다. 하지만 칭구에티에서 볼 수 있는 건 이게 전부다. 자기 집 문 밖만 나가면 보이는 것을 찾아보겠다고 밤을 새워가며 열 시간씩이나 걸을 필요가 없는 것이다. 그렇다면 다른 게 있었던 것이다!

현재 내가 알고 있는 가설에 많은 영향을 미친 것은 두 가지 논거다. 한편으로, 처음부터 리페르는 대장장이들에 대해서 이야기했다. 또 한편으로, 나는 1988년 12월의 수색작업 당시 이 언덕의 기슭에서 철광석 덩어리들을 발견했는데, 정확하게 말하자면 놋쇠 성분이 함유된 적색 풍화토로 이 갑옷 조각으로 쇠를 만들 수도 있다. 옛날 서부 아프리카에는 철기 산업이 고도로 발달했다. 아주 오래 전에 이런 종류의 야금술이 사하라의 이 지역에 존재했을 가능성이 있는 것이다. 어쩌면 쇠가 있거나, 아니면 옛날에 그것으로 쇠를 만들었던 바위가 있는 장소를 리페르에게 보여주려고 했는지도 모른다. 아무도 몰래 했다는 그 수수께끼 같은 여행이야기가 남는데, 이 이야기는 그다지 신빙성이 없어 보인다. 밤에 여행을 하게 만든 건 아마도 낮에는 너무 더워서였을 것이다.

리페르는 또 작은 운석을 발견한 암벽의 맨 끝 우툴두툴한 돌출부를 작은 바위 덩어리로 쳐서 깨보려고 했으나 성공하지 못했다고 분명히 얘기했다. 이 돌출부는 구부러졌다는데, 곧 그것이 전연성(展延性)이 있다는 것을, 즉 금속이라는 것을 의미한다.

만일 이 지역에 야금술이 발달되어 있었다는 가설을 받아들인다면 이 돌출부는 하나의 가공물, 활용품, 광석 찌꺼기였을 수도 있지 않을까? 그래서 나는 서부 아프리카의 야금술에 관한 해명을 전문가에게 요청했으나 모르겠다는 대답이 돌아왔다.

그래도 이 미스터리를 끝까지 파헤치고 돌출부가 달린 그 돌을 찾아내야만 했다. 나는 1989년 10월에 박물관의 운석 분야 책임자인 플라와 함께 다시 떠났다. 그러나 이번에도 우리는 별다른 걸 발견하지 못했다. 그러므로 이제는 거대한 칭구에티 운석에 관한 수수께끼가 드디어 해결되었다는 사실을 인정할 수가 있다. 즉, 이 모든 이야기는 흔히 볼 수 있는 돌출 암벽과, 이른바 거대한 운석 덩어리를 혼동함으로써 비롯되었다는 것이다. 안됐지만, 어쩔 수 없는 일이다. 그러므로 이제는 외계에서 날아온 이 거대한 덩어리는 존재하지 않는다고 체념해야 한다.

왜 그는 '지리학에 그토록 깊은' 관심을 갖고 있는 것일까.

"내가 여섯 살 때 어머니께서 내게 천문학 책을 한 권 주셨지요.

나는 그걸 읽으면서 이 세계에 대해 알고 싶다는 생각을 했습니다.

그리하여 나는 지구를 가장 좋아하는 별로 정했습니다.

왜냐하면 내가 아는 별이라곤 이 지구밖에 없었거든요.

만일 화성이나 금성에 대해서 알았더라면 아마 그 중 하나를 선택했을지도 모르지만,

그 당시에는 아는 게 지구밖에 없었어요."

이 같은 이유로 그는 수리학을 특히 좋아했지만

("이 수리학이라는 거, 아주 재미있어요"), 기후학은 좋아하지 않았다.

_「테오도르의 수첩」, 1906년 11월

어떤 것들이 이루어진 방법을 상상한다는 게 늘 쉬운 일은 아니다. 우리 주변에 존재하는 것들은 이미 오래 전부터 거기 있었던 것처럼 보이기 때문이다. 오늘날의 IFAN은 아프리카 전역에 널리 알려진 단체이며, 아프리카를 학문적으로 연구하는 데 없어서는 안 될, 더할 나위 없이 훌륭한 매개다.

물론 이 기관이 오직 한 사람만의 노력에 의해 현재의 위치에 섰다고 말할 수는 없다. 그렇지만 지식을 축적하고 그 지식을 가능하면 폭넓게 전파시키려는 일반의 의지와 결합된 역량과 에너지를 결집시키도록 25년 동안 이 단체를 이끌었던 한 인물에게 많은 빚을 진 것은 사실이다.

테오도르 모노가 자연과학자(이 단어의 가장 고귀한 의미에서)로서의 자질을 그 어느 때보다 더 한껏 발휘해가며 그의 가장 중요한 위업을 달성한 것은 바로 이 영역에서이다.

아프리카를 지리학과 역사학으로 접근하다

1940년 6월에 다카르로 돌아가 보니 1939년까지 IFAN을 위해 해놓은 모든 걸 다시 시작해야만 될 상황이 되어 있었다. 내가 티베스티에 가 있는 동안 영국 해군이 IFAN 건물을 점유했고, 심지어는 병원까지 들어섰던 모양이었다. 가장 먼저 해야 될 일은 역시 징집당한 나의 유일한 협력자 알렉상드르 아당데를 수소문해서 찾는 것이었고, 그 다음에는 사무실을 비워달라고 요구해야 했으며, 마지막으로 여러 분야에서 하나의 구조를 갖추어야만 했다.

1936년의 법령에는 이런 경우가 전혀 명시되어 있지 않았으므로 처음부터 끝까지 모든 걸 조직해야만 했다. 자연사박물관에서 막 도착했을 때 내가 파리에 있는 이 대형시설의 복제품을 이 열대지방에 설치하려고 노력했던 건 당연한 일이었다. 자연사박물관의 구조를 대충 모방

하려고 했던 것이다. 그렇다고 그걸 똑같이 베끼려고 했던 것은 아니었다. 왜냐하면 프랑스령 서부 아프리카에는 이미 자체 조직을 갖춘 학문들이 있었으며, 그런 조직을 또다시 만들 필요는 전혀 없었던 것이다. 하나의 예만 인용하자면, 광산·지질을 담당하는 부서가 이미 존재하고 있었고, 따라서 우리는 지질학 분야에 끼어들 생각이 없었다.

반면에, 나는 지리학을 IFAN에 집어넣으려고 무척 애를 썼다. 그리하여 전체는 3부작의 형태로 구체화되었다. 한쪽에는 인문과학이 있고, 다른 한쪽에는 자연과학이 있으며, 가운데에는 일종의 가교처럼 장차 중심 역할을 해내게 될(IFAN은 얼마 지나지 않아서부터 지도 문헌들을 제작하는 쪽으로 방향을 전환했기 때문이다) 지리학이 있었다.

지리학자도 아닌 내가 왜 그렇게 지리학을 중요시 여겼는지에 대해 의문을 품을 수도 있겠다. 한편으로 나는 이 학문에 늘 관심을 가져왔고, 또 한편으로는 이 학문이 일반적으로 정신 형성뿐만 아니라 아프리카 연구의 발전에 얼마나 큰 영향을 미치는지를 인식하고 있었다. 우리는 지도상에 많은 것을 표현할 수가 있다. 그래서 IFAN이 추진했던 굵직굵직한 사업들 중 하나는 우리가 '민족 – 인구 지도'라고 불렀던 것을 제작하는 일이었다. 이 지도에는 서부 아프리카의 부족들과 인간 집단 등의 위치뿐만 아니라 인구밀도도 표시되어 있었다. 그것은 다카르에서 차드에 이르는 거대한 공간이었다. 이 거대한 영토를 부분부분으로 나눈 다음 이 퍼즐 조각 하나하나에 대해 정확한 현황을 작성해야만 했다. 그러기 위해서는 사람들을 현지에 파견할 필요가 있었다.

무엇보다도 먼저 이 일을 맡아서 해줄 연구자들을 모집해야만 했다.

초기에만 해도 과학 인력이 단 한 명도 없었던 것이다. 프랑스령 서부 아프리카 총독부는 마침내 연구단을 구성했는데, 이들은 IFAN에 배속된 공무원들이었다. 이들은 대부분 프랑스 출신으로서 어쨌거나 상당한 정도의 능력들을 갖추고 있었다. 그러다가 얼마 지나지 않아서 인문과학 분야에 아프리카인들을 채용했다. 그러고 나서는 식물학과 동물학 등의 모든 분야에서 아프리카인들이 일을 하기 시작했다.

특별히 지도 제작 계획을 추진하기 시작하면서부터 지질학 파트가 중심 역할을 해냈다. 우리는 미국의 포드 재단으로부터 식물상과 동물상, 주민 등을 다룬 「서부 아프리카 국제 지도」를 제작하는 데 필요한 자금을 얻어냈다. IFAN의 연구자들은 수년 동안 이 일에 매달렸다. 여러 권이 나오기는 했지만, 불행하게도 이 「지도」는 여전히 미완성으로 남아 있다. 3권은 자금 부족으로 끝낼 수가 없었던 것이다. 상당히 힘든 사업이었기 때문에(이 지도가 프랑스령 서부 아프리카의 국가들만 다룬 게 아니어서) 나이제리아, 가나, 시에라리온 등 프랑스가 주도하는 이 계획에 도움을 줄 준비가 되어 있는 다른 나라의 동료들과도 협조를 해야만 했다.

그 외에도 우리는 인문과학 파트를 설립하여 사회학, 언어학, 자연인류학, 고고학, 선사학 등의 학문에 접근했다.

우리는 역사학에도 접근하여 아프리카의 구전 전통이라는 거대한 분야를 다루었는데, 자료가 이것밖에는 없었기 때문이다. 아프리카에는 글로 쓰인 문헌도 고전학도 고건축물도 없었다. 이런 것 없이(물론 역사적인 구전 전통에 의해 쌓인 자료들이 엄청나게 풍부하기는 했지만) 역사학을 한다는 건 쉬운 일이 아니었다. 문제가 뭔가 하면, 예를 들어 다른 민족들과의 측면 매개자가 거의 없기 때문에 연속되는 역사 속에서 충돌이 일어났는지, 모든 게 다 제자리에 잘 있는지를 알 수가 없다는 것이다. 말하자면, 어떤 일정한 시대에 동시에 다른 곳에서는 무슨 일이 일어났는지를 알기가 무척 어렵다는 것이다.

14세기부터는 좀더 확실해졌다. 아랍 여행자들이 많은 이야기를 했고 친필 원고가 보관되었으며, 알 바크리(?~?), 마수디(?~956), 이븐 바투타(1304~1368), 이드리시(1100~1165), 레옹 라프리켕(1483~1555?) 등을 비롯한 여행가 겸 역사학자들이 다량의 정보를 제공했던 것이다.

출판으로 아프리카를 기록하다

파리의 식물원에서 멀리 떨어져 있기는 했지만 나는 자연사박물관이라는 그 유서 깊은 기관에 여전히 애착을 갖고 있었기 때문에 그 구조를 아프리카에 재현하지 않을 수가 없었다. 나는 IFAN을 파리에 있는 이 기관의 지역 센터로 만드는 데 만족하지 않고, 서부 아프리카 전역에 산재한 여러 곳의 IFAN에 그 구조를 가져와 이 소규모 연구소들이 보편 학문을 다채롭게 반영하는 거울처럼 되게 하려고 애썼다. 식물원의 도서관을 예로 들자면 수백만 권의 장서가 보유되어 있기는 했지만, 그것들을 가져올 수가 없었기 때문에 새로운 도서관을 세워서 서가를 온갖 종류의 장서로 차곡차곡 채워가야만 했다. 그건 바로 IFAN이 주도한 모든 작업과 모든 발견의 증거라고 할 수 있었다.

IFAN의 구조상 중요한 사실 한 가지를 일러두어야만 하겠다. 초기부터 IFAN은, 한편으로는 제1 수집관과 출판부 등을 갖춘 다카르 소재 연합연구소의 일부로, 또 한편으로는 프랑스령 서부 아프리카의 각 나라에 소재한 지역 조직(IFAN 지역 센터, 아니면 간단하게 'CENTRIFAN'이라고 불렸던)의 일부로 구성되어 있었다는 것이다. 구조가 이처럼 분산되어 있었기 때문에 각 지역연구소는 보다 많은 자율성을 발휘하여 그 자체의 수집품뿐만 아니라 대부분은 학회지까지도 발행하고 있었다. 본부는 각 지역연구소와 매우 밀접한 관계를 유지했는데, 이것은 이 연구소가 가진 강점 중의 하나였다.

출판 그 자체만 해도 IFAN의 주요한 관심사 중 하나였다. 언어 인식이라든지 부족들의 역사 분야에 대한 연구를 도와주어야 할 필요성은 이미 오래 전부터 제기되었다. 설립 초기에 IFAN은 프랑스령 서부 아프리카 역사 · 과학연구위원회가 발행하던 회보를 물려받았다. 회보의 명칭만 바꾸면 되는 일이었다.

나는 처음에는 〈IFAN 회보〉를 창간했다가 인문과학과 자연과학을 다루는 두 종의 회보를 내기로 결정했다. 이 회보를 중심으로 서서히 수많은 다른 출판물들이 추가되기 시작했다. 그런 다음, 나는 4절판 논문집을 발간하여 크기가 큰 자료라든가 지도 등은 여기에 수록했다. 수많은 논문들이 이런 식으로 출판되었다.

우리는 「주석과 참고자료」라는 제목의 시리즈물도 발간하여 뱀, 거북이, 새 등 아프리카 서부에 살고 있는 동물군을 알리는 작은 분량의 논문들을 게재했다. 그리고 「아프리카 식물도상」이라는 시리즈물도 내서 아프리카 식물들의 그림을 실었다. 각 종을 커다란 도판으로 싣고 그에 따른 기록과 주석을 덧붙이는 것이었다. 꽃가루를 다룬 시리즈물도 펴냈고, 「카탈로그」도 펴냈으며, 「기술 설명서」도 펴냈다. IFAN은 이렇게 해서 그 자체만으로도 작은 출판사가 되었다.

그 다음에는 「아프리카에 관한 단평」을 오랜 기간 펴냈는데, 이 시리즈에는 교사나 선교사 등 통신원들이 발견한 것(봉분이라든지 동굴)에 대한 간단한 주석이나 짧은 기사가 실렸다. 이 시리즈는 초기에만 해도 아주 초보적인 수준이었다. 진홍색 제목이 붙은 표지를 미리 만들어놓은 다음 로네오 등사기로 글을 등사했다. 오후만 되면 나와 나의 동료가 로네오 등사기를 돌리느라 손가락에 잉크를 묻혀가며 이 시리즈를 만들던 기억이 난다. 그러다가 사정이 좀 나아져서 인쇄기로 찍기 시작하면서 이 시리즈물은 잡지다운 잡지가 되어 지금도 발행되고 있다.

연구에 참여하도록 사람들을 자극하고 또 그들의 호기심을 일깨우기 위하여 나는 『연구자들에 대한 충고』라는 제목의 책을 펴냈는데, 이 얇은 책에는 "이건 흥미로운 게 아니라는 생각을 하지 말라. 사하라에서 어떠어떠한 우물을 보면 그 우물의 온도를 적어놓으라. 어떠어떠한 장소에서 이런저런 걸 발견하면 기록해놓으라" 등 각 학문별로 필요한 충고들이 수록되었다. 그것은 아마추어 연구자들을 위한 일종의 가이드북이었으며, 연구에 참여하는 사람들의 숫자를 늘리기 위한 하나의 시도였다. 나는 IFAN이 전문가들만을 위한 기구가 되는 것을 원하지 않았다. 중요한 것은 누가 되었든지 간에 뭔가 흥미로운 것을 볼 수 있고, 또한 그것을 널리 알릴 수 있다는 점을 사람들에게 이해시키는 것이었다.

사하라의 군인들은 적극적으로 참여하고 언제나 자발적으로 협조하여 특히 다카르의 고고학 수집품이 풍부해지는 데 크게 기여했다. IFAN은 누구든지 자진해서 참여할 수 있는 이 같은 수집 방법을 사용함으로써 온갖 종류의 식물과 동물, 물품, 사진자료 등을 풍부하게 모을 수 있었다. 우리가 모은 이 어마어마한 보물은 아프리카인들을 위한 것이다. 왜냐하면 사실 그 중에서 어느 하나도 프랑스에 보내어지지 않았기 때문이다.

아프리카에 세워진 박물관

관찰하는 것, 보관하는 것, 모으는 것, 분류하는 것, 기입하는 것, 등록하는 것, 전시하는 것, 바로 이것이 박물학자가 할 일이며, 박물관의 기능이다. 박물관은 우리의 지구를 구성하는 요소들을 수집하는 사람들의 성과를 보여 주는 진열대인 것이다. 그들은 결코 끝나지 않을 이 엄청난 목록 작성 작업을 일반인들에게 알려준다. 왜냐하면 학자가 자신의 연구실적을 다른 학문공동체에 알리기를 좋아하듯이, 관찰자 역시 자신의 발견을 다른 사람들과 함께 공유하는 걸 좋아하기 때문이다.

그리하여 나는 박물관을 설립해서 나와 마찬가지로 오직 지식을 증가시키겠다는 목표하에 언제나 더 배우겠다는 열정으로 불타는 모든 연구자들을 이곳에 모았다.

1950년대에 IFAN을 중심으로 다른 사업이 시행되었다. 고레 섬에는 노예박물관과 해양박물관이 세워졌고, 다카르에 도착했을 때 내게 처음 배정되었던 건물 자리에는 민족학박물관이 세워졌다. 나중에 우리가 대학 건물로 옮겨가면서 이 대형 건물이 사용 가능해지자 이곳에 민족학박물관을 세운 것이다. 소장품 창고는 지하에 있었고, 진열실은 1층과 2층에 있었다.

우리는 또 서유럽 아프리카 연구자 토론회를 열어서 포르투갈 · 에스파냐 · 영국 · 프랑스 연구자들을 규합했다. 수년간에 걸쳐 다카르, 비사우, 라고스, 아비장, 페르난도 포, 산 토메 등의 도시에서 세미나가 한 번씩 열렸다. 매번 세미나가 개최될 때마다 아주 다양한 주제가 다루어졌다. 세미나 참석자들은 많은 걸 배우기도 하고 또 다른 참석자들에게 많은 걸 가르쳐주기도 했다.

다카르에 머무는 동안 나는 자주 여행을 했다. 우선은 내가 맡은 직무와 관련된 여행을 했다. 해결하려면 현장에 직접 가야만 되는 문제들이 이따금씩 발생했기 때문에 각 지역의 IFAN을 돌아다녔던 것이다.

그리고 나서 아프리카 과학회의가 있었는데, 나는 처음부터 여기 가입해서 꽤 오랫동안 회장을 지냈다. 회의는 벨기에령 콩고(오늘날의 콩고 민주공화국)와 남아프리카, 잔지바르 등지에서 열렸다.

1942년부터는 박물관 교수로 임명되어 일 년에 한 번씩 파리로 돌아가서 3개월 동안 강의를 하고 실험실을 이끌었다. 이 같은 생활이 20년 이상 계속되었다.

1960년, 아프리카 국가들이 독립하기 시작하면서 상황이 완전히 바뀌었다. 그 당시 이미 상당한 규모에 도달했던 이 기관이 지속될 수 있도록 방법을 찾아내야만 했다. 우리는 다카르 대학 캠퍼스 내에 제법 큰 규모의 건물을 세워도 좋다는 허가를 얻어냈다. IFAN의 새로운 이름도 찾아내야만 했는데, 중요한 것은 약자가 바뀌지 않는 것이었으므로 F에 형용사를 집어넣어야만 했다. 나는 Institut (farfelu: '기발한'이라는 뜻 - 옮긴이) d'Afrique noire를 생각했으나 이 명칭을 감히 사용할 수는 없었다! 결국 IFAN은 Institut (fondamental) d'Afrique noire(흑아프리카 기초연구소)로 명칭이 바뀌었다. 내 개인적으로는 IFAN이 자연사 박물관 같은 프랑스 시설의 아프리카 부속기관 같은 게 되었으면 하고 바랐다.

현실적으로는 이게 쉬운 일이 아니었다. 그래서 빨리 서둘러야만 했다. 결국 우리는 IFAN을 다카르 대학에 통합된 대학부속기관으로 바꾼다는 안을 받아들였다. 그러나 그것은 대학부속기관치고는 극히 예외적일 만큼 엄청난 규모를 갖춘 기관이었다.

내 임무는 이미 완수되었으므로 다른 사람에게, 특히 이미 현장에서 이슬람 파트를 이끌고 있는 친구 뱅상 몽테이유에게 넘겨줘도 좋겠다고 생각했다. 그가 연구소장이 되면 IFAN은 계속 발전할 것이다. 나는 1965년 1월에 다카르를 떠났다.

IFAN은 25년 만에 일부분이긴 하지만 '수준을 갖춘' 단체가 되었다. 그렇지만 IFAN은 1989년 2월에 설립 50주년을 맞아서 이 기관이 현재 갖고 있는 활력을 증명하는 한편, 이미 시작된 사업을 계속 추진해 나가겠다는 의지를 다시 한 번 확인했다.

현재 서부 아프리카 전역에서 가장 중요한 단체라고 볼 수 있는 IFAN을 하나에서 열까지 전부 다 만들어 세우기 위해서는 할 일이 엄청나게 많았다. 실제로는 주어진 시간을 잘 쪼개 쓸 줄 아는 것으로 충분했다. 예를 들어, 내가 엄격하게 정해진 시간표대로 움직이지 않았더라면 나는 다카르에서 어류의 해부학적 구조에 관한 연구를 결코 해내지 못했을 것이다. 아침에는 누구든지 나를 찾아올 수가 있었다. 약속을 정할 필요는 없었다. 누가 되었든지 간에 나와 상의를 하고, 뭔가에 대해 내게 항의하고, 정보를 제공해달라고 요구할 수 있었다. 나를 찾아오는 손님들의 입장에서 보면 그다지 예의바른 표현이라고 볼 수 없겠지만, 나는 이것을 '짐승들에게 맡겨진 기독교인'이라고 불렀다. 하지만 나는 이 짐승들을 무척 좋아했다.

반대로 오후에는 그 누구도 나를 방해할 수가 없었다. 나는 오후 시간을 내가 계속하고 싶은 연구에 통째로 할애했다. 실험실 문을 열쇠로 걸어 잠근 채 틀어박혔고, 누가 전화를 걸어도 일절 받지 않았다. 연구는 그 다음날 아침까지 계속되었다. 이렇게 함으로써 나는 많은 일을 해낼 수가 있었다.

나는 또 재미있는 것을 좋아했으므로 사람들이 나를 방해해도 괜찮은 몇 가지 예외 규정을 정했다. 화재가 일어났을 때, 총독이 나를 소환했을 때, 동료들 중 누군가가 감옥에 갇히거나 수도사가 되었을 때가 그런 경우에 해당했다. 하지만 이 네 가지 경우 중 그 어느 것도 실제로는 발생하지 않았다.

옛날 IFAN에서 나는 중이층(中二層)에 있는 천장이 무척 낮은 아주 작은 사무실을 썼다. 내 책상과 의자는 비상용 계단 쪽으로 난 문에 기대어져 놓여 있었다. 그런데 내가 사무실 안에 있는지 없는지 확인하려고 열쇠구멍으로 들여다보는 사람들이 있었다. 내 등에서 20센티미터가량 떨어진 이 열쇠구멍을 통해 그들이 나를 쳐다보고 있을지도 모른다는 사실을 알고 있던 나는 종이에 "조심하세요! 고약한 냄새가 날지도 모릅니다!"라는 글과 함께 내가 방귀 뀌는 그림을 그려서 의자 등받이에 붙여놓았다. 이걸 보면 열쇠구멍에 눈을 갖다대고 싶은 생각이 싹 사라지는 것이었다.

이 엄격한 규율을 적용한 덕분에 나는 평온을 유지할 수 있었다.

11

파리의 국립자연사박물관

그가 불만스런 표정으로 어머니에게 말했다.
"오늘 과일장수 아저씨 하시는 게 별로 맘에 들지 않았어요.
그분이 글쎄, 멋진 지도책을 짝 찢어서 그것으로
강낭콩을 싸주시더라니까요."
_「테오도르의 수첩」, 1910년 6월

자연사박물관은 독특한 곳이다. 냄새와 색깔, 그곳에서 들이마시는 공기, 그리고 심지어는 소음까지(이곳의 소음은 아주 먼 곳으로부터, 즉 시간이 또 다른 리듬에 따라 움직이고, 세계의 다양성이라는 원칙하에 확립된 사물의 질서가 차분하고 명백하게 각자에게 부여되는 세기로부터 들려오는 것 같다는 생각이 들 정도로 꽉 억눌려져 있다), 모든 게 다 오래된 것처럼 느껴진다.

퀴비에 거리에 자리잡은 어류학 실험실은 이 유서 깊은 시설을 설립한 인물들의 이름이 붙여진 거리를 따라 식물원을 둘러싸고 있는 거대한 건물들, 여기저기 흩어져 있는 다른 강단들과 흡사한 모습을 하고 있다. 낡은 화물용 승강기는 놀란 표정의 방문객을 4층까지 태우고 올라간다. 현관을 지키고 있는 문 앞에는 탈색된 흐물흐물한 몸체의 어류들이 유리 용기에 담긴 포르말린 속에 웅크리고 있다. 마치 포세이돈의 동굴 속에 발을 내딛듯이 바다 세계 관찰자들의 소굴 속으로 들어가 보자. 입구에 들어서면 불멸화된 동물 표본들이 들어 있는 다양한 크기와 형태의 표본병들이 벽을 따라 차곡차곡 쌓여 있다. 유리문이 달린 책장들이 벽을 따라 늘어서 있고, 살짝 열려진 문을 통해서 현미경을 들여다보고 있는 연구자들의 모습을 볼 수 있다. 복도에는 깊은 침묵이 자리잡고 있는데, 아마도 깊은 바닷속의 그것과 흡사하리라. 분위기 또한 쥘 베른이 쓴 어떤 소설처럼 마술적이다.

이런 장소에서 일을 하면서 어떻게 이곳에 저항할 수 없을 정도로 강한 애착을 갖지 않을 수 있을 것이며, 공부와 연구에 이보다 더 잘 어울리는 환경이 어디 또 있을 수 있겠는가? 그렇기 때문에 다카르에 있는 사무실에서 테오도르 모노는 그가 젊은 시절을 보냈던 이곳을 생각하며 향수를 느끼지 않을 수 없었던 것이다. 그리하여 원양어업 교수직을 제안받은 이 IFAN 소장은 그가 아끼는 박물관과 파리를 매년 여름 다시 볼 수 있는 이 기회를 도저히 놓칠 수가 없었다.

단 한 명만을 위해서도 세미나를 열다

자연사박물관의 원양어업 교수로 임명되었을 당시 나는 IFAN 소장이었는데, 말하자면 내 원래 직장인 자연사박물관에서 파견을 나와 이 직책을 맡고 있던 셈이었다. 그러므로 내가 아프리카와 식물원에서 번갈아가며 일을 할 수 있도록 보장해줄 제도와 절차가 필요했다.

두 관련 부처, 즉 교육부(자연사박물관을 관장하는)와 식민부 사이에 의견 조정이 이루어졌다. 내가 다카르에서 일을 계속하면서 매년 몇 개월씩은 파리로 돌아가 임시로 실험실을 맡고 강의를 한다는 데 이 두 부처가 합의한 것이다.

그 당시만 해도 원양어업 실험실은 상당히 소규모였다. 인원이 많지 않았다. 흔히 말하듯이 자연사박물관도 '작은 실험실들' 중의 하나였던 것이다. 그 이후로 사정이 바뀌어 실험실은 많은 발전을 이루었다. 그

전에는 원양어업 실험실과 어류·양서류·파충류에 관한 연구를 담당하는 파충류학 실험실이 있었는데, 그 이후로 어류와 관련된 모든 것이 이 실험실에 집결되었다. 지금은 기본 어류학과 어업이 일반·응용어류학 강단으로 통합되어 있다.

나의 공식 스케줄은 다음과 같았다. 다카르에서는 일 년 중 4분의 3을 머무르다가 여름이 시작될 무렵 프랑스로 돌아가서 한 계절을 머무르곤 했다. 강의는 여름 학기에 하고 9월이 되면 다시 아프리카로 돌아갔다. 이렇게 매년 박물관에 다시 발을 내딛는다는 것은 나름대로의 이점을 갖고 있었다. 다른 연구자들과의 관계를 꾸준히 유지할 수도 있고, 또 방대한 장서를 갖추고 있는 박물관 도서관에서 다카르에는 없는 책을 열람할 수 있는 것이다.

그 당시 자연사박물관에서의 강의에 한 가지 특징이 있다면, 교수가 그 다음 해 강의 계획을 예고해야만 한다는 사실이었다. 가능한 한 관련 학문과 연관성을 갖는 주제들을 사전에 예고한 다음 여러 차례에 걸쳐 세미나를 여는 것이다. 세미나는 자기가 원하는 날짜에 할 수가 있었다. 나의 경우에는 파리에 가 있는 동안에 세미나를 열었다.

세미나는 좀 특이한 방식으로 이루어졌다. 사실 대학에서 학점을 주지 않는 강의에는 수강생이 별로 들어오지 않는다. 자연사박물관 강의에서는 수강생이 오직 실험실 연구원들로만 이루어진 경우가 다반사였다. 하지만 이 연구원들이 강의에 들어오지 않을 때도 있기 때문에 단 한 명의 수강생만을 앞에 놓고 강의를 하는 경우도 자주 있었다. 어떤 중년부인은 꽤 오랫동안 꼬박꼬박 내 세미나에 참석하기도 했다. 그녀가 내 강의를 들으며 어떤 관심을 느꼈는지는 모르겠지만, 어쨌든 꽤나 열심이었다. 고백하건대, 계획된 세미나가 수강생이 없어서 못 열리는 날도 있었다. 이 날은 실험실 비서가 세미나가 열리는 시간에 나를 찾아와서 수강생이 아무도 안 들어왔다고 말해주었다.

대학에서 이루어지는 일부 교육이 학생들로 하여금 오직 '유용한 지식'만을 추구하도록 부추기고 있는 지금, 어떤 강의가 교수 자신이 거기 기울이는 관심말고는 다른 동기가 없이 선택된 주제를 중심으로 펼쳐진다고 생각하면 불안감이 느껴질 수도 있다. 그러나 자연사박물관에는 열정을 가진 사람들만 모여들었고, 여기서 행해지는 교육은 머리뿐만 아니라 가슴으로도 배우겠다는 사람들만을 대상으로 하는 것이었다. 내가 파랑비늘돔의 치열(齒列)에 대해 이야기하면 무모하기 짝이 없는 탐험의 이야기에 귀를 기울이는 학생들이 있었다. 그러나 대부분의 대학생들은 지식의 획득을 이런 식으로 이해하지 않았다. 그러므로 이 여름 강의의 대상은 애호가들과 시인들로 이루어진 제한된 세계였다.

나는 내가 특별한 자격을 갖춘 까다로운 전문가들을 상대로 강의를 하는 게 아니라는 사실을 잘 알고 있었다. 예를 들면, 어느 해에 나는 서부 아프리카의 민물, 서부 지구 호수들의 동물상, 탕가니카 호수, 빅토리아 호수, 어업을 연구했다. 몇 년 동안 계속해서(그 해에 계획된 프로그램이 끝나지 않았을 때는 그 다음 해에 다시 시작할 수가 있다) 아프리카의 전통 어업(그물·통발·작살 등)에 관해 강의를 한 적도 있었다. 또 나는 전 세계에서 이루어지는 식용 갑각류의 채취(필리핀의 작은 새우나

알래스카의 참게 등)에 관한 강의를 몇 년에 걸쳐 하기도 했다. 때로는 지리학적 주제들이나 아니면 보다 특수한 다른 주제들에 접근한 적도 있었다. 이렇듯 나는 내 개인적인 취향에 따라 세미나 주제를 정했다. 어떤 주제를 정하든 그것은 전적으로 내 권한이었다.

이 교육은 내가 1965년 1월에 완전히 파리로 돌아갈 때까지 계속되었다. 그 뒤로 나는 어업연구소 소장 자리를 다시 맡아서 어류와 갑각류에 관한 연구를 계속했다. 그 당시 나는 교수로서의 직무말고도 지방의 자연사박물관 감독관으로도 임명되어 일을 했다. 이 일을 하면서 나는 지방에 있는 꽤 많은 수집품들을 볼 수 있게 되었는데, 그 중 일부는 상당히 규모가 컸다. 프랑스에는 큰 역사박물관들도 있고, 그보다 규모가 작은 박물관들도 있으며, 때로 없어져버린 박물관들도 있다. 온 지방의 한 도시에 가보니 비공개된 수집품들이 병원과 경찰서(이곳의 수납장 하나에는 조류들이 가득 들어 있기도 했다), 교회의 성기실(聖器室) 등 여러 곳에 분산되어 있었다. 이 도시의 자연사박물관은 고등학교 선생님 한 분이 역량을 발휘해주신 덕분에 되살아나서 지금은 이 모든 것들이 한데 모아져 있다.

나는 프랑스로 돌아간 이후로도 8년 동안 더 공직에서 일을 하다가 일흔 살 때 은퇴를 했다(그 당시에는 다들 이 나이에 은퇴를 했다). 최근 몇 년 동안에는 식물학에 대해서 많은 관심을 기울였다. 방 다르귀엥 국립공원(누악쇼트와 캡 블랑 사이)에 서식하는 식물 목록을 작성하고, 이곳의 식생에 관한 글도 썼다. 나는 몇 년에 걸쳐 이 지역의 식물들을 수집하여 판별해왔다.

또한 나는 최근에 마데르와 카나리아 제도 중간에 위치한 살바주 군도에 서식하는 식물들에 대한 목록 작성도 마쳤다. 내가 이 살바주 군도의 식물상에 관한 연구를 시작한 것은 좀 우연이었다. 1984년 7월, 회색 섬새의 생물학적 생태에 대해 연구하고 있던 자연사박물관의 프랑스인 조류학자 세 사람이 내가 마카로네지아(아소레스, 마데르, 살바주, 카나리아, 캡 베르 섬)의 식물상에 관심을 갖고 있다는 사실을 알고 함께 가자고 제안해온 것이다. 그래서 나는 비록 식물을 수집하기에는 그다지 좋은 계절이 아니었음에도 이 탐험대에 합류했고, 그 뒤로도 여러 차례 이곳을 찾았다. 최근에 나는 살바주 군도의 식물상 목록 작성을 끝냈다. 이 목록은 『살바주 군도의 식물상 개관』이라는 제목으로 푼샬(마데르)에서 출판되었다. 이 책에는 그림이 백 점이나 수록되어 있고, 나는 런던과 코펜하겐에 가서 표본들을 비교하고 원산지를 밝혀내는 등 수많은 사항을 확인해야만 했다. 그러나 할 수 있을 때 가능하면 많은 일을 해야 한다.

도서관에 비치된 '모노 장서'

나는 책을 좋아한다. 나는 책을 읽고, 책을 참고하고, 책을 비교하고, 책을 모으고, 여행을 갈 때는 책을 가져간다. 많은 책을 모아놓은 데가 있다면 그곳은 바로 자연사박물관의 중앙도서관으로서 이곳에 산더미처럼 쌓여 있는 책들은 나의 열정에 무한한 연구 영역을 제공해주었다.

자연사박물관 부속 중앙도서관은 파리 이슬람 사원 건너편의 조프루아 생 틸레르 거리에 자리잡은 거대한 건물이다. 5층으로 되어 있는 이 도서관에는 6천 종 이상의 잡지와 30만 권 가량의 장서가 갖추어져 있다. 이곳에서는 고서와 18세기의 여행서, 친필 원고 등을 볼 수가 있다. 자연사박물관의 고문서들도 이곳에 보관되어 있는데, 특히 세계일주를 떠난 탐사단과 동행했던 자연과학자들이 가져온 원본 문서들이 볼 만하다. 배에 탔던 자연과학자들은 흔히 뛰어난 화가이기도 했으며, 그 중 일부는 탁월한 수준을 갖춘 그림으로 널리 알려져 있기도 하다. 이곳에는 그들이 원본 상태로 가져와서 동판에 조각하고 색깔을 입힌 다음 이 답사선의 성과물로 출판한 도판들도 상당수 소장되어 있다.

또한 박물관의 연구자들이 주고받은 편지들도 다수 보관되어 있다. 얼마 전에는 농업 교수로서 높은 교양을 갖춘 인물이었던 투엥의 전기가 출간되었다. 투엥은 경조사 알림장이라든지 학술원 호출장, 편지, 그리고 그의 일상생활에서 쓰였던 온갖 자질구레한 종잇조각에 이르기까지 뭐든지 다 모아두었고, 이본느 르투지 부인이 분류하고 편집하고 복사하고 주석을 달아놓은 문서들도 발견되었다. 이 책은 혁명기와 제정기의 자연사박물관 역사 및 인간들과 제도 그 자체의 역사에 관심을 가진 사람들에게 아주 소중한 정보원이 될 것이다.

나는 아주 일찍부터 이 중앙도서관의 탁월한 전문가가 되었다. 아마도 교수들 가운데서는 내가 '서고'의 서가에 무슨 책이 꽂혀 있는지를 가장 잘 알고 있고, 또한 무슨 책이 새로 들어왔는지에 대한 정보를 가장 빨리 접하는 사람이 아닐까 싶다. 몇 년 전, 나는 사하라와 관련된 내

장서들을 중앙도서관에 기증하기로 결심했다. 이 기회를 맞아 '모노 장서'라고 이름 붙인 이 장서를 어떻게 관리할 것인가를 규정한 박물관 측과 나 사이의 동의서가 작성되었다. 이 장서를 분류, 색인카드를 만들어서 열람실의 색인카드들 속에 하나씩 추가하면서 내 장서는 각 개인이 접근해서 이용할 수 있는 작업도구가 되었다. 그런데 유감스럽게도 박물관의 인력이 부족한 탓에 일이 너무나 느리게 진행되는 바람에 내가 장서를 기증한 건 10년 전의 일인데, 책 전체에 대한 목록 작성 작업이 아직도 끝나지 않았다. 그런데 책말고도 엄청난 양의 팸플릿과 카탈로그, 별쇄본 등이 아직 남아 있다. 내 기억으로, 오랫동안 일하면서 모은 팸플릿이 가득 든 상자를 168개 준 것 같다.

나는 일단 만들어진 작업도구는 절대 이리저리 흩어져서는 안 된다는 생각을 갖고 있다. 그 도구가 중고서점이나 고물장수의 손에 넘겨져서 조각으로 나누어진 다음, 그것을 필요로 하는 가난한 동물학자나 식물학자에게 눈이 튀어나올 만큼 비싼 값으로 팔린다는 건 참으로 유감스러운 일이다. 나는 이 도구들을 온전하게 보관하려고 애썼다. 일단 모든 게 분류되면 미래의 수많은 연구자들에게 도움이 될 참고자료가 완성되는 것이며, 이것은 내가 내 장서를 기증하면서 추구했던 목표였다. 또 나는 내가 펴낸 책들을 준비하고 제작할 때 쓰였던 문서 묶음과 편지, 여러 가지 참고자료도 도서관에 넘겨주었다.

최초의 박물학자들이 가지고 있던 전통의 계승자로서 나는 3세기도 더 전부터 과학적 · 문화적 사명을 띤 프랑스 과학자들이 전 세계에서 가져온 생물 세계의 견본들을 모아놓은 한 저명한 박물관의 이미지에 항상 충실했다. 박물관의 거대한 식물 표본과 어마어마한 동물 · 광물 수집품들은, 오늘날에는 첨단 학문 연구를 지향하면서도 그 설립자들의 정신과 독창성을 잃지 않으려고 애쓰는 이 기관의 이름을 드높였다.

자연사박물관은 1793년 6월 10일에 정해진 법령에 따라 오랫동안 운영되었다. 이 법령은 단 열 줄로 요약될 만큼 거창한 걸 말하고 있지는 않았으나, 하고 싶은 걸 할 수 있게 해놓았기 때문에 상당히 바람직하게 받아들여졌다. 그러다가 68학생혁명의 여파로 박물관 규약이 개정되면서 박물관 내부에 상당한 혼란을 불러일으키기까지 했다.

이 법령은 항상 유쾌하지는 않은 토론이 오랫동안 이어지는 등 몇 년에 걸쳐 개정되었다. 교수회의는 약간 특권적이고 귀족적인 것으로 간주되었다. 결국은 상당수의 선출위원들로 구성된 평의회가 설립되었다. 얼마 동안은 이 평의회가 운영되다가 그 이후로는 직급에 상관없이 모든 직원들이 발언권을 갖게 되었는데, 이것은 여러 가지 점에서 정상적이다. 그렇지만 사안에 따라서는 그렇지 않을 수도 있었다. 예를 들면, 동물원의 치료사들이 민꽃식물을 연구하는 교수를 선출한다는 것은 논리적이지 않은 것이다. 이런 일을 하라고 그들에게 특별한 자격을 부여한 건 아니기 때문이다. 그리고 중요한 건 전문가가 계속해서 나름대로의 역할을 해내는 것이다.

그러나 박물관의 정신은 여전히 유지되고 있다. 결국 어떤 직책을 맡고 있든지 간에 박물관 직원은 자신의 부서와 실험실에 큰 애착을 갖고 있으며, 모든 사람들은 박물관이 개선되고 어떤 영역에서는 현대화되면서 확고한 위치를 가지기를 원하기 때문이다. 다행스럽게도 우리는 국립과학연구센터에 큰 도움을 받고 있는데, 이 도움이 없으면 자연사 박물관은 제대로 돌아갈 수가 없을 것이다.

박물관은 오늘날 여러 가지 점에서 대중들뿐만 아니라 정부로부터도 새로운 관심을 끌고 있는데, 이것은 매우 바람직한 현상이다. 최근 몇 년 사이에 개최되었던 여러 가지 전시회들은 아주 높은 호응을 받았으며, 엄청난 성공을 거둔 전시회도 몇 번 있었다.

12

유명한 프랑스 과학아카데미 회원이 되다

원형경기장으로 이어지는 롤렝 거리에서 나는 그의 작고 가느다란 손을 꼭 잡았다.

그러면서 그에게 말했다.

"참 이상하다. 내가 할머니가 되고 네가 커서 어른이 되면

네가 날 부축해줄 것 아니냐?

지금 이렇게 내가 네 손을 잡아주듯이 말이다."

그러자 그가 다소곳하게 대답했다.

"아! 전 절대 위인이 될 수 없을 것 같아요.

위인이 되면 팡테옹에 묻힐 수 있을 텐데.

전 콜럼버스나 쥘 베른 같은 사람이 되고 싶어요.

그래서 이 나라 저 나라를 발견하고 싶어요.

하지만 이젠 더 이상 발견할 나라가 없어요."

_「테오도르의 수첩」, 1910년 7월

테오도르 모노는 아카데미 회원이다. 매주 월요일 오후가 되면 그는 과학아카데미가 있는 건물로 이어진 왼쪽 문으로 들어선다. 이 건물 3층에는 회의실이 있어 이 나라에서 가장 높은 평가를 받는 과학자들이 매주 한 차례씩 모이는데, 이들은 이 작은 단체에 소속되었다는 특권 자체만으로도 존경받을 만한 인물들이다.

매주 월요일 회의가 시작되기 전에 테오도르 모노는 2백 년도 넘는 오랜 기간에 걸쳐 수천에 달하는 저자들의 저서들을 모아온 이 유서 깊은 아카데미 도서관에서 한 시간씩을 보낸다. 오른쪽의 작은 문은 멋진 전망을 보여주는 마자린 광장으로 나 있다. 그러고 나서 오후 3시가 되면, 그는 넓은 회의실로 가서 자리를 잡는다. 그가 아카데미 회원이 된 지 벌써 4반세기가 되었지만, 그가 매주 열리는 이 회합에 불참한 적은 거의 없다.

128쪽에 달하는 자기소개서

과학아카데미 회원들은 두 그룹으로 나누어져 있다. 우선 정식회원들이 있고, 통신회원들이 있다. 아주 오래 전에 나는 '지리와 항해'로 불렸던 부문(그 뒤로 사라졌다)에 통신회원으로 임명되었다. 나는 이 위대한 학자들 사이에서 아무 할 일이 없었지만, 결국 내가 이 분야에 임명되었는데, 이는 아마도 프랑스 지리학에 아주 오랫동안 깊은 흔적을 남긴 위대한 지리학자 엠마누엘 드 마르톤(1873~1955)과 티베스티를 탐험한 틸로 장군 덕분이 아닌가 싶다.

어느 날 한 지질학자가 와서는 내게 이렇게 말했다.

"모노 씨, 저는 모노 씨를 저희 일원으로 받아들일 순간이 되지 않았나 생각합니다. 모노 씨의 직위와 연구 등을 적은 자기소개서를 한번 쓰시면 어떨까 싶은데요."

너무나 뜻밖의 제안이었다. 이런 얘기를 들으리라고는 꿈에도 생각하지 못했다. 나는 대답했다.

"그렇게 말씀해주시니 감사합니다그려."

　이 자기소개서라는 걸 어떻게 써야 할지 전혀 모르고 있었으므로 나는 테야르에게 조언을 구했고, 이분은 뭘 어떻게 해야 하는지를 설명해주었다. 그래서 나는 솔직하게 자기소개서를 쓰기 시작했다. 나는 내가 식물에 대해서도 관심이 있고, 선사시대에 대해서도 관심이 있으며, 동물에 대해서도 관심이 있다는 사실을 솔직히 밝혔으며, 아카데미의 일부 회원들은 이 점을 그다지 탐탁하게 생각하지 않았다.

　'학문적 직위와 연구'라는 자기소개서는 무려 128쪽에 달한다. 소문자로 네 쪽에 걸쳐 위원회와 아카데미 직위를 적어놓았다. 여행과 탐사가 그 뒤에 이어지는데, 1963년에 벌써 그 횟수가 49회에 달했다. 이 소개서에서 나는 수많은 그림과 지도, 도표가 그려진 다양한 연구 실적을 소개했다. 모형도와 어류, 식물, 갑각류, 지질학과 관련된 크로키가 뛰어난 전문가들을 대상으로 하는 압축된 글에 덧붙여져 있다. 마지막으로 80쪽에 달하는 이 놀라운 보고서 다음에는 연대순으로 번호를 붙인 출판물 목록이 덧붙여지는데, 1921년 이후로 무려 475종에 달한다! 모든 사람이 접근할 수 있는 비학문적인 성격의 온갖 출판물 286종은 제외하더라도 말이다.

　나는 이단자로, 아니 18세기의 인물로, 그 고대인들 중의 한 명으로 많은 것에 관심을 갖고 무엇에나 손대는 사람으로 여겨졌다. 내가 아카데미에 자기소개서를 제출할 당시만 해도 어떤 한 학문만을 전공하지 않는다는 것이 오늘날만큼 경솔한 행동은 아니었다.

일은 다음과 같이 진행된다. 가장 먼저 자기소개서를 써서 미래의 모든 동료들에게 보낸다. 그런 다음 아카데미의 비서실에 가면 모든 아카데미 회원들의 명단, 그들을 만날 시간과 장소를 알려준다. 그리고 나서 미래의 투표자들을 전부 다 만나보아야 한다. 그러면 어떤 사람은 베르사유에서 일요일 아침 7시 반에 약속을 정해놓는가 하면, 또 어떤 사람은 아카데미 홀에서 월요일 오후 2시 반에 약속을 정해놓는다. 그러다 보면 이런저런 재미있는 사건들이 일어나게 된다. 다음은 내가 겪었던 두 가지 사건이다.

피에르 퀴리 거리에서 한 저명한 수학자를 만나게 되어 있었는데, 글쎄, 가서 보니 이 집 문 앞에 또 한 명의 지원자가 있는 것이 아닌가. 이 아카데미 회원께서는 같은 시간에 우리 두 사람 모두와 만날 약속을 한 것이었다!

두 번째 사건은 이보다 훨씬 더 재미있다. 어느 날 밤 한 아카데미 회원과 파시에 있는 그의 집에서 만나기로 약속을 했다. 그런데 벨을 눌렀더니 하녀가 문을 열어주면서 이렇게 말했다.

"주인께서는 침대에 누워 계시기 때문에 손님을 맞으실 수가 없답니다."

이 말에 나는 항의를 하면서 당장 만나야겠다고 고집을 피웠다. 그가 약속을 정했으니 꼭 나를 만나주어야 한다고 말이다. 그러자 하녀는 주인 방과 현관 사이를 왔다갔다했고, 결국 나는 집 안으로 안내되었다. 들어가 보니 주인장께서는 이불을 뒤집어쓴 채 침대에 누워 있었다. 나는 침대 옆의 의자에 앉았고, 우리는 잠시 동안 화기애애한 분위기 속에서 얘기를 나누었다. 방문이 이루어진 것이다!

시간이 별로 없었기 때문에 모든 사람을 다 만날 수는 없었다. 다카르로 돌아가야만 했기 때문에 내게 남은 시간은 3주일밖에 되지 않았다. 충분치 않은 시간이라서 아카데미 회원을 겨우 몇 명밖에는 만나지 못했다. 하지만 내가 선출된 걸 보면 그 정도로도 충분했나 보다. 1963년의 일이었다. 나는 다카르에 있는 동안 내가 선출되었다는 소식을 들었다.

말하자면, '받아들여진 것이다.' 그러고 나서 아카데미 메달(이걸 가진 사람은 샹티 박물관에 무료로 입장할 수 있다)과 아주 재미있는 서류들을 건네받았다. 이 서류에는 최소한 이론적으로는, 아직도 적용되는 상당히 특이한 아카데미 규칙들이 적혀 있었다. 예를 들면, 아카데미 회원들은 원할 경우 보수(아카데미 회원들에게는 얼마 안 되기는 하지만 어쨌든 수당이라는 게 주어졌다)를 수 퀸탈(무게의 단위로서 약 100킬로그램에 해당한다 – 옮긴이)의 밀로 받을 수 있는 권리를 갖고 있다. 18세기부터 이랬다고 한다. 아마도 그 당시에는 이게 어느 정도의 특혜였을지도 모르겠다. 나는 너무 재미있다고 생각하여 하마터면 나도 이렇게 해달라고 요구할 뻔했다. 내가 이런 식으로 보수를 받고 싶다고 요구했으면 그들이 얼마나 황당해했을까. 이 때문에 아주 유쾌한 소송이 벌어졌을지도 모를 일이었다. "내 보수를 밀로 지급해주도록 요구했으나 아카데미 측이 거부하였기에⋯⋯" 운운하면서 말이다. 그랬더라면 아마 그들은 나를 아카데미에서 쫓아내려고 애썼을 것이다.

유명한 프랑스 과학아카데미 회원이 되다

자, 이제 다시 진지한 분위기로 돌아가자. 취임식 날, 의장이 선언한다. "지금부터 모 씨의 취임식을 거행하겠습니다." 그러면 문 뒤에 서 있는 모 씨를 찾으러 사람이 가고, 모 씨는 동료들 앞에 등장한다. 의장이 그에게 말한다. "모 씨, 우리는 대통령께서 귀하를 아카데미 회원으로 임명하는 법령에 서명하셨다는 사실을 알려드리게 되어 기쁩니다. 자, 여기 귀하가 우리 아카데미에 속해 있음을 인정하는 메달을 걸어드리겠습니다. 자, 저와 악수하시고, 우리 동료들과 자리를 함께하실까요?"

이제는 또 엉덩이를 올려놓을 자리를 찾아야 한다! 대체로 자리가 한번 정해지면 그 뒤로도 계속 그 자리에 앉게 된다. 거의 대부분은 같은 분야에서 일하는 사람들끼리 그룹을 이룬다. 천문학자들은 저 안쪽 구석에 모여 앉고, 의사들은 연단 약간 오른쪽에 둘러앉으며, 나는 프랑소와 자코브, 이반 아센마세르, 장 도르스트, 모리스 퐁텐과 함께 앉는 식이다. 그리고 이렇게 앉는 게 습관으로 굳어진다. 그런데 절대 안 나타나는 사람들도 있다. 파리에서 너무 멀리 떨어진 곳에 산다든지, 건강이 안 좋다든지, 아니면 오고 싶지 않다든지 등등 이유는 다양하다. 때로는 해괴한 이유가 등장하기도 하는데, 예를 들면 인간관계를 끊기로 결심은 했지만 회원 명부에서는 이름을 지우고 싶지 않다는 사람들도 있다.

과학아카데미 회원이 된다는 것

과학아카데미의 회의실에는 그 어느 것에도 꿈쩍하지 않고 수세기가 흘러가는 것을 묵묵히 지켜본 장소 특유의 엄숙한 분위기가 느껴진다. 꼭 무도실(舞蹈室)처럼 천장이 높고 전체가 다 내장재로 덮여 있는 이 넓은 방에는 오랜 세월 쌓인 전통과 추억이 담겨 있어서 대단히 감동적이고 인상적이다.

초록색 빌로도를 입힌 편안한 소파에 자리잡은 아카데미 회원들은 벽을 따라 빽빽하게 걸려 있는 라브와지에(1743~94), 볼테르(1694~1778), 튀르고(1727~81), 페늘롱(1651~1715), 몽테스키외(1689~1755), 뷔퐁(1707~88) 등 저명한 선배들의 초상화가 호의적인 시선으로 지켜보는 가운데 회의를 개최한다. 금빛 글씨로 쓰인 이름들이 그들을 한층 돋보이게 만들어준다. 말브랑슈, 피에르 레코, 빅크 다지르, 드니 파펭 등의 이름도 보인다. 회의실 입구에서는 쥐시외와 라신의 흉상이 그들을 감시하고 있다. 과학아카데미의 회원들은 이 위엄 있는 분위기 속에서 매주 일을 한다.

아카데미 회원이 무슨 '일'을 하는지는 그가 어떤 의도를 갖고 있으며, 어느 정도의 열의를 품고 있는지에 따라 달라진다. 원칙적으로는 정식회원들뿐만 아니라 통신회원들까지도 공동의 이익이 걸린 일에 참여하려고 애쓴다. 우선은 아카데미의 기능과 관련된 모든 형태의 토론이 있다. 항상 흥미가 있는 건 아니지만 그래도 무슨 일이 일어나고 있는지 알기 위해서 이 토론에 참석해보는 것도 괜찮은 일이다. 하지만 전혀 흥미를 못 느끼는 사람들도 있기는 하다. 오죽했으면, 동료 한 사람이 하루는 이런 말까지 했겠는가.

"슬슬 지겨워지기 시작하는군. 계속 이런 식으로 나가면 내 입에서 언제 어느 때 욕이 튀어나올지 나도 모르는데."

더 특별한 일을 하기도 하는데, 예를 들면 심의회를 열어서 일 주일에 한 차례씩 그 주에 도착한 모든 평가안을 검토하는 것이다. 이 심의회의 멤버들은 그의 학문에 관련된 모든 평가가 수록된 파일을 갖고 있다. 각 회원에게는 그 내용을 숙지하고, 이어서 그들의 미래에 대한 결정을 내릴 임무가 있다. 모든 평가는 채택되어 공개되거나, 아니면 보고 책임자에 의한 검토를 요구받는다. 공개를 거부하는 일도 있기는 하지만, 아주 드물다. 이 모든 일이 항상 간단하게 이루어지는 건 아니다. 이 평가의 이면에서 어떤 학파나 실험실이 그들의 신입 회원을 미는 수도 있기 때문이다. 이건 치명적이며, 이따금 그것을 모른 채 바보짓을 하기도 한다. 바로 이것이야말로 영장류가 하는 행동의 영원한 문제다.

우리는 또 외국인 회원과 정회원 지명에도 참가해야 한다. 아카데미에 들어가는 그 순간부터 투표자가, 즉 중요인물이 되는 것이다. 후보자의 자기소개서가 도착한다. 이제는 약속을 정한다. 나는 사람들과 만날 장소를 박물관으로 정했다. 그러나 그 뒤로 규정이 바뀌면서 후보자들은 더 이상 개인적으로 자기소개를 하지 않아도 되게 되었다. 분야별로 나누어 소개를 받는 것이다. 지금은 개인보다는 오히려 학문을 찾는 쪽으로 바뀌었다. 어떤 분야에서 결원이 한 명 생기면 어떤 누군가를 생각하고 권한을 위임하는 식이다. 약간 힘들게 되었다. 모든 것이 훨씬 더 복잡해졌다.

그리고 온갖 형태의 공개설명회에도 참여한다. 어떤 테마(예를 들면, 인간의 기원 같은)가 정해지면 그걸 일정한 분량으로 나눈 다음 매주 월요일 한 사람씩 발표를 하기도 하고, 한 가지 주제를 놓고 체계적인 발표를 하기도 한다. 나도 1989년 6월에 칭구에티 운석에 관한 결론을 발표한 적이 있다.

각 위원회는 때로 매우 중요한 주제를 놓고 모임을 갖기도 한다. 이 위원회 중의 하나는 체르노빌에 관심을 두고, 또 다른 위원회는 공해의 이러저러한 유형에 대해 관심을 갖는다. 이렇게 해서 과학아카데미에서도 어떤 현안에 대한 견해를 모으는 게 가능하다는 사실을 증명하려고 애쓴다. 최근에 교육에 관한 보고서가 리오넬 조스팽에게 보내졌고, 그는 아주 정중한 답신을 보내왔다. 아카데미는 아카데미의 말을 듣고자 하는 사람에게 개방되어 있다.

아카데미 회원이 되었다는 게 곧 연구자가 일종의 공인을 받았다는 걸 의미하는 건 아니다. 하지만 아카데미 회원이 되었다는 것이 곧 그가 과학계로부터 어느 정도의 명성을 얻었다든지, 아니면 그가 탁월한 연구 업적을 인정받았다는 것을 의미하는 건 사실이다. 이것은 분명한 개인적 만족이다. 그렇기는 하지만 아카데미 회원이라는 명예를 얻지 않아도 얼마든지 뛰어난 연구자가 될 수 있다. 그 누구도 이 같은 명예를 얻으려고 안달하지는 않는다. 나는 아카데미 주위를 절대 어슬렁거리지 않는 사람들을 여러 명 알고 있다. 반면, 여러 번 실패를 했는데도 포기하지 않고 계속 악착을 떠는 사람들도 있기는 하다. 이것이 장르의 법칙이다.

13

나는 왜 자연주의를 옹호하는가

"전 이 세계가 동물이나 식물을 죽이지 않고도 살아갈 수 있으리라고 믿어요.
돼지와 종달새의 살을, 그리고 우리가 먹을 수 없는 채소를
먹는다는 건 옳지 않은 일이라구요.
이건 부당하기 짝이 없는 최강자의 법일 뿐이에요.
만일 이 세계가 순수한 상태에 도달한다면 인간은 인체 조직을 바꾸고
오직 신의 말씀과 자연의 아름다움, 하늘, 물결만 먹어야 할 거예요.
하지만 이 같은 세계관은 더 이상 도시도 없고, 부자도 가난한 사람들도 없을 때에만,
그리고 형제들이 그들의 즐거움과 고통을 함께 나눌 때에만 완벽해질 거예요.
기계도 없어져야 해요. 하지만 그렇게 되면
와트 형제와 펄튼 형제(최초의 스크루 잠수함을 발명 - 옮긴이),
스티븐슨 형제, 아르키메데스, 그리고 많은 사람들이
헛고생을 한 셈이 되고 말겠군요."

_「테오도르의 수첩」, 부모들에게 보낸 편지, 1914년 8월

테오도르 모노가 소중하게 생각하는 주제가 한 가지 있다면 그건 바로 자연과 생명을 보호하는 것이다. 일찍부터 환경보호론자였던 그는 그의 동족들이 미래를 생각하지 않은 채 우리 지구의 자원들을 개발함으로써 어떤 위험을 무릅쓰게 될지에 대해 끊임없이 경고했다. 지금이야 모든 사람들이 이 같은 견해를 당연한 것으로 받아들이는 듯 보이지만, 그를 비롯한 선구자들이 우리의 세기가 성취했던 엄청난 기술 발전에 거스르는 이런 발언을 하기 위해서는 상당한 용기가 필요했다. 지구 자원의 신중한 관리라는 메시지를 넘어서서 그가 전하려고 했던 것은 무엇보다도 연대(連帶)와 선의, 관대함의 가치들이었다. 그의 투쟁은 환경을 위한 투쟁을 훨씬 넘어서며, 그것은 또한 평화와 관용에 대한 호소이기도 하다.

인간은 자연 속에서 태어났다

　오늘날 자연 속의 인간에 대해 말한다는 것은 곧 자연을 거스르는 인간에 대해서 말한다는 것과 거의 다를 바 없다. 인간은 자연 속에서 태어났고, 최소한 육체적으로는 아직도 자연의 일부이기 때문이다. 우선적으로 인간이 아직 새파랗게 젊다는 점을 강조해야 하는데, 물론 이것은 지질학적인 관점에서다. 일반적으로 우리는 시간의 두께를, 즉 지속 시간을 쉽게 상상할 수가 없다. 그렇지만 지속시간은 지구의 역사에서, 생명과 인간 진화의 역사에서 중요한 요소다. 많은 것들이 아주 늦었다. 왜냐하면 생명의 기원은 30억 년까지 거슬러 올라가는 걸로 추정되기 때문이다. 그러나 인간은 젊다.

　만일 당신이 콩코르드 광장에 서 있는 오벨리스크 탑의 높이가 투명구체에서부터 가장 최근의 시기에 이르는 지구의 역사를 나타낸다고 추정하고 탑 꼭대기에 동전 한 개를 올려놓는다면 그 동전이 곧 제4기에 해당하는 셈이 된다. 이 제4기는 그 아래 있는 것에 비하면 별다른게 아니다. 그리고 만일 당신이 동전 위에 담배 마는 종이 하나를 올려놓는다면 그 종이가 바로 인간의 역사에 해당한다. 이것은 인간이 어젯밤이나 아니면 오늘 아침에 지구에 도착했다는 걸 의미한다. 호모라는 동물종의 출현은 1, 2백만 년 전까지 거슬러 올라가는 것으로 추정된다. 숫자상으로 이것은 우리 인간의 수명에 비해 엄청나 보인다. 그럼에도 지구상에서 생명의 진화에 비하면 인간은 젊다. 최근까지만 해도우리는 인간이 아직 젊기 때문에 원시적이며 야만적인 본능을 표출하는 것이라고 생각했다. 폭력과 피에 대한 인간의 애착 그리고 난폭함은이런 식으로 설명될 수 있었던 것이다. 그럼, 물론이고 말고. 그렇지만현재 동물학적 종으로서의 인간의 미래에는 전혀 새로운 엄청난 규모의 위협이 가해지고 있다.

지금 인간은 지구를 폭발시키거나(그러고 싶다는 생각에 문득 사로잡히면), 아니면 생명의 주요 부분 모두를, 동식물 전체를, 아마도 가장 먼저 그 자신을 지구 표면에서 사라지게 만들 수 있는 물질 수단을 가지고 있다. 인간이 바닷속의 생명까지 없앨 수 있는 능력을 갖고 있는 건아닌지 생각해볼 수도 있을 텐데, 하기야 이것은 전혀 다른 문제이긴하다. 지상의 생명은 2차원의 아주 얇은 막을 구성하지만, 바다의 그것은 완전히 다르기 때문이다.

우선 바다는 지구 표면의 4분의 3을 차지하고 있으며, 그 평균 깊이는 약 4킬로미터 정도 된다. 이처럼 거대한 면적을 차지한 바다에서는 생명이 모든 수위에 존재한다(물론 정말로 살아 있는 부분은 표면에 있지만). 한 가지 예를 인용하자면, 산호초 지역은 엄청나게 풍부하고, 놀랄 만큼 다양하며, 그들이 차지하고 있는 공간은 어마어마한 규모에 달한다. 이곳에는 어류와 갑각류, 극피류, 다모환충류, 연체류 등의 수많은 종들이 살고 있어서 믿을 수 없을 만큼 다양하고 풍부한 세계를 이룬다. 그렇기 때문에 만일 바다에서 생명이 사라져버리면 곧장 엄청난 대재앙으로 이어질 것이다.

고로 이렇게 생각할 수 있다.

"인간은 젊다. 그러니 그가 정신적으로, 도덕적으로 성장하도록 내버려두자. 그가 인간화되도록, 인간성을 부여받을 수 있도록 내버려두자."

그러나 그가 이런 종류의 변신을 적극적으로 원하는 것 같지는 않다. 계속 야만적인 행위를 저지르며 되는 대로 살아가는 걸 보면 말이다.

그렇지만 인간이라는 종의 미래에는 여러 가지 어마어마한 위협이 가해지고 있는데, 특히 핵전쟁의 위협은 어떤 결과를 낳을지 상상조차 하기가 힘들다. 수염투성이에 좀 이상하게 행동하는 소수의 열성적인 좌파들과는 전혀 거리가 먼 스톡홀름의 왕립과학아카데미에서 핵전쟁이 발발될 경우 무슨 일이 벌어질 것인지를 다룬 책을 한 권 펴냈다. 연구자들은 계산을 위하여 임의적으로 하나의 날짜를 선택하고 수많은 변수들을 사용했다. 그들이 알 수 없는 단 한 가지, 그것은 그날 바람의 방향이었다. 그래서 그들은 서풍의 평균값을 취했다. 그들이 유럽의 지도를 작성하자 이 지도상에는 핵전쟁이 세계적인 규모로 야기할 수 있을 끔찍한 결과가 나타났다. 정말 무시무시했다.

물론 이 같은 가능성은 이제 그 초기에 있을 뿐인 인간 역사의 수많은 국면들 중 하나에 불과하다. 우리는 인간 역사가 타다 남은 석탄 찌꺼기와 토기로 끝나지 않기만을 바랄 뿐이다.

화해의 시대가 시작되고 있다

나는 인간들이 어떻게 자연의 나머지 부분을 조금씩 독점했는지를, 그들이 어떻게 지구라는 행성의 자원들을 탈취했는지를, 마지막으로 그들이 어떻게 지능을 발휘하여 한 체계의 공정한 관리자가 되는 대신 포악한 지배자가 되었는지를 설명하려고 애썼다. 자연보호협회 회원으로서 나는 대의를 옹호하기 위해 부지런히 글도 쓰고 강연도 하는데, 그럴 때마다 반드시 통사와의 관련하에 자료를 재구성하고, 이것들을 세 가지 큰 단계로 나누어 그 마지막이 화해의 단계가 되기를 희망했다.

처음에는 제1단계가 진행되었는데, 나는 이것을 '군집 단계'라 부른다. 오랫동안 인간은 작은 집단을 이루어 그가 먹고 갈증을 풀 수 있는 지역에 분산되어 살아가는 포식동물들 중 하나에 불과했다. 나는 영양 섭취라는 관점에서 볼 때 호숫가와 강가, 바닷가가 이점을 갖춘 장소였을 거라고 생각한다. 그 당시 인간은 오늘날 사자나 치타가 아프리카 초원지대에서 해낼 수 있는 역할을 자연 속에서 해냈다. 이 동물들은 영양(營養) 섭취의 필요에 따라서 영양과 누(아프리카산 소영양 – 옮긴이), 얼룩말 등을 잡아먹는다. 인간도 거의 마찬가지로 행동했을 것이다. 이 단계에서 사냥꾼, 낚시꾼, 채취꾼은 (그들이 숫자도 적고 낡은 기술을 갖고 있는 한) 군집 요소들과 우주적 현실을 구성하는 많은 요소들 중의 하나에 불과했다.

환경의 외부적 힘에 대해 아직은 본능적으로 반응하는 게 우세하고, 자연조건과 그 변화에 직접적으로 적응할 가능성을 가지고 있는 엄격한 의미의 군집 단계는 화석 단계로서, 지금은 그것의 전형적인 형태가 거의 남아 있지 않다. 오직 피그미족이나 부시맨족, 오스트레일리아의 아보리젠족, 캐나다령 북극의 에스키모족 등만이 이 단계에서 아직 다른 종들과 균형을 이루고 있을 뿐이다.

그러고 나서 인간은 불을 발견하여 다른 포식동물들로부터 스스로를 보호하고 고기를 구워 먹을 수 있게 되었다. 이어서 인간은 거처(자연적인 것이든, 아니면 인공적인 것이든 간에)로 몸을 피하기 시작했다. 조금씩 상황이 바뀌었고, 인간은 기술을 개선시킴으로써 주변의 자연환경에 대한 개입 능력을 크게 향상시켰다. 우선 다듬은 돌에서 주먹도끼를 지나 돌칼의 발견에 이르기까지 부싯돌의 크기에서 기술이 개선되었고, 이어서 세계의 선사연대학이 큰 변화를 겪었다.

이 같은 석기 개량의 최종 단계(돌을 반들반들하게 갈아서 만든 정교한 석기의 절정기)는 신석기시대에 위치해 있다. 신석기 혁명이라고 이야기하는 것은, 실제로 바로 이때 인간 역사의 전환이 이루어졌기 때문이다. 이때부터 인간은 매우 효율적인 도구들뿐만 아니라 토기까지 갖게 되었다. 다시 말하자면, 음식을 불에 직접 익히는 건 물론이요, 끓는 물 속에서도 익힐 수 있게 된 것이다.

　이와 거의 동시에 가축이 출현하면서 개간이 수월해지고 농업이 도입되었다. 식물을 재배하게 된 순간부터 인간은 채취와 단순한 수집뿐만 아니라 식품도 만들 수 있게 되었고, 또 땅의 표면을 이용하여 거기다가 종자식물(대개 화본과 식물이었던 것으로 추정된다)을 경작할 수도 있게 되었다. 이 식물들은 곡물을 생산해냈는데, 이 곡물이야말로 인간 식량의 기본이 되었고 지금도 상당 부분 그렇다.

　농업은 정착의 가능성과 일치한다. 더 이상 수원(水源)을 찾아 이리저리 헤매고 다니지 않아도 되었기 때문에 인간은 영구적이든, 아니면 반영구적이든 간에 지속적인 주거지에 자리잡을 수 있게 되었다. 그리하여 주변에 밭이 있는 도시 주거는 아주 중요한 취득 방식을 이루게 되었다. 이 같은 방식은 아직도 지속되고 있으며 많은 인간들이 현재의 자연 속에서 이 같은 형태로 살고 있다. 그런데 도시란 무엇인가? 그것은 물론 궁궐이고(왜냐하면 그 당시부터 사회계급들 간의 위계가 발달하기 시작했기 때문이다), 그 도시의 수호신이 있는 사원이고, 궁궐 부속의 아주 효율적인 병영이고, 감옥이고, 도살장이고, 묘지이고, 마지막으로 사창가이다. 그리고 바로 이것이 대문자 C로 시작되는 문명, 우리가 지금 현재도 그 안에서 살아가고 있는 문명이다. 인간은 군집 단계를 지나서 '공격 단계'라고 불리는 것 속으로 진입했다.

　기술 발전은 서서히 이루어졌고, 그와 더불어 인간은 자신의 힘과 자신의 낙관론, 자신의 욕구를 확신하게 되었다. 어느 정도 힘을 가지게 된 이후의 인간은 더 이상 환경 연쇄에 속해 있지 않았다. 그는 곧 그가 속해 있던 자연 장치의 밖으로 뛰쳐나갔고, 그때부터는 모든 양심의 거리낌으로부터 해방되어 끊임없이 개량되는 물질 수단들을 가지고 외부에서 개입하게 되었다. 자연에 대한 공격은 물질적으로 가능해지고 기술적으로 효과를 발휘하게 되었다.

그리하여 전 세계에서, 특히 지중해 주변에서 우리가 그 결과를 보고 있는 어마어마한 개간이 시작되었다. 우리는 신석기시대까지만 해도 그리스가 숲으로 뒤덮여 있었다는 사실을 자주 잊어버린다. 이 공격 단계로 진입한 순간부터 인간의 영향력은 모든 분야에서 확대되었다. 이 영향력은 기술의 차원에서, 사고의 차원에서(과학정신의 도래와 함께), 일신론적 종교의 차원에서(인간중심주의의 발전과 함께), 그리고 마지막으로 사회·경제적 차원에서(전통사회의 공동체적 특징과 완전히 일치할 수 있는 농작물 의존형 경제로부터 이익에 토대를 두며 즉각적으로 이익을 가져다주지 않는 것은 뭐든지 다 제거할 준비가 되어 있는 개인주의 제도로의 이행과 함께) 조장되었다.

온갖 종류의 이유들로 해서 결국 사회구조는 물질적인 것이든 다른 것이든 간에 이익에 토대를 두게 되었다. 이 문명을 받아들인 그 순간부터 우리는 자연에 대한 이 같은 공격을 정당화하는 셈이다. 그리하여 독일인들이 '라우브비르트샤프트', 즉 약탈경제라고 부르는 것이 자유롭게 발전할 수 있게 되면서 지구의 산림 파괴, 환경오염, 산성비, 오존층에 뚫린 구멍, 동식물종들의 멸실, 지하수층의 질산염, 그리고 기타 수많은 남용 행위 등 우리가 알고 있는 부정적인 결과들이 나타난 것이다. 인간에게 있어 자연은 유용하게 써야 할 자본이라기보다는 약탈해야 할 먹이가 되어버렸다.

그렇기는 하지만 오늘날의 인간은 드디어 자연에 대한 자신의 책임(자신은 자연의 일시적인 사용자에 지나지 않으며, 자연에 관해서 후손들에게 책임을 져야 한다는)을 의식하고 있는 듯하다. 지금 사람들은 이해와 합의에 의한 개발, 신중한 개입, 자연의 존중, 모든 무용한 파괴에 대한 징벌, 황폐화된 풍경의 체계적인 복원 등에 대하여 이야기한다.

지금은 모두가, 핵무기를 다루다가 스스로 감당할 수 없는 사태를 유발할지도 모르는 사람조차도, 프랑스 전력회사조차도, 론 풀렝크 핵발전소조차도, 파리의 강변에 자동차 도로를 내자고 주장하는 사람들조차도, 나무 울타리와 비탈길과 작은 숲과 늪을 없애려고 십자군운동을 벌이는 '경지정리통합업자들' 조차도, 동계스포츠를 개최하고 제방공사를 벌이고 그랑드 모트같이 엄청나게 사람들이 우글거리는 도시를 건설하는 사업가들조차도, 땅에 대한 병적인 허기증을 점점 더 심하게 앓고 있는 우리의 '군부대장들' 조차도, 갈팡질팡거리는 테크노크라트 지배체제 속으로 빠져 들어가는 우리의 지도자들조차도 그 사실을 인정한다. 지금은 모두가 그 사실을 알고 있다. 즉, 지금은 그 누구도 벌을 받지 않고는 아무 곳에서나, 아무 짓이나 할 수는 없다는 것이다.

이것은 무엇인가가 끝나가고 있다는 것을, 한 시대가 막을 내리고 다른 시대, 즉 화해의 시대가 시작되고 있다는 것을 의미한다. 우리는 완전히 새로운 이 정신상태가 전 지구적 규모로, 가장 멀리 떨어진 나라에까지 확산되고 있음을 본다.

도덕적 · 미학적 · 공리적 측면에서의 자연

이 자연과학의 애호가인 나는 본래 자연을 사랑한다. 나는 내 자신을 둘러싼 세계의 풍요함에 언제나 감탄했다. 어렸을 때 나는 자연에 매료되었다. 청소년이 되자 나는 자연을 관찰하기 시작했다. 연구자가 되어 자연에 대해 더 많은 지식을 갖게 되고, 그에 따라 경탄할 만한 새로운 이유들이 추가됨에 따라 나는 자연을 한층 더 높이 평가하게 되었다. 박물학자가 되어 모든 형태의 생명에 가해지는 위협을 더욱 더 심각하게 의식하게 되면서 나는 아주 일찍부터 자연보호에 관심을 가졌다. 나는 자연사박물관에서 같은 의지로 고무되어 있는 다른 연구자들을 만났고, 이들은 최초로 어떤 투쟁을 벌일 것인가에 대해 생각했다. 이렇게 해서 나는 최초의 프랑스 국립공원을 지정하기 위한 예비 토론에 참여했다. 그러나 아주 오랫동안 참을성 있게 기다리고, 수없이 투쟁하고, 수많은 갈등을 해결하고 난 뒤에서야 결국 바느와즈 국립공원이 지정될 수 있었다.

초기에, 즉 1920년대에 큰 동물들을 보호하자고 주장하고 나선 것은 주로 동물학자들이었다. 자연보호의 역사를 연구해보면 우리는 스위스, 영국, 프랑스 등지의 동물학자들이 처음부터 현장에 있었다는 사실을 알게 된다. 이 당시만 해도 특별한 반향을 불러일으키지 않았으나, 어쨌든 시작을 하긴 해야 했다. 그래서 회의가 열렸고, 1920년에 나도 자연사박물관에서 열린 자연보호 심포지엄에 참석했던 기억이 난다. 일이 벌써 진행되기 시작한 것이다. 그 이후로 자연 공간의, 좀더 정확히 말하자면 거의 변형되지 않은 공간(왜냐하면 사막 깊숙한 곳이나 산꼭대기, 망그로브 나무 숲을 빼놓으면 과연 현 세계에 자연 공간이 존재할까, 하는 의문이 들기 때문이다)의 보호정책이 시행되었다.

그렇지만 보호구역의 운명이 완전히 결정되었다고 믿어서는 안 된다. 물질적 이익과 이 구역의 관리 사이에는 항상 갈등이 존재한다. '국립공원'의 개념을 정립하는 데만도 몇 년에 걸친 토론이 필요했다. 국제자연보호협회에서도 자연공원의 국제적 정의를 내리는 문제를 두고 오랫동안 토의를 벌였다. 나도 회의에 여러 차례 참석했는데, 특히 미국의 시애틀에서 열린 회의 때는 항해 여행을 떠났다가 벨기에 출신 연구자 한 사람과 자연공원을 어떻게 정의할 것이냐를 두고 열띤 토론을 벌이기도 했다.

이 보호구역은 매우 넓기는 하지만 지구 표면에 비하면 극히 제한된 면적을 차지하고 있을 뿐이다. 아주 작은 것이다. 그리고 만약 우리가 보호하려는 동물들의 숫자가 면적에 비해 너무 많아지면 오히려 어려움에 처할 수도 있다. 동부 아프리카의 국립공원들을 예로 들자면, 이곳에서는 코끼리 숫자가 너무 많아져 어마어마하게 많은 나무들이 파괴되어버렸다. 그러나 이 동물들은 만일 여기서 나갔다가는 사냥꾼들에게 도살당할 것이라는 걸 예감하고 이 울타리 안에 틀어박혀 있었다. 이런 종류의 문제에는 여러 가지 해결책이 있다. 가장 바람직한 해결책은 상당수의 코끼리들을 몇 시간 동안 잠재운 다음 그 사이에 다른 곳으로 옮기는 것이다. 그러나 어쩔 수 없이 이들을 도살해야 하는 경우도 있는데, 국립공원 안에서 이를 행한다는 것은 모순이 아닐 수 없다.

온갖 어려움에도 자연보호 운동은 오늘날 그림과 책, 영화에 주요한 주제로 등장하는 등 한층 더 큰 규모를 띠게 되었다. 엄격한 규정 덕분에 많은 동물들이 목숨을 구했다. 고래로 말하자면, 국제포경위원회는 쿼터제를 적용하려고 애쓰지만, 고래의 포획을 중단시킨다는 건 무척 어려운 일이다. 상아 밀매에 반대하여 싸우는 것 역시 쉬운 일이 아니다. 이 국제적인 규모의 밀매를 중단시켜야지만 우리는 아프리카 코끼리를 구할 수가 있다. 이 조처가 사후약방문이 되기 전에 우리가 그렇게 할 수 있을지, 그건 나도 모르겠다. 왜냐하면 이것은 일본과 근동에서 큰 이익이 걸려 있는 문제이기 때문이다. 상황을 뒤바꾸고 인간들로 하여금 더 현명한 행동을 하도록 만드는 건 수월한 일이 아니다.

그 어떤 동물종이든 간에 지구의 자연조직과 생태조직 속에서 나름대로 해내야 할 역할을 갖고 있으며, 일단 파괴된 종들을 다시 창조한다는 건 불가능하다. 자연적인 돌연변이를 이용하거나 아니면 선택의 방법에 의해 변종이나 품종을 만들어낼 수는 있지만, 종 그 자체는 만들어낼 수가 없다. 그리고 생명 진화의 일람표를, 즉 가장 초보적인 형태들에서부터 가장 복잡한 형태들에 이르기까지 여러 가지 방법에 의해 이루어진 그 놀라운 비약을 고려해본다면, 정상적인 생물학적 환경의 기본 요소인 이 다양성을 해치는 모든 행위는 참으로 개탄스럽다. 다양성, 그것이야말로 바로 생명인 것이다.

타이가에는 사실 많은 종들이 없으니, 열대림을 예로 들어보자. 육지 환경 속의 열대림은 어쩌면 바다 환경 속의 산호초에 비교될 수도 있을 만큼 생명체가 들끓는 곳이다. 그만큼 이 환경에 종속된 생명체는 풍부하고 종들의 숫자도 엄청나게 많다. 단계적으로 분포되어 있기 때문에 더더욱 이 숲은 놀랄 만큼 풍요하다. 즉, 그 내부에서 관찰되는 층위들은 바닷속의 서로 겹쳐진 여러 서식 지대들 사이에서 발견되는 것들과 흡사하다. 40미터에 달하는 나무들의 맨 꼭대기에는 매우 특별한 환경이 조성되어 있으며, 아래로 내려감에 따라 전혀 다른 것들이 발견된다. 예를 들어, 굵은 가지들 위에는 흙들이 쌓이며, 이 흙 속에서는 칡과 다른 덩굴 식물은 물론 기생식물군도 자라난다. 이 높은 곳에 위치한 땅에서는 동물들도 살고 있는데, 심지어는 갑각류가 발견되기도 한다.

단순히 목재 장사에 이익이 되도록 이 환경을 급속하게 파괴한다는 것은 그다지 사려 깊은 행동이 아니니, 숲의 일부는 손을 대지 않고 그냥 내버려두도록 노력할 수도 있을 것이다. 순전히 실리적인 관점에서 본다 하더라도, 지금처럼 환경을 제멋대로 파괴하다가 결과적으로는 영양 섭취라든지 아니면 치료의 차원에서 인간에게 아주 큰 이익이 될 수도 있을 화학적·생물학적 요소들까지 없애버리는 게 아닐까 하는 의문이 제기될 수 있다.

지금은 유전자은행과 과일의 변종 수집, 옛날에는 알려져 있었으나 지금은 아무도 더 이상 관심을 갖지 않는 탓에 사라져버린 변종들을 보존하는 방법에 대해서 이야기한다. 몇몇 길들여진 동물종들의 경우에도 문제는 마찬가지다. 여기 있는 건 조랑말이고, 저기 있는 건 양이다. 실제로 우리 문명 전체가 점점 덜 다양한 방향으로 나아가고 있기 때문에 과거의 다양함을 보여주는 이 증인들을 보존해야 마땅하다. 서부 유럽의 호수 유적지들에서 발견된 잔유물에 의거해서 추산해본 결과 신석기 시대 사람들이 먹을거리로 삼았던 식물의 숫자는 250종이나 되었다. 오늘날 그 중 대부분은 잊혀졌다. 캉에 사는 한 식물역사학자는 노르망디 지방의 식물을 연구한 결과 로마인들이 재배한 식물들을 발견했는데, 지금은 이 식물들을 어떻게 이용하는지조차 알고 있지 못하다. 우리는 얼마나 되는 식물종들을 현재 우리의 식이요법에 사용하고 있을까? 내 추측으로는 기껏해야 수십 종을 넘지 못할 것이다.

생명과 직접적으로 접촉하고 있기 때문에 생물학자들은 자연과 관련된 문제들을 더 잘 인식하고 있으며, 인간이 지구 전체에 가하는 위험을 이해하기 위한 가장 좋은 위치에 있기도 하다. 미국 동물학자 마스톤 베이츠는 이미 1961년에, 자연의 다양성을 유지하는 한편 도덕적으로 옳은 일을 하겠다는 의도하에 윤리적인 측면과 미학적인 측면과 공리적인 측면을 동시에 고려해가면서 우리와 자연의 관계를 이끌어가야 할 것이라고 지적한 바 있었다.

꽃 한 송이를 따는 자는 별 하나를 해치는 것

몇 년 동안 계속 라르자크 고원을 뒤흔들며 시위를 할 때마다 나는 주저 없이 반(反)군국주의자들 편에 섬으로써 내가 폭력과 전쟁을 거부한다는 사실을 재삼재사 보여주었다. 나는 인간을 기꺼이 다른 동물들과 비교하면서, 사자가 새끼들에게 영양을 죽이는 법은 가르쳐주지만 같은 사자를 죽이는 법은 가르치지 않는다고 지적했다. 인간들에게 다른 인간들을 죽이라고 가르치는 학교를 건설하는 건 오직 인간뿐이다. 이것은 소름 끼치는 비유다. 그리고 인간들의 모든 야만적 본능을 줄기차게 고발하고 반대할 수 있는 것은 내가 이처럼 미성숙한 인간들을 혐오하기 때문이다.

우리는 열오염이라든가 폐기물 소거, 환경 위협 등 장차 발생될 무시무시한 문제들에 대해 사전에 진지하고도 충분한 관심을 기울이지 않은 채 무모하게 핵에너지 개발에 뛰어들었다. 그러나 우리는 지금 우리의 미래를 위태롭게 만들고 있으면서도 아무런 책임감을 느끼지 않는다. 어쩌면 어마어마해질지도 모르는 위험을 무릅쓸 권리를 도대체 누가 우리에게(그 위험의 정도를 헤아릴 능력조차 없는 우리에게) 주었단 말인가? 우리는 핵에너지에 관한 공식적인 낙관론에 대해 수많은 의혹을 제기할 수가 있다. 지금 그 같은 낙관론이 근거가 있다는 걸 증명할 수 있는 건 전혀 없다. 그래서 많은 사람들이 아주 정당한 이유를 내세워가며 그 같은 공식적인 낙관론을 부인한다. 그런데도 나는 상관하지 않겠다는 식이다. 자신의 눈을 가리는 건 물론이고 다른 사람들의 눈까지 가려가며 다짜고짜 밀어붙이는 것이다. 모든 게 공개적인 토론도 없이 비밀리에 이루어진다. 그리고 우리의 생명과 다른 사람들의 생명을 담보로 잡고 계속 죽음을 향해 전진하는 것이다. 우리의 핵전력엔, 죽음으로 몰아넣을 준비를 하고 있는 무고한 시민들의 숫자를 계산하기 위해서는 끔찍할 정도로 막대한 새로운 단위가 필요할 정도다. 지금은 메가데스(백만 명의 죽음-옮긴이), 기가데스(10억 명의 죽음-옮긴이)……. 이런 식으로 이야기한다. "주피터 신은 그가 파멸시키기로 결정한 사람들을 광란 상태로 밀어넣었다네"라는 오래된 라틴어 속담이 지금처럼 딱 들어맞는 적은 일찍이 없었다.

그렇지만 기술적인 성공이나 물질적인 이익의 토대 위에는 일체의 견고한 것이 세워질 수 없다는 건 분명한 사실이다. 도달해야 할 이상은 이 수준에 위치해 있는 것이 아니라 인간 현실에 대한 훨씬 더 포괄적인 관점 속에 위치해 있다. 비물질적인 가치 체계에 근거한 선택을 하지 않고는 효율적이고 일관성 있는 행동을 할 수가 없다. 이 단계에서 개입하는 것이 바로 윤리학이며, 이 윤리학 없이도 지낼 수 있다고 믿었다면 그건 잘못된 생각이다.

살아 있는 자연에 대해 지켜야 할 의무들을 인간에게 알려주는 윤리학의 수립에 가장 크게 기여한 철학자는 쇼펜하우어로, 그는 동물세계를 윤리체계 속에 통합시킬 줄 알았던 드문 철학자들 중 한 사람이다. 쇼펜하우어 윤리학을 요약하는 기본 원칙은 "그 누구도 해치지 말라. 반대로 당신이 할 수 있는 범위에서 모두를 도와주어라"가 될 것이다. 1915년에 알베르트 슈바이처는 생명존중의 원칙을 모든 윤리학의 토대로서 제안함으로써 윤리학이 인간들의 제한된 세계를 넘어서서 모든 생명 형태들의 세계로 확대될 수 있으리라는 생각을 끌어냈다.

시인들은, 아니 오직 시인들만은 이 근본적인 직관을 결코 잊지 않았다. 그래서 빅토르 위고는 『레미제라블』에서 "그 어떤 사상가도 산사나무 꽃향기가 별자리에 불필요하다는 말을 감히 할 수는 없으리라"라고 말했고, 프란시스 톰슨도 "꽃 한 송이를 따는 자는 별 하나를 해치는 셈이다"라고 노래하여 반향을 불러일으키지 않았던가. 생명존중의 이 새로운 윤리학은 지금까지 틀에 박혀 있던 인간중심적 사유에서 벗어나 우리의 사고를 생명 세계의 심오한 통일성 및 사물과 존재들의 상관성을 발견할 수 있도록 해주어야 할 것이다. 현대인이 이미 오래 전에 잃어버린 것, 즉 우주적인 것에 대한 감각을 되발견해야 한다. 존재들의 진화와 동류성을 발견하면 우리는 태도를 바꿀 수 있을 것이다. 나는 모든 정신들이 이 같은 변모를 겪게 되기를 감히 희망한다.

나는 아주 오래 전부터 자연사박물관에 본부가 있는 프랑스 자연보호협회의 회원이었으며, 지금은 부회장직을 맡고 있다. 나는 '지구의 친구'라는 단체와 국제자연보호연맹 프랑스 위원회에 소속되어 있기도 하다. 뿐만 아니라 나는 프랑스 평화주의자연맹과 국제화해운동, 군비축소운동, 평화와 자유운동, 무기 판매에 반대하는 연구자 단체에도 소속되어 있다. 나는 반핵투쟁이라든지 환경보호, 온갖 생명 형태의 존중 등 모든 시위에 참가한다.

어쩌면 그나마 아직 시간이 있을 때 아무런 저의 없이 용기 있게 방향을 바꾸어 또 다른 결정을, 즉 인간을 이익보다, 정신의 성장을 국민총생산의 증가보다, 진정한 행복을 생산의 종교보다 우선시하는 결정을 내려야만 한다. 이것은 이중의 요구다. 왜냐하면 사물과 존재들의 일체성을 신중하게 받아들임으로써 오늘의 질병들을 치유하고 동시에 내일의 질병들에 대해 경고하는 것이야말로 중요한 일이기 때문이다.

그러나 이 문제들의 규모가 워낙 엄청나기 때문에 국가의 개입이 필수적이다. 정치적 의지가 없는 상태에서 일개 시민들의 투쟁이 광범위한 영향력을 충분히 발휘하여 일의 흐름을 바꾸어놓는다는 것은 거의 불가능한 일이다. 물론 이렇게 하려면 아주 많은 비용이 든다. 무슨 일을 하든지 돈이 드는 법이다. 그래도 인간의 미래를 고려해본다면, 지구를 보존하고 환경을 보호하는 데 돈을 쓰는 것은 고귀하며 명예로운 행동이다. 그러나 정치인들은 인간의 미래에 대해 거의 관심이 없다. 그들은 자기들이 지금 시작하는 행동이 5백 년 뒤에 어떤 결과를 빚을 것인지에 대해 전혀 아무 생각이 없는 것이다. 그들에게 5백 년은 영원 그 자체이기 때문이다! 우리에게는 그게 바로 내일인데 말이다!

오늘날의 강자들, '현실주의자들', 니체가 쓰는 용어로는 '힌터벨터'들, '이면세계의 환각에 사로잡힌 자들'의 웃음소리가 들려온다. 하지만 나는 그 웃음소리에 귀를 기울이지는 않는다. 환경시대의 시초에 해야만 될, 더 시급하고 더 효과적이고 더 나은 일이 있다. 예를 들어 모든 것을 단 한 마디로 요약하자면, 68년 5월 학생혁명 당시 외쳤던 "불가능한 것을 요구하라"는 구호를 이제는 받아들여야 하는 것이다.

오직 이 같은 대가를 치르기만 하면 대화는 재개될 수 있을 것이고, 서글픈 혼돈은 균형과 조화로 바뀔 것이다. 그리고 이 균형과 조화 속에서 인간은 피에르 테이야르 드 샤르뎅이 '성장과 발전의 행복'이라고 불렀던 것에 접근할 수 있는 새로운 수단들을, 인간으로 하여금 결국 '안정적인 깊은 즐거움의 지역' 안으로 들어가게 만들 수 있는 유일한 수단들을 통합중인 세계의 한가운데서 발견하게 될 것이다.

14

모든 생명은 권리가 있다

그저께 있었던 일인데,
그가 클로버를 입에 문 채 풀밭을 기어 다니는 것이었다.
그래서 물었다.
"도대체, 너 거기서 뭐 하는 거니?"
그가 심각한 표정으로 대답했다.
"테오도르는 염소예요."

_「테오도르의 수첩」, 1904년 5월

어린아이들은 우리 인간과 동물 간의 거리가 왜 그렇게 먼 것인지에 대해 이해하지 못한다(그들이 만물의 기원을 좀처럼 이해하지 못하듯이). 인간세계와 동물세계의 관계가 공평하지 않다는 사실을 아주 어릴 적부터 인식하고 있던 테오도르 모노는 동물들이 부당한 대우를 받는 걸 보고 분노했다. 동물학에 관심을 갖게 되면서부터 한층 더 동물세계에 경도된 그는 이 세계를 열렬히 옹호하기로 결심했다.

지금은 많은 동물보호협회의 회원인 그는 확신을 갖고 사냥에 반대하여 싸운다. 그에 따르면, 사냥은 수많은 대립과 갈등의 원인이며, 옛날에 이뤄진 잔학 행위의 증거다. 그는 투우에 격렬하게 반대하고, 식사를 할 때 일절 고기를 먹지 않는다. 또한 그는 부당하게 이용되는 동물실험과 짐승들에게 가해지는 갖가지 폭력, 그리고 많은 사람들이 우리 지구의 또 다른 점유자인 동물들을 대할 때 보여주는 무관심을 비난하고, 동물에 대한 모든 형태의 착취와 잔학 행위를 줄기차게 고발한다.

인간의 오만함이 자연을 파괴한다

생명이 없는 것과 생명이 있는 것이 자연 속에서 서로 가까이 지내고 있다는 사실은 누구나 다 알고 있다. 인간들이 성찰을 하고, 특히 그들의 생각을 글로 표현하게 된 이후로 그들과 동물들의 관계를 다룬 여러 가지 서로 다른 가설이 제기되고, 결정이 내려졌으며, 견해가 탄생했다.

동물들은 모든 곳에서 인간과 접촉한다. 물론 인간이 살지 않는 지역은 제외하고 말이다. 동물은 인간에 앞서 존재했다. 공룡류는 인간들의 존재에 신경을 쓰지 않아도 되었다. 인간들이 아예 없었기 때문이다. 공룡들로서는 다행한 일이었다. 만일 인간들이 있었더라면 금방 멸종되었을 것이기 때문이다. 그다지 교활하지 않았던 탓에 그들은 쉽사리 공격을 받았을 것임에 틀림없다.

인간과 동물의 관계는 우리 생활에서 큰 위치를 차지한다. 동물들은 어디에든지 존재한다(그들이 아직 남아 있다는 가정하에). 이른바 문명화되었다고 일컫는 지역에서는 야생동물의 종류가 엄청나게 감소했지만, 그런 곳에서도 곤충류나 조류 등은 볼 수가 있다. 우리들 중 일부는 동물들을 주로 접시 위에서, 그러나 원래 모습과는 전혀 달라서 알아보기가 힘든 형태로 보게 된다. 말하자면, 살균된 물체를 보는 것이다. 정말 깊이 성찰하지 않으면, 자기 앞에 놓인 에스칼로프(얇게 썬 고기 - 옮긴이)가 옛날에는 즐겁게 초원을 달리며 풀을 뜯어먹었다는 생각을 해낼 수가 없다.

그렇기 때문에 동물이 어떤 문명(나는 서양 문명으로만 한정지을 것이다)의 내부에서 어떤 상황에 처해 있는가를 생각해보는 건 흥미로운 일이다. 오직 프랑스로만 국한시킨다 하더라도, 우리가 동물 일반을 대하는 태도에는 이해 안 되는 부분이 많다. 동물에 대한 우리의 잔인한 행위를 일일이 열거할 필요는 없을 것이다. 그렇지만 인간들이 동물들을 지독히도 무관심하게 대한다는 사실은 상기시켜야 한다.

동물 존중에 대한 종교적 · 철학적 고찰

동물들을 지극히 배려하는 종교도 일부 있기는 하지만, 반면 성경에는 다른 생명체를 특별히 너그럽게 대하라는 구절은 나와 있지 않다. 새집을 발견했을 때는 새끼들만 잡고 어미는 놓아주라고 권유하는 성경의 그 유명한 구절을 예로 들어보면 그렇다는 뜻이다. 나는 이 같은 권유가 자비심에서 비롯된 것이 아니라 오직 몇 주일 뒤에 태어날 새끼 새들을 갖고 싶다는 욕심에서 비롯된 것이라고 믿는다. 나는 기독교인 이기는 하지만 지구상의 우리 동족이며 우리와 똑같이 생명에 대한 권리를 갖고 있는 동물들에 대해 이처럼 자비심이 부족한 것은 기독교의 책임이라고 생각한다.

인간에 대한 동물의 상황이라는 이 보편적인 문제를 해결하려고 시도하는 즉시 역사적 · 철학적 · 종교적 문제들이 제기된다. 인간이 현재 동물들에 대해 이런 태도를 취하게 된 근본적이며 주요한 원인들을 알아내기 위해서는 세 가지 근원을 살펴보아야 할 것이다.

첫 번째 근원은 원시시대 미개상태의 여파가 있다. 우리의 피는 우리로 하여금 어제 혹은 오늘 아침에 잔혹한 행위를 저지르게 만든 수많은 본능(지금은 충동이라고 부르는)을 계속해서 전달하고 있다. 우리가 이미 보았듯이, 이 모든 것은 그다지 오래된 일이 아니다. 우리는 원시인 조상들이 저지른 행위의 영향을 아직도 받고 있는 것이다. 우리의 핏속에는 이 같은 폭력 취미가 여전히 잠재해 있다.

두 번째 근원은 인간이 창조물 전체를 지배한다는 교리를 앞세웠던 유대교, 기독교, 이슬람교 등 세 가지 주요 일신교에서 찾아야 한다. 이 종교들은 인간이 창조물 전체의 왕이며, 창조물들은 인간을 위해서, 즉 인간의 이익과 인간의 즐거움을 위해서 만들어졌다고 주장했다. 바로 이것이 성서의 인간중심주의다.

이 문제를 좀더 잘 이해하기 위해서는 사실 『구약성서』로 돌아가야 한다. 내가 자주 인용하는 무시무시하기 짝이 없는 구절이 바로 거기에 등장하기 때문이다. 그것은 대홍수를 다룬 「창세기」 제9장 2절이다. 노아와 그의 가족이 배에서 내렸다. 제2절에는 이렇게 나와 있다. "땅의 모든 짐승과 공중의 모든 새와 땅에 기는 모든 것과 바다의 모든 물고기가 너희를 두려워하며 너희를 무서워하리니." 사용되는 동사의 의미를 왜곡시켜서 '무서워하리니'라는 동사가 명령형이 아니라 미래형이며, 따라서 계명이라기보다는 확인이라고 말할 수도 있을 것이다. 하지만 제2절 앞에 있는 제1절에는 "하느님이 노아와 그 아들들에게 복을 주시며 그들에게 이르시되 생육하고 번성하여 땅에 충만하리라"라고 분명하게 쓰여 있다. 이건 분명히 명령법이며, 신의 지시다. 그리고 이 지시는 너무나 잘 이행되었을 뿐이다. 나는 제2절 역시 명령형으로 되어 있는 건 아닌지, 이 무시무시한 계명이 하나의 명령으로 간주되어야 하는 건 아닌지 걱정이 된다.

이 문제가 기독교의 초창기부터 어떻게 다루어졌는가를 알아보기 위해 교부들의 글을 참조해보면(물론 피상적이기는 하지만) 그들이, 인간은 창조물의 왕으로서 다른 생명 존재들보다 더 우월한 권리를 갖고 있으며, 동물세계와 인간세계 사이에는 도저히 메워질 수 없는 단절이 존재한다는 생각을 갖고 있었다는 사실을 알게 된다. 교부들은 거의 모두가 "동물은 인간의 이익과 즐거움을 위해 창조되었다"라는 식으로 말한다. 이건 참으로 이상한 주장이다. 사실 그들은 인간보다 앞서 살았던 동물들의 존재를 모르고 있었다. 그들은 『구약성서』의 맨 처음에 등장하는 아름답고 시적인 창세기 이야기가 종교학적 진리뿐만 아니라 과학적 진리까지 담고 있는 일종의 고생물학 개론이라고 믿었다. 그러나

이 선량한 교부들께서는 동물 일반을 이야기했을 뿐이다. 5분만 깊이 생각해보면 촌충, 전갈, 독사가 과연 어느 정도나 인간 존재들의 즐거움과 이익을 위해 창조될 수 있었을까 자문할 수 있다. 한갓 어린아이도 이게 모순이라는 걸 알 수 있으리라.

그렇지만 동물들의 상징과 그것들이 신화에서 맡은 역할에 대한 많은 구절들이 존재한다. 나는 각각의 동물에게 도덕적 가치를 부여하는 내용의 글들을 발견했다.

"독수리는 정절을 의미하고, 황새는 효심을, 메뚜기는 과부 상태의 순결을, 곰치는 부부간의 정조를 의미한다."

왜 이런지 의문이 들 수도 있다. 물론 상당히 자의적이기는 하지만, 그래도 제법 기발하지 않은가. 동물로 하여금 인간의 미덕과 결합된 상징적 역할을 맡게 했다는 것은, 말하자면 동물이 모든 사람들로부터 배척당하지는 않았다는 걸 의미한다.

많은 해석학자들의 해석에 따르면, 신이 인간을 관리자 자격으로 세계의 중심에 창조한 것은 주어진 권력을 남용하라는(왜냐하면 왕이 반드시 독재자를 의미하는 것은 아니므로) 뜻에서가 아니라 서로를 존중하면서 이 조직 전체를 기능하도록 만들라는 뜻에서인 것이다. 이것은 아마도 인간에게 주어진 역할을 아주 높이 평가한 견해일 것이다. 하지만 무엇보다 중요한 것은 인간에 대해 어떤 생각을 갖느냐 하는 것보다는 인간이 어떻게 행동했느냐 하는 것이다. 그런데 인간이 그의 동류들과 다른 살아 있는 존재들을 어떻게 취급하는지는 너무나 잘 알려져 있다. 그렇지만 우리는 여느 영장류들과 다를 바 없는 영장류다. 우리가 다른 영장류에 비해 많이 갖고 있는 것도 있고 적게 갖고 있는 것도 있지만, 계통학의 관점, 즉 생물학적 진화의 관점에서 볼 때 영장류들은 결국 사촌지간에 지나지 않는다. 동물의 역할에 대해 어렵게 성찰한 일부 교부들도 있기는 있었다. 그래서 6세기에 이삭 드 니니브는 동물들을 위해, 심지어는 '파충류'를 위해서도 기도해야 한다고 말했는데, 이건 매우 예외적인 일이다. 일체성이 존재한다는 사실, 우주 안에서는 더더구나 생물세계 내에서는 모든 것이 서로 연관되어 있다는 사실, 모든 단계에서의 이 같은 일치가 인간과 동물간의 연대와 상호존중으로 이어져야 한다는 사실을 깨달았던 사람이 여기 있는 것이다.

그런데 이 같은 사고는 고대 철학자들, 특히 그 중 일부는 채식주의자였던 신플라톤 철학자들에게서 발견된다. 플라톤의 제자 중 한 명이었던 포르피루스(234~305. 시리아 출신의 그리스 철학자. 플라톤을 계승하여 그의 작품을 출판하고 기독교도들과 논쟁을 벌였다 - 옮긴이)는 이렇게 썼다.

"자신의 즐거움을 위해서, 혹은 식도락을 위해서 동물을 죽인다는 것은 참으로 부당하고 잔인한 일이다."

이 철학자는 기독교도가 아니었지만 대부분의 그리스도 제자들이 아직 생각조차 못 했던 한 가지 사실을 발견해낸 것이다.

『신약성서』역시 동물들에게 전혀 호의적이지 않다. 유월절의 어린 양은 목이 잘렸고, 그리스도의 탄생과 더불어 멧비둘기 두 마리가 죽음을 당했다(그 당시에는 동물의 희생이 일상종교의 일부였기 때문에). 예루살렘의 사원은 상설 도살장이어서 매일 피가 철철 흘러내렸다.

성경에는 확실히 동물에게 호의적인 계율이 없다. 그런 계명이 없는 것이다. 물론 산상수훈을 다시 만들 수는 없을 것이다. 하지만 어쩌면 그리스도가 우리에게 남겨놓은 원칙들이 과연 무엇을 지향하는지를 생각해보는 한편, 그의 가르침을 연장하려고 애써볼 수는 있을 것이다. 그리스도가 산상수훈에서 말한 여덟 가지 복은 그것들만으로 모든 행동의 기원이 되어야 할 것이다. 참으로 평화를 정착시키고 정의를 위해 싸우는 것 등이 그분의 이상이었지만, 그 이상은 아직도 실현되지 않았다. 요컨대, 『신약성서』에는 전쟁에 반대하는 구절도, 고문이나 노예제에 반대하는 구절도, 다른 생명체들에 대한 잔인한 행위에 반대하는 구절도 없다. 그러나 『신약성서』가 쓰여진 시대의 사람들은 우리와는 다른 세계에 살고 있었으며, 그리스도조차도 모든 걸 다 생각하지는 않았다.

우리가 가지고 있는 잔인성의 세 번째 근원은 동물들은 고통스러워하지 않는다고 결론지은 데카르트의 기계동물 개념에 있다. 한편, 온화한 성격(?)의 소유자인 말브랑슈는 퐁트넬과 함께 루브르 예배당에 들어갔다가 새끼를 밴 암캐를 보고는 발로 뻥 하고 찼다. 이를 본 퐁트넬이 항의하자 말브랑슈는 이렇게 대꾸했다.

"하지만 이놈은 느끼지를 못한다네. 공기가 이놈의 목구멍 속을 통과할 뿐이라니까."

가증스러운 사람들이다. 이들이 갖고 있던 이 같은 생각은 끔찍한 결과를 낳았다. 17세기에 포르 르와얄 수도원의 은자(隱者)들은 그 안에서 무슨 일이 일어나고 있는지를 보려고 개들을 산 채로 널빤지에 못으로 박아놓고 배를 갈랐다. 이들은 개들이 고함을 내지르는 것을 분명히 들었지만, 이 개들은 원래 고통스러워하지 않으므로 무슨 소리를 지르건 상관없다고 생각했다. 이건 정말이지 거의 환각이나 다름없는 허무맹랑한 생각이었다.

그렇지만 루이 14세 때의 멜리에라는 이름의 한 사제는 대단히 용기 있게 동물을 옹호했다. 하지만 그의 저술들은 그가 죽고 나서 오랜 세월이 흐른 뒤에서야 발간되었다. 나는 그가 쓴 글들을 대부분 가지고 있는데, 도살업자들과 기독교인들에 대한 이 사람의 견해는 아주 흥미진진하다. 그러나 나는 그가 그 무엇이든 간에 실제적으로 뭘 못하게 막는 데 성공했다고는 생각하지 않으며, 그가 자신의 견해를 공개적으로 표현할 수 있었는지도 확실하지가 않다.

인간의 어리석음으로 희생되는 동물들

나는 이따금 교회에서 설교를 하기도 한다. 파리에 있는 교회들 중 한 곳에서 설교를 할 때 나는 대개 불행한 사람들과 가난한 사람들, 병든 사람들을 대상으로 하는 중개기도문에 '인간들의 우매함과 잔인함에 희생된 동물들을 위한' 짧은 문장을 상징적으로 집어넣는다. 설교단에서 내려오던 나는 커다란 흰색 개 한 마리가 내 말에 얌전히 귀 기울이고 있었다는 걸 알았다. 아마도 그 개를 기도 전에 보았더라면 그에게 직접 말했을 것이다.

하지만 내가 보다 중요하게 생각하는 것은 나에게 많은 영감을 준 부친이 그랬듯이, 사람들을 설득하고 무의식적인 행위에 반대하는 것이었다.

영국의 엘리자베스 여왕 시대 사람들은 엄청나게 잔인했다. 그 당시의 훌리건들뿐만 아니라 귀족들도 빈번하게 벌어지는 동물들의 싸움을 즐겨 구경했다. 여왕 자신도 정원 한 모퉁이의 수를 놓은 안락의자에 앉아서 아름다운 음악이 연주되는 가운데 강철 활로 자기 앞을 죽 지나가는 사슴들을 쏘아 죽이곤 했을 정도였으니, 더 말해 무엇하랴.

동물들에게 고통을 안겨주면서 즐거워한다는 건 도저히 용납될 수 없는 생각이다. 우리 중에는 이렇게 생각하는 사람들도 있지만, 유감스럽게도 사냥꾼들은 그렇지가 않다! 그러나 르네상스 시대부터는 동물들에 대한 성찰이 많이 이루어졌고, 새로운 사상들이 조금씩 햇빛을 보았다. 몇몇 철학자들은 인간이 동물에 대해 어떻게 행동해야 될 것인지에 대해 깊이 생각해보려고 노력했다. 동물들의 사후세계에 관한 의문, 그리고 인간은 구원받을 수도 있는 반면 동물들은 그렇지 못한 데 대한 타당한 이유가 있는지에 관한 의문이 금세 제기되었다.

이 같은 사고는 18세기에는 프로테스탄트 신학자들에 의해, 그리고 최근에는 부친인 빌프레드 모노에 의해 이어졌는데, 부친은 『선의 문제』라는 제목의 두꺼운 저서에서 이 문제를 제기했다. 부친은 동물들이 고통받는 것이야말로 너무나 부당한 일이라고 생각하고 이 문제에 평생 동안 관심을 기울였다. 동물들은 우리가 이해하는 의미에서의 사유도 못하고 우리가 영위하는 의미에서의 지적 생활도 못 하지만, 그럼에도 우리들과 유사하게(포유류에 관한 한 거의 비슷하게) 조직된 생명체들이기 때문에 인간으로부터 고통받아야 할 아무런 이유도 없다. 이것이야말로 다름 아닌 정의의 문제인 것이다. 부친은 동물들을 위해 기도한, 드문 목사들 중 한 분이다. 동물들을 위해 기도하라고 형제들에게 호소한 목사들은 더욱더 드물다. 이 분야에서 그의 생각을 전파시키는 게 썩쉬운 일은 아니었다. 성프란치스코의 예를 들어보자. 나는 성프란체스코 제삼회원들, 즉 수도사는 아니지만 수도원의 규율을 지키려고 애쓰는 속인들이 보는 교리서를 샀지만, 550쪽이나 되는 이 책에는 동물이라는 단어가 딱 한 번밖에 등장하지 않았다.

이제는 교회의 고위 성직자들이 이 문제에 관심을 가져야 할 때다. 하지만 요원하기만 하다. 어떤 주교는 투우를 옹호하고, 또 어떤 주교는 심심풀이로 죽이는 건 합법적이라고 주장하며 사냥을 지지하는 형편이니 우리가 가야 할 길은 멀기만 한 것이다. 물론 로마 교회든 개신교파든 영국 국교든 간에 기독교 교회 내부에는 동물을 옹호하는 입장을 견지하는 개인들이 있다. 이것은 하나의 긍정적인 징후다. 하지만 아직은 불씨에 불과하다. 그러니 이 불씨가 커져서 불이, 큰불이 되어야만 할 것이다.

엄격히 사법적인 차원에서 본다면, 현재 미국에서는 동물들에게도 권리가 있다고 주장하는 사유학파가 활동하고 있다. 미국 철학자인 톰 리건 교수는 『동물의 권리에 대한 판례』라는 두꺼운 책을 펴냈다. 몇 년 전에는 동물권리헌장이 통과되기도 했다. 그러나 이것은 원칙일 뿐이며, 이 권리를 참작해서 판결이 내려진 적은 아직 없다. 이 문제에 대해 관심을 갖는 법률가들 가운데는 찬성하는 사람들도 있고 반대하는 사람들도 있다. 하지만 중요한 것은 문제를 제기하는 것이다. 그러다 보면 결국에는 동물도 우리들처럼 감각을 느끼고, 고통스러워하고, 가능하면 가장 자연스럽게 자신들의 삶을 살 수 있는 권리를 가진 생물체로 여겨야 한다는 생각을 모든 인간들이 갖게 될 것이다.

학살을 멈추시오

내 어린 시절을 기록한 수첩에서 어머니는, 열한 살 때 내가 참치잡이 그물로 어떻게 참치들을 죽이는지를 다룬 기사를 읽고 난 다음에 참치 먹기를 거부했다고 이야기한다. 모리타니령 사막을 장기 횡단할 때 나는 더 이상 고기를 먹지 않기로 결심했는데, 고기를 먹지 않아도 힘든 일을 할 수 있다는 사실을 증명하기 위해서이기도 했지만, 유목민 동료들이 동물을 산 채로 목을 따서 죽이는 데 대해 항의하기 위해서이기도 했다. 그 이후로 나는 채식주의자가 되어 동물세계의 대표자들 가운데 갑각류와 어류, 그리고 '경우에 따라서는 메뚜기' 밖에는 먹지 않았다. 먹을거리로는 또한 달걀과 치즈, 모든 종류의 채소, 과일, 곡물, 과자 그리고 초콜릿이 있었다.

나는 동물을 죽이지 않는 사회를 계획한다는 게 어렵다는 사실을 알고 있다. 내가 신고 있는 이 구두는 가죽이며(어쨌든 구두 장사는 그렇게 주장한다. 나는 그의 주장이 사실이기를 바란다), 이 가죽구두를 만들려고 동물을 죽여야 했을 테니 말이다. 그렇지만 정말로 어쩔 수 없이 살아 있는 존재를 죽여야만 한다면, 최소한 자비로운 환경에서, 즉 '뜸 들이지 말고' 단번에 죽이면 그나마 좀 낫지 않을까. 이 정도만 해도 벌써 엄청난 진전이랄 수 있다. 그런데 현재 인간들은 그들의 '동료들'에 대해 전혀 예의 바르게 행동하고 있지 않다.

몇 가지 주된 사실이 인용될 수 있을 것이다. 도살로 말하자면, 엄격한 의미의 도살뿐만 아니라 도살 장소로 동물들을 끌고 가는 사람들의 태도에 이르기까지 많은 잔혹 행위가 이루어진다. 다리나 꼬리가 부러진 채 트럭에서 끌어내려지는 동물들이 부지기수다. 최후의 순간이 되어서야 자기들에게 무슨 일이 일어날지를 눈치챌 수 있도록 도살될 동물들을 배려해주는 공식 규정들이 존재한다. 하지만 이 같은 규정이 생긴 건 그다지 오래되지 않았다. 겨우 수십 년밖에 안 된 것이다. 이 규정에 따라 쇠망치로 때려 죽이거나 산 채로 목을 따는 도살 방법은 금지되었다. 오늘날에는 권총, 마취(대부분은 돼지들에게 이 방법을 사용한다), 전기 집게만이 허용된다. 그러나 아직까지도 불법적인 도살 방법을 사용하는 공식 도살장이 이따금 발견되기도 한다. 거위에게 많은 사료를 강제로 먹여 살찌우는 것 역시 그다지 바람직하지 못한 동물 학대의 한 예로 거론될 수 있다. 그리고 대량 사육되는 닭이든 아니면 눈을 뽑아내서 죽이는 토끼든 간에 가축들에 대해서는 수많은 폭력 행위가 이루어진다.

나에게는 두 가지 '검은 짐승'(제일 미워하는 대상을 뜻하는 비유적 표현-옮긴이)이 있는데, 그것은 투우와 사냥이다. 사냥을 반대하는 모임의 회장으로서 나는 몇 가지 유형의 사냥을 금지시키는 한편, 법 체계를 동물들에게 유리하도록 바꿈으로써 미래의 유럽에 많은 희망을 안겨줄 수 있도록 수년 전부터 애써왔다. 지금은 누구든지 고래 사냥이나 코끼리 사냥에 반대하지만, 프랑스에서는 사냥을 일종의 '국가문화유산'의 일부로 생각하기 때문에 그 누구도 사냥 반대자들의 논거를 진지하게 고려하지 않는다. 그렇지만 나는 사냥이야말로 야만 행위 그 자체라고 생각한다. 그래서 나는 "사냥은 자연적인 것이다"라고 주장하는 사냥꾼들에게 "사냥은 어리석은 짓이기도 하다"라고 응수한다.

여자들뿐만 아니라 어린아이들도(인간에게 길들여진 동물을 산 채로 고문하는 광경을 보여준다는 것은 너무나 비교육적이다) 섞여 있는 수많은 관중들이 지켜보는 가운데 원형경기장 안에서 이뤄지는 그 끔찍한 학살의 장, 투우야말로 특히 야만적이다. 투우는 프랑스 법에 금지되어 있지만, 이론적으로 이 전통이 과거 속으로 멀리 거슬러 올라가는 도시들에는 예외 규정이 있다. 그런데 투우가 오랜 전통을 가지고 있다는 생각은 맞지가 않다. 왜냐하면 지금 우리가 너무나 좋아하는 스페인식 투우는 나폴레옹 3세의 결혼식에서부터 시작되었기 때문이다. 최초의 투우 경기는 황후의 영향을 받아 비아리츠에서 열렸던 것이다.

투우는 황소들을 '준비시킨' 다음에 원형경기장 안에 풀어놓기 때문에 이 동물들에게는 더더욱 비극적인 행위다. 모래주머니로 이들을 때리고, 이들의 뿔을 무디게 만들어놓는 것이다. 투우사들은 황소들의 앞다리 근육을 찔러서 체력을 떨어뜨린 다음 등에 짧은 창들을 박아서 서서히 고통받으며 죽어가게 만든다.

그러나 님므(남부 프랑스의 도시. 해마다 큰 규모의 투우 축제가 벌어진다 - 옮긴이)의 많은 사람들은 물론 이 도시의 주교까지도 이 광경을 보며 즐거워한다.(그리스도의 신봉자가 이럴 수 있다는 것은 참으로 놀라운 모순이 아닐 수 없다) 그렇지만 그의 전임자들이 다들 같은 의견을 갖고 있었던 건 아니어서, 19세기의 두 주교는 용기를 발휘하여 투우를 금지시키는 내용의 교서를 내리기도 했다. 그들 중 한 사람은 이 끔찍한 스펙터클에 사디즘과 에로티즘이 불순하게 결탁되어 있다는 사실을 통찰하고 비난했다.

지금은 투우를 비교적 한정된 지리적 공간(프랑스의 남서부와 남부 지역)에서만 하려고 노력한다. 반면 현재 투우장을 설치하려고 끊임없이 시도하는 도시들도 있다.

기마 수렵 역시 보기 좋은 광경은 아니다. 프랑스에서는 상영되지는 않았지만 한 동물영화 감독은 이 같은 방식의 사냥을 다룬 「학살을 멈추시오」라는 영화를 만들었다. 이 영화는 우리가 쉽게 짐작할 수 있는 이유로 인해 프랑스에서는 상영되지 않았는데, 그것은 권력 집단, 특히 국가원수 주변에 이 '스포츠'를 옹호하는 사람들이 아직도 있기 때문이다.

몇 년 전인 1981년, 용기 있게도 알랭 봉바르가 기마 수렵의 법적 폐지를 주장하는 내용의 글을 써서 발표했으나 별다른 반향을 불러일으키지는 못했다. 그리하여 반대자들은 투쟁을 정기적으로 되풀이하고 있다. 그렇지만 연방 독일에는 극히 흥미로운 전례가 있는데, 1934년에 이미 기마 수렵이 폐지되었던 것이다. 그럼에도 독일인들은 계속해서 붉은 악마로 분장한 다음 말을 타고 숲속에서 사냥나팔을 불어댄다. 그러나 이제 희생자는 없다. 사냥꾼들은 개들을 따라 달리고, 개들은 썩은 생선이 담긴 봉지를 쫓아가는 것이다. 이 정도만 해도 몇 킬로미터에 걸쳐 사냥개 무리를 훈련시키는 데는 문제가 없는 것 같다. 이런 식으로 대체가 되었기 때문에 기마 수렵 때문에 방해를 받는 사람은 아무도 없다. 새나 다람쥐를 보고 싶어하는 산보객들에게 사냥 나팔소리 정도는 그 불쌍한 사슴들이 단검으로 학살당하는 것에 비하면 아무것도 아니다.

반드시 말을 타고 하는 게 아니더라도 사냥은 동물들에게 썩 이로운 활동이 아니다. 동물들을 즉사시켜서 그들 자신도 모르는 사이에 순식간에 죽게 만드는 것은(나는 이게 바람직하다고 말하는 게 아니다), 그래도 그들에게 부상을 입히는 것보다는 나을 것이다. 그런데 사냥꾼들에게 부상을 입은 동물들이 아무도 없는 데서 혼자 죽어가거나 때로는 며칠 동안 빈사 상태에 있다가 숨을 거두는 경우가 아주 빈번하게 일어난다. 사실 그게 사냥꾼들의 목표는 아니다. 하지만 그들은 그것이 부상당한 동물들에게 어떤 결과를 가져올 것인지에 대해서는 생각하지 않은 채 자주 그렇게 한다. 어떤 동물의 다리나 날개를 부러뜨려놓고는 그 고통에 대해서는 생각조차 하지 않는 것이다.

전통적인 사냥 방법 중에는 아주 잔인한 것도 있다. 프랑스의 아르덴 지방에서 개똥지빠귀를 잡는 방법을 생각해보라. 이 불쌍한 새는 다리를 당기면 죄어지도록 엮은 말총 매듭에 매달린 채 오랜 시간에 걸쳐 죽어간다. 새를 잡기 위해 끈끈이를 바른 막대라고 해서 더 나은 건 아니다. 깨새와 꾀꼬리, 검은 딱새, 멋쟁이새, 방울새 등 모든 참새류들은 이 덫에 걸려 꼼짝 못한다. 이건 선택적인 사냥이 아니다. 모든 게 다 덫에 걸리기 때문이다.

요즈음 이런 전통적인 사냥이 다시 부활될 조짐을 보이고 있다. 심지어는 환경부장관조차도 '문화적인' 것이라고 공언할 정도다. 그러나 전통이라는 것이 오래되었다고 해서 무조건 찬양받을 수 있는 건 아니다. 만일 그렇다면 고문도 문화적인 것이고, 전쟁과 노예제도도 문화적인 것이 아닌가.

동물에 유리한 발언을 가소롭다고 판단하는 사람들이 펴는 주된 반대 논리는 동물들의 운명보다는 배가 고파서 죽어가는 아이들과 고통받는 어른들에게 관심을 갖는 게 더 시급하다는 것이다. 그 말을 들을 때마다 나는 아연실색하곤 한다.

"한 가지를 한다고 해서 다른 걸 못 하는 건 아니다. 이 두 가지 방향으로 동시에 나아가야 한다."

주변 세계에 대한 인간의 의무에 직면하여 나는 우리 '영장류' 동료들과 다른 생물 존재들에 대해 동시에 관심을 가질 것을 제안한다. 내가 염려하는 건 단 한 가지, 그 같은 논리를 펴며 반대하는 자들은 그 어느 쪽에도 관심을 기울이지 않는다는 사실이다.

나는 인간이 동물들에게 저지르는 잔인한 행위를 겨우 몇 가지만 인용했지만, 그밖에도 수많은 잔혹 행위가 존재한다. 동물실험은 불행하게도 아직까지 중고등학교나 대학 등의 교육기관에서 행해지고 있는

(오늘날에는 아주 좋은 영화와 뛰어난 그림들이 있으니 이런 실험을 할 필요가 더 이상 없다) 등 남용되고 있는 실정이다.

실험실에서 행해지는 동물실험으로 말하자면, 사람들은 그게 인간들의 생명을 구하기 위한 것이라고 항상 우리에게 이야기한다. 이 말은 때로 사실일 수도 있다. 하지만 미용 산업계에서도 매년 수백만 마리의 동물을 사용하여 인간 생명의 구원과는 전혀 아무 상관없는 립스틱을 비롯한 온갖 종류의 물질을 실험한다. 그런데 어떠어떠한 제품을 견디어내는지 보려고 토끼들의 눈을 멀게 만들 게 아니라, 다른 방법으로 그런 실험을 할 수도 있지 않을까? 동물실험을 대신할 수 있는 다른 방법이 없는 게 아니므로, 이제는 더욱 엄격하고 더욱 공정한 법을 제정해야 할 것이다. 굳이 동물을 수술할 필요가 없어진 분야들이 많이 있다. 동물에 대해 얻어진 결과가 반드시 인간에게 적용될 수 있다는 사실이 증명되지 않았기 때문에 더더욱 그렇다. 수많은 부작용을 낳았던 탈리도미드(진정제의 일종. 기형아 출산의 원인으로 밝혀져 제조 중지됨 - 옮긴이)도 동물들에 대해 시험되었다. 이제는 조직 배양을 할 수 있게 되었으니 시험관 내에서 세포와 조직을 배양한 다음 그것으로 원하는 독물학(毒物學) 시험을 하는 게 가능하다.

우리가 동물계 내부에서 가치 단계를 정립할 수 있다는 건 분명하다. 모든 것은 물론 우리가 어떤 동물에 대해 이야기하느냐에 따라 달라지기 때문이다. 상급 척추류는 우리와 매우 가깝다. 그러나 해면동물은 동물이기는 하지만, 내가 알기로는 엄격한 의미의 신경계는 갖고 있지 않다. 자포류(해파리, 산호충 등)는 신경계는 갖고 있지만 뇌는 갖고 있지 않다. 극피류는 감각을 갖고 있을까, 성게는 고통을 느낄까, 불가사리는 고통스러워할까? 이런 건 잘 모르겠다. 그렇지만 생물학적 진화 단계를 오르다 보면 우리는 뇌와 발달된 신경계를 가진 동물들에 이르게 된다. 그래서 나는 어류, 파충류, 조류, 포유류가 왜 불쾌하거나 고통스러운 감각을 느끼지 못한다는 것인지 그 이유가 납득이 안 간다.

나는 박물학자가 되어 지식이 한층 더 풍부해졌기 때문에 동물들에게 그만큼 더 가까이 다가갈 수가 있었다. 과학자로서의 나는 부득이한 경우에 우리가 동물의 생명을 빼앗을 수 있는 세 가지 경우를 구분했다. 우선 스스로를 방어하기 위해서다. 나는 방금 내 피를 빨아먹은 모기 한 마리를 손바닥으로 때려서 잡은 적이 있다. 그 다음에는 먹기 위해서인데, 이건 프랑스에서는 아주 드문 경우다. 마지막으로 내가 동물을 죽이기 위해 찾아낸 핑곗거리는 과학적 관심이었다. 분류학을 정립하거나 아니면 그들의 생태를 더 잘 이해하기 위하여 요각류나 갑각류를 보관액 속에 집어넣는 것이다. 수집은 해야 하지만, 그렇다고 해서 어떤 종을 절반 이상 없애도 된다는 건 아니다. 어떤 새우나 등각류의 견본을 한두 개 채취할 수는 있다. 그 정도는 나도 인정할 수 있다.

동물학자로서 벌이는 활동과는 무관하게 나는 많은 분야에서, 대체로 자연보호를 위해 일하거나 특별히 동물보호를 위해 투쟁하는 단체들(예를 들면 조류보호연맹이나 프랑스 동물권리연맹) 내부에서 동물들을 옹호하는 입장을 취하게 되었다.

내가 말할 수 있는 것, 그건 동물들을 옹호하는 나의 이 같은 성향이

오래 전으로 거슬러 올라간다는 것이다. 게다가 그 당시 나는 박물학자
가 아니었다. 무의식중에 부친의 영향을 받았던 것일까? 아니면, 벌써
내 염색체 속에 자리잡고 있었던 것일까? 모르겠다. 그러나 그런 것들
이 어떻게 결정되고, 어디서 비롯되고, 어떻게 원숙해지는지는 전혀 알
려져 있지 않다. 이 모든 게 다 너무나 신비롭다.

15

한 평화주의자의 믿음

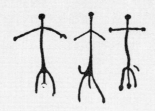

한 여성이 세상을 떠났다는 소식을 그가 들었다.

하지만 그는 그녀가 '하늘에 있다'는 걸 아는 것만으로는 성에 차지가 않았다.

그는 정확한 걸 알고 싶어했다.

"그분은 무얼 하나요? 그분은 신을 보았을까요?"

잘 모른다고 내가 대답했다.

그러자 뭔가 강한 영감을 받았다는 듯 힘찬 목소리로 그가 말했다.

"그걸 우리에게 가르쳐줄 수 있는 학문은 없나요? 그런 게 재미있는 건데!"

_「테오도르의 수첩」, 1909년 1월

개신교도 가정에서 태어났다는 것은 어떤 영향을 받았다는 걸 의미한다. 신앙으로 종교상의 실천 의무를 지키는 부모와 친구들 사이에서 자라났다는 것 역시 어떤 영향을 받았다는 걸 뜻한다. 그러나 신앙 영역에서의 전통은 다른 영역에서만큼 그렇게 명백하게 전해지지는 않는다. 자기 아버지가 목사라고 해서 다 영적 생활에 들어서는 것은 아닌 것이다. 그렇기는 하지만, 테오도르 모노는 부모들의 가르침에 충실했고, 그들의 믿음을 자기 것으로 만들었으며, 어릴 때부터 키웠던 믿음을 평생 동안 간직했다. 그의 종교적 확신은 다른 그 어떤 확신보다 더 강했고, 그의 정신과 그의 마음은 이 확신을 아무 거부감 없이 받아들였다. 영성(靈性)은 테오도르 모노의 삶을 이루는 기본 요소들 중의 하나다. 그는 매일같이 기도를 올렸고, 성경을 읽고 또 읽었으며, 신비주의자든 아니면 다른 종교의 사상가들이든 간에 가리지 않고 알고 지내며 우정을 맺었다. 또한 그는 교회 안에서뿐만 아니라 교회 밖에서도 역시 자신의 자유주의 신앙을 실천했다.

1984년에 그려진 테오도르 모노의 '가문(家紋)'

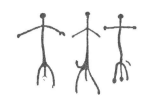

사자가 새기 염소와 함께 잠을 자는 평화를 위해

만일 티베트에서 태어났더라면, 나는 아마도 라마교 승원에서 수도 승이 되었을 것이다. 하지만 나는 루앙의 한 개신교도 가정에서 태어났고, 자유주의적 개신교라고 불리는 것과 일치하는 약간 특이한 형태의 신앙심을 품게 되었다. 부친은 내적 생활과 신비주의, 그리고 동시에 복음서의 실제 적용에 큰 관심을 가진 분이셨다.

부친은 인간 존재들의 상황에 관심을 갖고 가난과 싸우는 사회적 기독교와 영적 기독교가 나란히 존재해야 한다고 말씀하시곤 했다. 그 당시 19세기 말에는 노동자의 상황이 지금과는 많이 달라서 일 주일에 한 번씩 휴식을 취하기 위해 투쟁해야만 했다. 젊은 시절을 부르주아 가정에서 보내고 난 부친은 칼바도스 지방의 작은 공업 도시인 콩데 쉬르 느와르로 발령을 받았다. 바로 이곳에서 그는 서민생활과 무산계급, 노동자의 상황, 파업, 알코올 중독(그는 이 모든 것을 그 이후 루앙에서 다시 발견하게 될 것이다) 등 그가 모르고 있던 현실을 발견했다.

따라서 나는 개신교 신앙으로부터 복음 신앙과 사회적 이상이라는 두 가지 가르침의 지주를 가지고 있었다. 그런데 이 두 가지는 위대한 이스라엘 예언자들, 특히 이사야(그는 언젠가는 성스러운 산에서 인간들 간의, 인간들과 다른 살아 있는 존재들 간의 화해가 이루어져 악이 더 이상 존재하지 않고, '사자가 새끼 염소와 함께 잠을 자며', '흘끗 보기만 해도 사람을 죽인다는 괴상한 뱀의 소굴에서 아이가 뛰놀 것', 즉 모든 것이 서로 평화롭게 지내게 될 것이라고 예언했다)의 구세주 도래에 대한 희망 속에서 아주 잘 일치되고 결합될 수 있다.

이것은 복음서와 예수 이야기에 뿌리를 박은 신앙과, 신앙이 현실을 외면한 채 순전히 개인적으로만(몇 세기 동안 이랬다. 사실은 다른 사람들과 다른 살아 있는 존재들의 상황에 대해서 관심을 가져야 되는데도 불구하고 아주 오랫동안 기독교 신앙은 천당에 가고 개인을 구원하는 방법으로 여겨왔기 때문이다) 체험되어서는 안 된다는 확실성을 결합시키는 하나의 고결한 이상이다.

그리하여 나는 인간의 불행에 대해 관심을 갖는 그리스도 중심의 신앙교육을 받았고, 하나님의 왕국이라고 불리는 것을 위해 열심히 일하고 싶다는 바람을 갖게 되었다. 왕국에 대한 이 같은 암시, 그것은 우리들 가슴속에 자리잡고 있는 구세주 도래에 대한 희망(이 희망은 우리 개인의 구원뿐만 아니라 우리 형제들의 구원을 위해서도 애쓰라고 우리를 격려한다)의 선언이다.

바로 이것이 나의 어린 시절과 청소년 시절에 영향을 미쳤던 가르침의 원칙이다. 그리하여 나는 고등학교를 마친 뒤에 부친의 자취를 따라 성직에 헌신하기로 결심했다. 그렇지만 나는 자연과학으로 방향을 바꾸어야만 했다. 어쩌면 잘한 것일지도 몰랐다. 내게는 영혼을 안내하는 자, 영감을 주는 자, 신과 인간을 중개하는 자가 마땅히 가져야 하는 재능, 사제가 되면 한층 더 요구되는 재능이 없었던 것이다.

그리하여 운명은 다른 식의 결정을 내렸다. 운명이란 아주 중요한 것이다. 우리는 우리의 삶이 전개되는 과정에서 우리가 뭔가 선택을 했다는 느낌을 거의 갖지 못한다. 실제로 일이 미리 결정되어 있다는, 우리는 별다른 결정권도 갖고 있지 못한 상태에서 일이 이미 그렇게 되어 있다는 느낌만 드는 것이다. 그것을 어떤 사람들은 '우연'이라고 이야기하고, 또 어떤 사람들은 '섭리'라고 이야기한다. 하지만 내 생각에는 어쩌면 더 중성적이고 더 보편적인 이 '운명'이라는 단어가 매우 심오한 이 현실을 표현하기에 더 적합한 것 같다.

우리들 각자는 무엇인가에, 그것을 방향 지으며 때로는 그것을 출구 없는 장소나 막다른 골목으로 끌고 가는 운명에 깊은 영향을 받으며, 그러고 나서는 또 다른 일이 일어나서 원래의 방향을 다시 발견하기도 한다. 감정의 영역도 이와 마찬가지다. 이것은 많은 인간 존재들이 느꼈던 현실이다. 사춘기 때 나는 어떤 소녀를 짝사랑하게 되어 몇 년 동안 어둠 속을 헤맨 적이 있었다. 그런데 어느 날 아침 무슨 일인가가 일어났고, 문득 보니 내가 환한 빛 속에 서 있었다. 어쩌면 이 모든 것은 이미 오래 전에 결정되어 있었던 것인지도 몰랐다.

자유사상과 실천의 가치

나는 가끔 식물원을 산책하면서 이렇게 농담하기를 좋아한다.

"난 동물원에서 태어났답니다."

그러나 내가 태어날 수도 있을 또 하나의 낯익은 장소가 있다면 그건 분명히 루브르 오라트리오 수도회 교회다. 나는 다섯 살 때 이 교회에 처음으로 들어가서 그 뒤로는 매주일 이곳에 출입했다. 옛날에 목사를 지낸 나의 조상들 중 몇 사람의 흉상이 오라트와르 거리 쪽에서 들어가서 가로지르게 되는 타원형 홀을 장식하고 있다. 나의 가족의 이름, 특히 부친의 이름이 이 교회의 벽에 붙어 있다. 어렸을 적에 부친이 이 교회에서 설교를 하는 동안 나는 매주일 높은 홀에 자리잡은 이 작은 일요학교에 강의를 들으러 가곤 했다. 지금도 나는 이곳에 가면 내 집처럼 편한 기분을 느낀다.

자유사상을 가진 개신교도의 신앙 내용을 파악하는 건 중요한 일이다. 왜냐하면 사람들이 나를 그런 식으로 분류하기도 하기 때문이다. 나는 나의 조상들 중 네 분이 목사를 지냈고 부친도 오랫동안 목사를 지냈으며 흔히 자유주의적이라고 규정된 루브르 오라트리오 수도회 교구에 속해 있다. 자유주의적 개신교 신앙은 무엇보다도 철학적·종교적 신조나 교리상의 신조들을 신봉하기보다는 품행의 방정함, 즉 실천에 더 큰 가치를 부여한다. 그러므로 우리에게는 신학 사상이 수세기 동안 진술하려고 애썼던 복음서의 계시가 아니라 그 근원에 있는 그대로의 복음서의 계시가 특히 중요한 것이다.

끊임없이 성서로 돌아가는 것, 글로 쓰인 계시 속에 이미 들어 있는 것만을, 즉 복음서에 진술되어 있는 것만을 신앙 내용으로 받아들이는 것은 극히 개신교적인 방식이다. 그렇기 때문에 우리는 수세기에 걸쳐 교회에 의해 제안되었으나 엄격한 성서상의 증거를 갖고 있지는 못한 혁신을 받아들이기를 늘 좀 주저한다. 누가 새로운 교리(20세기에도 새로운 교리가 있었다)에 대해 이야기하면 우리는 이런 주장이 성서상의 어떤 증거를 갖고 있는지를 항상 생각한다. 마지막으로 발표된 교리는 성모 승천의 교리이며, 그 전에 발표된 것은 교황 무류의 교리였다.

그냥 "성서 안에 있지 않은 모든 것은 배척해야 한다"라고 말하는 게 부적당할 뿐만 아니라 위험하기까지 하다는 사실을 나는 잘 알고 있다. 깊이 생각해보면, 『신약성서』에는 많은 중요한 문제들이 언급조차 되어 있지 않기 때문이다. 그렇다고 해서 성서에 다루어져 있지 않은 문제들이 오늘날 인정되고 주장될 권리를 갖고 있지 않은 건 아니다. 전쟁 반대 운동이 산상수훈의 가르침에 상반된다고는 아무도 말하지 않는 것처럼.

정의와 평화를 옹호하고 폭력에 반대하는 이 같은 투쟁은 물론 성서 속에 명백히 표현되어 있지는 않지만, 그래도 어느 정도는 내포되어 있다. 예수가 산상수훈에서 말한 여덟 가지 복이 그 모든 영향을 아직 다 발휘하지 않았다는 사실을 인정한다면, 우리 세기의 기독교도들에게는 이 모든 문제들이 성서의 문면(文面) 자체에서 발견되는 가르침만큼이나 중요해진다.

자유주의적 개신교도의 신앙에는 다른 게 또 있다. 나는 신조(信條)

와 기도문, 전거(典據) 등을 가진 신학 체계와 정교한 신앙을 구축하는 데 지성과 이성이 차지하는 역할을 등한시한다고 비난받을지도 모른다. 내가 보기에 이건 근거 없는 비난이다. 왜냐하면 우리는 이성의 행사를 경시한 적이 결코 없기 때문이다. 이성은 그걸 사용하라고 인간에게 주어진 것이다. 그렇기 때문에 아우구스티누스(354~430)나 토마스 아퀴나스(1225?~74), 얀세니우스(1585~1638), 칼뱅(1509~64), 그리고 최근의 칼 바스(『교의론』) 등이 쌓아올린 사유의 대성당은 우리에게 오직 경의의 대상일 뿐이다.

그렇지만 신학 체계를 구축하는 데 매진했던 이 신앙(지성)인들의 방대한 지적 작업을 존중한다고 해서 우리가 그들이 말한 것을 결정적인 것으로 여겨야 될 의무는 전혀 없다. 그들이 만들어낸 신조와 그들이 내린 결론을 보면 감탄스럽기는 하다. 그렇다고 그것들을 반드시 진리의 표현으로 여길 이유는 전혀 없다는 것이다. 우리는 선택을 할 수가 있다. 그리고 물론 우리는 우리의 출발점인 산상수훈과 여덟 가지 복과 관련하여 선택을 한다.

어떻게 영적 이상을 실현시킬 것인가

부친은 말년에 쓴 회고록 『하루가 지나고 나서』에서 개신교도 제3교단을 어떻게 설립했는지에 대해 이야기한다. 어느 날 6월 아침 부친은 편지 한 장을 전해 받았는데, 그것은 내가 보낸 것이었다. 나는 서약서 형태로 된 이 편지에서 영적 이상을 어떤 식으로 실현시켜 나갈 것인지를 고백했다. 몇 달 뒤, '즐거움, 소박함, 자비로움'을 신조로, 일체의 행위를 여덟 가지 복의 정신과 조화시키는 것을 규율로 정한 제3야경(夜警) 교단이 태어났다. 본의 아니게 이 공동체의 선구자가 된 나는 설립 당시부터 이 단체에 소속되어 그 이후로 젊었을 때 품었던 이상을 결코 버리지도 않았을 뿐만 아니라 가장 중요하다고 생각되는 가치들을 끝까지 고수했다.

야경 공동체는 특히 매일 정오에 여덟 가지 복을 암송할 것을 그 구성원들에게 요구한다. 나 자신은 그리스어로 쓰인 「마태복음」을 보며 날마다 이렇게 하는데, 이 그리스어 「마태복음」은 보다 근본적인 점에서 「누가복음」과 약간 다르다. 예를 들면 「마태복음」은 "심령이 가난한 자는 복이 있나니 천국이 저희 것임이요"라고 시작하지만, 「누가복음」은 보다 단도직입적으로 "가난한 자는 복이 있나니……"로 시작되는 것이다.

사실 우리는 니케아 공의회(325년에 콘스탄티누스 1세가 주재해서 삼위일체 교리의 첫 번째 공식 신조인 그 유명한 '호모우시오스'〔'본질상 같은'의 뜻〕를 신앙고백으로 채택한) 이전의 기독교도들이라고 말할 수 있다. 이 모든 것은 아주 복잡하기는 하지만, 어떤 점에서 보면 논리적인 진전이었다. 문제는 그리스식 사유와 철학의 섬세함을 근동의 현실에 접목시키는 것이었다. 그리하여 그리스도의 신성과 인성이라든지 삼위일체를 구성하는 세 가지 위격의 관계 등에 관한 논쟁이 벌어졌다. 사실 자유주의적 개신교도들의 대부분은 삼위일체설을 믿지 않는다. 즉,

그들은 유니테리언파인 것이다.

이것은 우리 교단이 그 출발점인 복음서에 머물러 있다는 것을, 다시 말하자면 복음서가 엄청나게 변형되기 전의 모습으로 머물러 있다는 것을 의미한다. 그럼에도 잘 생각해보면, 우리는 여기서 정말 놀랍기 짝이 없는 현상이 한 가지 일어났다는 걸 알 수가 있다. 정확히 3세기 만에(예수가 못 박힌 날로부터 니케아 공의회가 열린 날까지) 젊은 랍비 제수아 벤 유세프가 삼위일체의 두 번째 위격의 반열에 오르고, 비잔틴 성상의 영역에서는 전능의 지배자와 후광에 싸인 예수가 된 것이다.

이것은 폭넓은 정신의 자유를 누릴 수 있어야만 가능한 일이다. 비록 공인 교리와 동일해 보일 수도 있는 신조들을 때로 사용한다 할지라도 우리에게는 그것들을 해석하여 우리 양심의 요구와 관련지어 볼 수 있는 권리가 항상 있기 때문이다.

그리하여 프랑스 개혁교회는 지나치게 생경하고 너무나 적확한 문구들이 신앙을 혼란스럽게 만들어놓지 않도록 하려고, 어떤 문제에 관해서 다른 사고방식을 갖고 있는 사람들이 같은 교단 내에 있지 않도록 하려고, 그리고 신앙생활을 하는 건 물론이요 일상생활에서 인간 조건의 개선을 위해 노력하도록(언젠가는 모든 살아 있는 존재들이 모두의 행복을 위해 화해하리라는, 요원하지만 열렬한 그 같은 희망을 품고) 항상 애쓰고 있다. 영원한 것은 신의 계시이지, 그 계시를 해석하려고 끊임없이 애썼던 인간들의 신조는 아니기 때문이다.

구름 위로 빛이 비치는 정상을 향하여

나는 확신에 찬 개신교도이기도 하지만 또한 세계교회운동의 열렬한 옹호자이기도 하다. 68학생혁명 당시 나는 가톨릭 신부들과 개신교 목사들, 다양한 종파에 속한 기독교인들을 한 아파트에서 만나 거리에서 분출되는 놀라운 자유의 열정을 함께 나누었다. 이 세계교회운동의 성찬식을 통하여 우리는 종교적인 것이든 아니면 정치적인 것이든 간에 모든 형태의 배척에 반대하는 한편, 굳이 이웃 사람을 개종시키려 애쓰지 말고 같은 목표를 향해 함께 나아가야 될 필요성을 혼합 신앙의 표명을 통하여 강조했다.

중요한 것은 같은 방향을 향하여 가는 것, 특히 같은 방향을 향하여 올라가는 것이다. 테이야르는 말했다. "올라가는 모든 것은 한 점에 모이게 되어 있다." 그래서 나는 모리타니의 한 이슬람교도와 나눈 대화를 자주 언급한다. 아주 독실하고 호감이 가는 이 사람은 내가 구원을 못 받을까 봐 걱정이 된 나머지 내게 이렇게 말했다.

"당신은 신앙인이니까 우리와 합류해야 합니다."

나는 이렇게 대답했다.

"내게도 모든 사람이 갖고 있는 것과 똑같은 유일산(唯一山)이 하나 있는데, 우리는 서로 다른 길을 통해 한 명씩 한 명씩 이 산을 기어오릅니다. 어떤 사람들은 이쪽 길로 올라가고 또 어떤 사람들은 저쪽 길로 올라가지만, 우리 모두는 구름 위로 빛이 비치는 정상에서 다시 만나고자 하는 야심 또는 희망을 가지고 있습니다."

나는 이것이 매우 아름다운 광경이라고 믿었으며, 나와 대화를 나눈 사람도 그 사실을 인정했다. 그러면서도 그는 자기가 올라가는 길이 가장 나을 뿐만 아니라 아마도 유일한 길이라는 확신을 여전히 갖고 있었던 것 같다. 우리 이슬람교도 형제들은 연대학적 차원의 아주 강력한 논거를 가지고 있다. 그들은 옛날의 예언자들, 즉 코란에서 상당히 중요한 역할을 해내기도 하는 구약의 예언자들과 예수를 전혀 부인하지 않았으며, 마호메트가 그 이후에 출현했다고 말한다. 다만 마호메트가 마지막으로 이야기를 하고 마지막으로 신의 계시를 받았으니 그가 옳다는 것이다. 마호메트는 앞선 걸 파괴한 것이 아니라 그것을 '보증해주는 사람'이라는 것이다. 그 전의 예언들을 봉인했으니 계시를 내리는 것은 마호메트라는 논리다.

물론 이 같은 논거도 나름대로 설득력을 가지고 있지만, 개인적으로 나는 복음서에 더 만족한다. 그렇다고 해서 우리가 지구상의 다른 대종교들을 경시해야 된다는 것은 아니다. 여러 길을 통해 기어오르는 유일산의 모습이야말로 내가 주요한 종파들에 대하여 느끼는 바를 잘 표현해준다. 나는 불교도는 아니지만, 불교는 아주 높고 아주 고상한 종교이기 때문에 이 종교에 공감하고 이 종교를 존중한다. 각자는 운명이 자신에게 마련해준 길을 통해 산에 오르는 것이다.

'신'은 여러 가지 해석이 가능한 아주 이상하고 수수께끼 같은 단어다. 물론, 수염이 긴 노인(그런데 왜 신은 노인이고, 게다가 남자일까?)이 등장하는 유치한 종교화가 오랫동안 우리의 영혼을 살찌웠다. 신은 단지 하나의 위격(位格)이기만 한 것일까? 정직하고 양심적인 마르셀 에베르 신부는 1907년 발간된 자기 책에 『신적인 것』이라는 제목을 붙였다.

수천 년 전부터 인간의 정신은 그의 마음의 소리에, 그리고 우주의 소리에 차례로 귀를 기울였지만 아직도 어떤 결말에 도달하지 못했다. 조물주? 하느님 아버지? 섭리? 설계? 사고? 전지(全知)? 어쩌면 현실의 복잡성에 그럭저럭 부합하는 '거의 모든 경우에 쓸 수 있는' 단어로 만족해야 될지도 모른다. 왜냐하면 우리는 무지하기 때문이다. 신비주의적 무신론자인 리처드 제퍼리즈는 자연과의 접촉에서 고양되자 신보다 더 높은 뭔가를 기원했다. 설명할 수 없는 것을 (서투르게나마) 표현하기 위한 단어들은 얼마든지 있다. 그렇지만 왜 모른다는 사실을 솔직하게 인정하지 않는 것일까? 신학자들은 자기들이 신에 관해서, 부활에 관해서, 내세에 대해서 뭐든지 다 안다고 주장한다. 정말 그런 것일까? 차라리 모른다고 고백하는 게 더 낫지 않겠는가?

그렇다고 여러 교리를 슬그머니 통합하려고 해서는(현대인은 자주 이런 유혹을 느낀다) 안 된다. 『우파니샤드』에서 조금, 『바가바드』에서 조금, 오른쪽에서 조금, 왼쪽에서 조금 빌려다가 적당히 뒤섞고 싶은 생각이 간절할지도 모르겠다. 그렇지만 내가 보기에 이건 그다지 정상적인 방법이 아니다. 불교신자는 가능한 한 가장 훌륭한 불교신자가 되고, 바라문은 가능한 한 가장 훌륭한 힌두교도가 되고, 기독교인은 그가 기독교도로서 받은 계시에 계속해서 충실하는 것이 더 낫다. 이것은 우리가 평생 동안, 그리고 어쩌면 내세에서도 전념해야 할 만큼 광대하고 심오한 영역이다. 내가 이미 말했던 것처럼, 복음서에서 받았어야

했고 앞으로도 복음서에서 받아야 될 모든 영향을 아직 다 받지 못했기 때문이다.

만일에 인간들이 산상수훈을 중요시하여 단순히 복음서를 설교할 뿐만 아니라 그걸 실천에 옮기려고 애쓴다면 전 세계인의 생활방식에는 엄청난 변화가 일어날 것이다. 바로 이 같은 이유 때문에, 어떤 점에서 보면 완전히 혁명적 요인이랄 수 있는 복음서의 계시를 널리 퍼트리지 않으려고 그토록 기를 쓰는 사람들이 있는 것이다.

라틴 문화를, 따라서 가톨릭 교회를 지지했던(그렇지만 개인적으로 가톨릭 신자는 아니었던) 샤를르 모라스(1868~1952. 프랑스의 신학자이자 정치인. 그는 공화주의 체제가 프랑스에 극도로 위험하다고 판단하고 악시용 프랑세즈라는 단체를 만들어 반대 투쟁을 벌였다. 개신교도들과 유대인들이 프랑스의 민족적 정체성을 해치는 해로운 요소들이라고 생각한 그는 군주제를 부활시키고 가톨릭 교회를 정치적으로 이용하려 했다. 페탱 정부를 지지했다가 1945년에 종신형을 선고받았다−옮긴이)는 복음서를 '근동의 그 혼란스러운 문서'로 묘사했다. 이것이야말로 사회질서를 바꾸어 놓을 수도 있을 일체의 것을 침묵시켜야 한다는 생각을 가장 적절하게 지칭하는 표현이 아닐 수 없다. 사람들이 이 복음서를 읽으면 전쟁을 포기할 것이고, 가난을 없애기 위해 함께 머리를 맞대고 둘러앉으리라는 것이다. 세계가 마술방망이를 휘두른 것처럼 일변하지는 않겠지만, 결국은 뭔가 새로운 것이 사람들에게 스며들리라는 것이다. 그래서 어떤 기독교는 사람들이 교회당 내부에서 신앙활동을 하도록 하려고 그토록 애썼던 것이다. 그들이 공공장소로 나가면 위험해지기 때문이다.

기독교와 사회주의와의 조화

열아홉 살 때 나는 국제노동자연맹 프랑스 지부에 등록했다. 고등사범학교 학생들이 가입된 제5부회의 멤버였던 나는 고블랭 거리의 담배 연기 자욱한 술집에서 정기적으로 친구들을 만났는데, 한동안은 특히 레오 라그랑쥬라든가 마르셀 데아와 가깝게 지냈다. 기독교인으로서의 생활이 사회정의에 대한 갈망을 충족시키기에는 불충분하다고 생각하던 나는 그 미진했던 부분을 이 정치적 참여에서 보완했다. 1922년 한 여자친구에게 보낸 편지에서 나는 이렇게 썼다.

"나는 나의 사회주의적 믿음과 기독교적 확신이라는 두 가지 요소를 균형 있게 융합시켜서 쓸모 있고 헌신적인 존재가 되고 싶어."

나는 후일 사회당을 탈퇴했지만 나의 정치적 성향은 평생 동안 변하지 않았다. 나는 기독교와 사회주의를 조화시켜가면서 언제나 인간들의 행복을 위하여 일하는 사람들 편에 가담하고자 했다.

이 세계의 관심사를 신앙의 관심사와 결합시켜야 될 필요성은 부친이 평생 동안 설교하셨던 주제였다. 그는 말하곤 했다.

"한편에는 교회, 즉 메시아가 있지만, 이것은 그의 울타리에서 나오지 않는 메시아입니다. 그러므로 메시아 신앙은 없습니다. 반대편에는 인간들의 안녕과 진보에 관심을 갖는 사회주의가 있지요. 하지만 여기에는 메시아 신앙을 고취시킬 메시아가 없습니다."

그래서 부친은 인간들의 행복을 위해 애쓰는 이 두 가지 큰 흐름이 합류해서 같은 방향으로 흘러가야 할 수 있어야 한다고 생각했다.

벨기에 노동당이 표지가 피처럼 붉은색을 띤 「마태복음」을 펴내자 부친은 눈에 띌 정도로 흥분하셨다. 그는 이것이야말로 인간주의적·사회주의적 흐름과 복음주의적 흐름이 일치할 가능성을 보여주는 징조라고 생각했던 것이다. 20세기가 시작된 이후로 많은 운동이 이 같은 흐름을 탔는데, 우선 마르크 상그니에의 시용 운동(1894년에 시작되었으나 1910년 교황 비오 10세에 의해 중단되었다 – 옮긴이)이 있고, 나중에는 〈에스프리〉 지를 창간한 엠마누엘 무니에의 인격주의 운동이 있다.

투쟁의 영역에서도 역시 이 같은 일치는 이루어졌다. 이렇게 해서 에스프리 그룹의 멤버들은 정당하며 필요하다고 판단되는 몇 가지 시도에 주저없이 뛰어들었다. 예를 들면 알제리 전쟁이 벌어지자 그들은 누구보다도 먼저 고문을 거부하고 비난했다. 루이 마시뇽 같은 사람은 가장 용기 있는 기독교인이었다.

알제리 전쟁 당시 나는 경찰차에 실려 연행당하기도 했다. 란자 델 바스토가 내 오른쪽에, 루이 마시뇽이 내 왼쪽에 있었다. 우리는 땅바닥에 주저앉은 채 알제리인들을 가둬놓는 수용소에 반대하여 항의하다가 짐짝 취급을 받으며(불쌍한 델 바스토의 이마에서는 피가 흐르고 있었다) 경찰차에 태워져서 파리 근교에 있는 한 공동묘지로 실려 갔다.

우리는 알제리 사람에게 살해된 한 경찰의 무덤 앞으로 끌려갔다. 물론 우리는 이 살인 사건에 아무 책임이 없었다. 그때 란자 델 바스토가 이끄는 아르슈 공동체의 멤버인 조 피로네가 무릎을 꿇더니 우리의 이름으로 모두를 위해 주기도문을 암송함으로써 우리가 이 살인행위를 비난한다는 것을 알렸다. 왜냐하면 우리는 원칙적으로 모든 형태의 폭력에 반대했기 때문이다. 그리고 나서 풀려난 우리는 걸어서 파리로 돌아갔다.

역시 알제리 전쟁 당시의 일이다. 이번에도 마시농이 이슬람교도들과 함께 단식을 시작했는데, 그곳에 나를 데려갔다. 이렇게 해서 나는 단식을 시작하게 되었는데, 그 당시까지만 해도 규칙적이지는 않았지만 나중에는 습관을 들이기로 결심했다. 그 이후로 나는 일 주일에 한 번씩, 즉 목요일 밤에서 금요일 밤까지 단식을 해오고 있다. 나는 단식이 신체생활에 유리한 건 물론이요(우리는 항상 너무나 많이 먹기 때문에 일 주일에 하루 정도 건너뛴다고 해도 아무 일 없기 때문이다), 정신생활에도 역시 유리한 수련이라고(결국 이것은 작은 승리이며, 인체 내부에서는 정신이 아직도 주인이라는 작은 징조다) 믿는다.

내가 매주 실천하는 단식은 고체 음식물이든, 액체 음식물이든 일절 먹지 않는 완전한 단식이다. 이건 전적으로 실현 가능하다. 그러나 언젠가 여름에 카르툼에서 단식을 할 때 하루가 무척이나 길고 덥게 느껴진 적이 있었다. 그렇다고 누가 나더러 단식을 하라고 강요하는 건 아니다. 나는 자유인인 것이다. 그렇지만 대체로 나는 내가 정해놓은 약속은 충실히 이행하는 편이다.

16

늙음과 죽음

"엄마, 제가 병이 나서 죽거나 늙어서 죽을 거라고 생각하세요?
(몹시 만족스런 표정을 지으며) 전 제가 늙어서 죽을 거라고 믿어요."

_「테오도르의 수첩」, 1907년 1월

사실 처음에는 이 마지막 장에 이 책의 개요를 집어넣으려고 계획했었는데, 결국은 다른 장들과는 다른 식으로 구성되었다. 물론 얘기를 나누다 보면 이 노후와 죽음이라는 미묘한 주제(이 마지막 페이지들이 접근하게 될)를 언급하게 되는 경우가 있기는 했지만 그렇다고 해도 실제로 우리가 이 두 가지 주제를 놓고 '대담'을 한 적은 단한 번도 없었다.

1987년, 내가 테오도르 모노를 만났을 당시만 해도 그는 아직 글을 쓰고 있어서 우리는 정기적으로 서신을 나누었다. 그런데 그 이후로 그의 시력이 저하되었다. 하지만 시력이 아주 서서히 떨어졌기 때문에 그가 맹인이 되었다고 믿기가 힘들었다. 그의 걸음걸이 자체가 단호했고, 그의 행동도 눈이 보이지 않는 사람이라고는 도저히 생각할 수가 없었기 때문에 더더욱 그랬다.

관찰자, 즉 바라보는 자였던 그가 이제는 읽을 수도, 쓸 수도 없게 되었다는 건 한마디로 얄궂은 운명의 장난이었다. 그것은 노년이 되어서도 정신과 다리 모두 민첩하고 유연했던 그에게 닥친 유일한 불운이었지만, 그는 이 불운을 차분히 받아들이기로 결심할 수밖에 없었다. 이 실명상태는 일상생활에서 그를 속박하면서 그의 행동에 제동을 걸었고, 그는 날이 갈수록 짙어지는 이 어둠 속에서 자기 삶의 종말이 다가오고 있다는 것을 더 한층 예민하게 의식하게 되었다.

그리하여 우리는 이 마지막 장에 대해 자주 이야기하곤 했다. 하지만 이 장을 어떻게 소개해야 할지, 미지의 것 앞에서 느껴지는 불안과 두려움을 다루게 될 이 까다롭고 내밀한 이야기를 어떻게 전개시켜야 할지, 잘 알 수가 없었다. 그러고 나서 테오도르 모노는 짧은 글귀들을 쓰기 시작했다. 보지 않고 글을 쓴다는 것은 위험한 일이다. 그의 집에 가보면 검은 연필로 온통 장난 그림을 그려놓은 색종이들이 널려 있었다. 꾸불꾸불한 선에 이어, 썼다기보다는 새겨놓았다는 표현이 어울릴(테오도르 모노가 연필심이 다 닳은 걸 몰라서 그런 것이었다) 글씨가 쓰여 있는 종이도 눈에 띄었다.

이런 종이에 쓰인 문장은 아무리 짧은 문장도 도저히 해독이 불가능해 보였다. 하지만 맹인이나 다름없는 그가 여전히 고집스럽게 자신의 생각을 종이에 옮겨놓으려고 애쓰고 있었기 때문에 나 역시 집요하게 그 이상한 글씨의 의미를 이해하기 위해 낑낑대곤 했다. 우리는 그 종이에 쓰인 문장을 다시 읽어내느라 몇 시간씩을 보냈다.

나는 어떤 단어의 의미를 알아내려고 애쓰는 것이고(그러다 보면 문득 그 뜻이 머리에 들어왔다), 그는 나의 발견을 토대로 자기가 어떤 생각으로 그 문장을 썼는지를 기억해내려고 애쓰는 것이었다.

이 일이 어렵잖게 금방 끝나는 경우도 이따금 있었다. 그가 다른 때보다 더 열중하든지, 아니면 우리가 '상형문자와 판화'라고 불렀던 것을 해독하는 일에 내가 이골이 나서 그런 것이었다. 또 이해가 안 되는 문장을 앞에 놓고 골머리를 앓아가며 오후 내내 앉아 있었는데도 단어의 뜻을 단 한 개도 못 알아내는 경우도 있었고, 아니면 어떤 문장의 뒷부분을 읽어내지 못하는(그가 나머지 문장은 종이를 벗어나서 책상에 써놓았기 때문에) 경우도 있었다. 그래서 우리들 중 한 사람이 낙담할 때도 있었지만, 문장의 비밀은 대부분 풀리곤 했다. 그리고 그 다음 주가 되어 그의 집에 가보면 새 종이가 서너 장씩 또 책상 위에 놓여 있었고, 그는 그 점에 대해 미안해하곤 했다.

의례나 다름없었던 이 해독 작업은 그 은유적 의미도 의미지만 또한 그걸 넘어서서 어떤 재미있는 놀이처럼 느껴지기도 했다. 내가 이따금 '오역'을 저지를 때마다 우리 두 사람 모두 배꼽을 잡고 웃었다. 예를 들면, 심오한 의미를 지닌 단어에 우스꽝스럽고 기괴한 의미를 부여하는 것이었다.

다음에 이어지는 글은 이 해독 작업의 결과다. 이 글은 우리가 결코 언급하지 않는 것에 대해, 세기와 더불어 태어난 한 나이 든 인물의 기억의 표면으로 다시 떠오르는 추억들에 대해, 저녁이 되면 그의 머릿속에 솟아나는 생각들에 대해 이야기하고 있다. 이제 그는 이 추억이나 생각들을 오직 눈에 안 보이는 글로만 표현할 수가 없다. 하지만 그럼에도 이 글은 침묵의 순간을 조금이라도 더 연장시킬 수 있을 것이다.

죽음에 대한 성찰

고서라든지 고대 작가들의 글은 잘 읽히지 않는다. 이 고대 작가들이 핵무기에 대해서 전혀 모르고 있었다는 거야 분명한 사실이다. 하지만 그들은 인간의 조건과 생명, 죽음에 대해서는 깊이 성찰했다. 『구약성서』의 「시편」 제121편은 이런 구절로 끝난다. "여호와께서 너의 출입을 지금부터, 그리고 영원히 지키시리라." 이건 좀 이상한 단어들이다. 하지만 이 단어들을 동의어로 봐도 되지 않을까? 사람들은 생명 속으로 들어가자마자 거기서 나오는 시간을 향해 서둘러 달려간다. 그런데 이 최후의 출발 역시 어떻게 보면 깊은 신비 속으로 들어가기 위한 하나의 도래가 아닐까? 생명 속으로 들어감이 하나의 끝이라면, 생명으로부터의 퇴장은 하나의 시작이 아니겠는가?

회고록에서 부친은 자신의 말년에 대해 이렇게 썼다.

"이곳에서는 노 젓는 사람이 노를 빼낸 다음 빌려온 배를 소리없이 갈대밭에 매어두고 멀어져 간다."

이 '빌려온 배'는 사실 더 먼 도정 속의 한 에피소드에만 관련되어 있을 뿐이다. 여행은 잠시 중단될 뿐 계속된다. 하지만 도대체 어디로 어떻게 여행을 한단 말인가? 우리는 그걸 모른다. 이것은 시적인 표현이지만, 오직 한 여정의 끝만을 이야기할 뿐이다. 현세의 종말, 그것은 또한 우리에게 희망을 안겨주는 새로운 여정의 시작이 될 수도 있지 않을까?

파스칼이 너무나도 비장하게 대립시켰던 두 개의 극, 두 가지 상태가 있다. 여기에는 바빌론의 꽃들이, 저기에는 예루살렘의 포치들이, 모든 게 안정되어 그 어느 것도 무너지지 않는 신성한 시온 산의 벽들이 있다. 혼자 죽게 되리라는 것을 사람들은 오래 전부터, 옛적부터 알고 있다. 그러나 파스칼은 이렇게 덧붙일 수도 있었으리라. "사람은 혼자 살게 되리라." 왜냐하면 비록 나란히 놓여 있다 할지라도 인간들은 뛰어넘을 수 없는 견고한 장벽으로 여전히 분리되어 있기 때문이다. 인간들은 서로에게 보여지고, 서로를 보고, 서로를 만진다. 하지만 두 사람의 피부 접촉은 유난히 피상적인 것으로 남아 있을 수밖에 없다. 과연 우리는 껍질을 넘어서서 인격에, 진정한 것에, 마음에, 정신에, 존재에 도달하게 될 것인가?

"그런데 이 이상한 여인은 오늘밤 내 침대에서 뭘 하는 것일까?"라고 탁월한 재능을 갖춘 식물학자이며 매력적인 여성을(그녀 역시 널리 알려진 알프스 지의地衣전문가였다) 아내로 둔 내 친한 친구가 말하곤 했다. 우리의 앎은 오직 표면에만 관련되어 있으며, 사물의 외부에만 한정되어 있다. 그 나머지, 그 내부, 그 본질을 우리는 이해하지 못한다.

나는 내가 두 가족이라고 부르는 것, 즉 육신으로 이루어진 가족과 정신으로 이루어진 가족에 대해 자주 언급하곤 하였다. 우리는 육신으로 이루어진 가족의 대표들을 상대할 때도 있고, 정신으로 이루어진 가족의 대표들을 상대할 때도 있다. 이 두 가족이 일치할 수도 있다. 이것은 그다지 자주 있는 경우는 아니다. 달리 말해서, 정신에 의해 이루어진 가족 안에서 우리는 우리의 확신과 우리의 이상, 그리고 어떤 사상을 전파시키려는 우리의 바람을 함께하는 사람들을 상대한다. 물론 우리가 이 다른 환경에서 만나는 친구들이 엄격한 의미의 우리 가족에 반드시 속해 있는 것은 아니다. 그 같은 관점에서 보면 이들은 외부 사람들이다. 하지만 공통의 이상을 가지고 있기 때문에 우리는 이들과 무척 가까운 것이다.

자신의 가족 내에서 당신과 일치하는 정신과 마음을 가진 사람을 발견하는 경우가 있을 수도 있지만 이것은 아주 드문 일인데, 이렇게 되면 고통스런 문제들이 야기될 수도 있고, 또 어쨌든 이것은 자신의 후손들에게 어떤 확신을 물려주는 게 아주 어렵다는 사실을 보여주는 것 같다. 부모 자식들 간의 이 같은 차이를 보여주는 예들은 수도 없이 많으며, 새삼스런 문제도 아니다. 왜냐하면 부모들 입장에서 자신의 사상을 후손들과 공유한다는 건 항상 어려웠기 때문이다. 자식들로 말하자면, 여러 가지 분야에서 외부로부터 다양한 영향을 받을 수도 있고, 다른 쪽으로 방향 전환할 수도 있다.

오스카 와일드는 이렇게 말했다.

"아이들은 처음에는 자기 부모들을 사랑한다. 성장하면 그들은 부모들을 평가한다. 그리고 때로는 그들을 용서한다."

내 자식들도 나를 용서해 주었으면 싶다. 어쨌거나 나는 그들이 폴린드 보몽이 죽고 난 뒤 샤토브리앙이 엄숙하게 예고했던 것을 나보다 더 잘 실천하기를 원한다.

"우리를 떠난 사람들이 그들이 죽고 난 뒤에 우리가 흘리는 눈물보다 그들이 살아 있는 동안 우리가 지었던 미소를 더 좋아했으면 좋으련만."

체념하고 받아들여야 한다. 그리고 우리가 여전히 접근할 수 있는 것을 만끽해야 한다. 결국 어떤 꽃의 아름다움에 감동하기 위해서 나는 그 염색체의 비밀을 알아야 되는 게 아닐까? 물론 식물학자는 그렇지 않다고 단호히 말할 것이다. 하지만 인간 존재들은 식물인가, 아니면 그 이상의 것인가?

우리 어머니도 에드가 키네의 어머니처럼 이렇게 말씀하시곤 했다. "우리는 너무 많은 걸 느꼈어요." 그리고 이 말은 어쩌면 사실일지도 모른다. 나는 좀 내성적이고 감정을 밖으로 잘 표출하지 않고 고독을 좋아하기 때문에 신비학자인 앙파테 바는 나를 그의 '침묵의 강'이라고 불렀다. 그러나 갑옷에도 틈은 있다. 폭력의 광경, 불의의 광경, 불행의 광경을 목격하면 내 마음은 크게 흔들린다. 때로는 목소리가 흔들리고 눈물이 나오려고 하는 것이다.

그의 지배자와 마찬가지로 기독교도에게도 '그의 머리를 올려놓을

장소'가 없다. 물질적으로는 지나칠 정도로 완벽하지만 정신적으로는
유치하기 짝이 없는 세계에서 그는 인종차별적인 후렴('불순한 피')을
가진 「라 마르세이에즈」도 부르지 못하고 「인터내셔널」가도 부르지 못
한 채('신도, 카이사르도, 호민관도 없이'라는 구절 때문에) 혼자 남아 있
게 될 것이다. 이것이 바로 그가 처한 상황이다. 그러므로 그는 체념하
고 받아들여야 한다. 그의 즐거움과 그의 빛은 다른 곳에 있는 것이다.

20세기를 관통해 온 나의 삶

　거의 한 세기에 가깝도록 오래 살다 보니 생활방식과 풍경의 많은 변
모를 목격했다. 1907년에 내가 파리에 도착했을 당시에는 사람들이 석
유등을 많이 켰고, 이따금 아우에르 가스 가로등을 켜기도 했으며, 장
소에 따라서는 파피옹 가스 가로등을 켜기도 했다. 세기초에 루앙에서
는 짐수레를 타고 지나가는 빵집주인이 계산을 하기 위해 두 개로 쪼개
진 나무막대를 쓰기도 했는데, 이 나무 위에 그어진 눈금이 손님의 몫
과 그의 몫을 동시에 표시하는 것이었다.
　파리의 센 강에서는 물에 잠긴 거대한 쇠줄로 예인되는 선박의 소음
이 울려 퍼지곤 했다. 물 위에 떠 있는 부교에는 프왱 뒤 주르와 샤랑통
을 연결하는 유람선들이 정박해 있었고, 햇빛 좋은 철에는 물 위를 떠
다니는 공중목욕 시설이 등장하기도 했다.
　그 당시의 길거리는 지금은 잊혀진 온갖 고함소리로 가득 찼다. 부서

지기 쉬운 창유리를 등에 짊어지고 가는 유리 장사의 고함소리, 칼 가는 사람의 고함소리, 옷장사의 고함소리, 샐러드 장사의 홍얼거리는 듯한 고함소리("야생 치커리 잎 있어요! 호의초 잎 사세요!"), 그리고 마지막으로 검은머리 방울새들에게 줄 모이를 파는 장사꾼의 고함소리가 들려왔다.

집의 안마당에는 두 개의 막대기와 털 고르는 솔을 반원형으로 움직여가면서 매트리스를 보수하는 소면기(梳綿機)가 설치되어 있었다. 여기서는 또 길거리 가수들이 재능을 뽐내는 모습도 볼 수도 있었다. 노래가 끝나면 사람들은 동전을 종이로 둘둘 말아서 마구 집어던졌다. 그렇게 해야 눈에 쉽게 띄고 구르지도 않기 때문이었다.

매년 주느비에브 성녀의 9일 기도 축제를 거행하는 날이면 팡테옹 광장은 나무로 지은 가건물들로 뒤덮였다. 그리고 밤이 되어 이 수많은 건물에 불이 환히 켜지면 신앙심 돈독한 신자들이 찾아와 자질구레한 종교 물품과 '종교예술'에 대한 취향을 만족시키는 것이었다.

집전편(集電片)으로 움직이는 전차는 처음에는 땅 위로, 그리고 나서는 땅 밑으로 돌아다녔다. 말이 끄는 낡은 합승마차도 여전히 길거리를 돌아다녔는데, 지붕 위 좌석은 올라가는 사다리가 너무 가팔라서 여자들은 타는 게 금지되어 있었다. 증기로 움직이는 전차가 포도주 시장과 피갈 광장 사이를 연결했다. 그리고 협궤열차를 타면 메디치 거리에서 몽레리와 아라파종까지 갈 수가 있어서 하루 코스 여행이 가능했다!

생 미셸 대로 아래쪽에는 예비용 말 한 마리가 늘 서 있었는데, 어느 자비로운 회사가 데려다 놓은 이 말은 마차를 끌고 뤽상브르 공원 쪽으

로 이어진 비탈길을 다시 올라갈 준비를 갖추고 있는 말들의 수고로움
을 덜어주기 위해 거기 그러고 있는 것이었다.

어느 날 저녁시간에 우리 점잖으신 빌프레드 모노 목사께서는 랑베
르 백작의 라이트기가 파리 상공을 나는 광경을 보려고 냅킨을 손에 든
채 밖으로 뛰쳐 나갔다. 비행기가 탄생한, 길이 남을 날이었다.

나이듦에 대한 고독

나이가 많아지니 고독이 찾아온다. 조상들은 이미 오래 전에 영세(永
世)로 들어갔고, 형제들도 그들을 따라 영세로 들어갔다. 빈자리가 조
금씩 생긴다. 나의 스승들도 세상을 떠났고, 나의 많은 친구들과 동료
들, 길동무들도 저 세상으로 갔다. 물론 가장 뛰어나다고는 할 수 없지
만 어쨌든 좀 달라 보이기는 하는 젊은이들이 와서 그 자리를 이어받는
데, 그들의 눈에 나이 든 노인은 시대에 뒤떨어진 사람으로, 정중하게
말하자면 살아 있는 화석으로 보인다. 하지만 그들도 언젠가는 그렇게
되고 말 것을……

7월 말의 센 강은 태양에 짓눌려 힘겹게 흐르는 듯 보이고, 발을 물 속
에 집어넣은 채 강변에 서 있는 포플러 나무들은 잎사귀를 벌써 다 잃어
버렸다. 이 나무들은 몇 달을 앞당겨 미리 잠 속으로 빠져들려는 것일
까? 금년에는 이 나무들의 수액이 일찌감치 마르게 될까? 나의 삶은 생
물학적 시계가 정해놓은 리듬을 유지하며 예정된 속도대로 계속 제 갈

길을 간다. 하지만 체력은 서서히 떨어져간다. 그래도 나는 걷는다. 그러나 보폭은 그전보다 줄어든다. 계단을 올라가려면 숨이 차다.

그렇지만 어쩌겠는가. 빛은 환했다가도 언젠가는 흐려지는 법. 태양 자체도 언젠가는 스러지는 법. 하지만 우울한 밤에, 겨우 몇 시간 전만 해도 빛과 더위가 넘쳐흐르던 초원을 천천히, 그러나 의기양양하게 뒤덮으며 가차없이 전진하는 저 어둠에 어찌 무감(無感)할 수가 있으랴? 어둠이 내려온다. 아니, 어둠이 떨어진다는 표현이 더 맞다. 동물들 중에서도 유일하게 인간은 밤만 되면 집에 불을 켜놓는다. 하지만 그래봤자 아무 소용 없다. 그는 온몸이 떨릴 정도로 두렵기만 하다. 잠이 든다. 하지만 과연 내일 아침에 깨어날 수가 있을까?

기원전 3세기에 쓰였으며 인생 말년을 묘사하고 있는 「전도서」에는 시력의 중요성을 강조하는 구절이 등장한다. 또 내가 낙타몰이꾼이었을 때 참바아족 출신의 동료들이 주로 내뱉는 두 가지 욕설은 "니 에미, 불에 타 죽어라!(지옥에 떨어지라는 암시적 표현)"와 "봉사나 되어버려라!"였다.

평생 동안 나는 많은 책을 읽었는데, 온갖 상황에서, 즉 걸어가면서도 책을 읽고, 차 안에서도 책을 읽고, 배 위에서도 책을 읽고, 낙타를 타고 가면서도 책을 읽었다. 물론 이렇게 한다는 게 항상 쉬운 일은 아니었다. 내 인생의 어느 시기에는 〈르몽드〉지 한 부를 읽는 것이 일종의 거리를 재는 척도, 말하자면 지형 측량 단위가 된 적도 있었다. 이제 더 이상 읽을 수도, 쓸 수도 없다는 것은 특히 손에 펜을 들고 평생을 책에 파묻혀 산 사람에게는 시련이 아닐 수 없다. 이때부터 나는 일절 새로운 정보도 얻을 수가 없고, 더 이상 지식도 획득할 수가 없다. 오직 경험과 기억에만 의존해서 살아가야 하는 것이다.

그러나 실명상태가 불편하기만 한 건 아니다. 내가 흰 지팡이를 손에 들고 퐁 드 뇌이 지하철역의 벽에 기대어 서 있을 때 한 친절한 노인이 슬그머니 다가오더니 손에 작은 주화 한 닢을 쥐어주었다. 연민을 느낀 한 존재가 내게 동냥할 생각을 하게 되기까지 나는 87년을 기다려야만 했던 것이다.

인정할 건 인정해야 한다. 80이 넘게 사는 동안 나는 줄곧 특권을 누려왔던 것이다! 유서 깊은 정신적 전통을 가진 집안, 어쩌면 엄격하다고도 말할 수 있을 도덕적 이상(하지만 이 이상이 나를 구속한 건 아니었다. 그 유익한 원칙들을 받아들이고 안 받아들이고는 전적으로 나의 자유였던 것이다), 높은 교양을 갖추고 오직 그들의 하나님과 그들의 형제들만을 위해서 살았던 부모님들. 이처럼 성스러운 유산들을 물려받은데다가 간소하고 체계적인 물질생활을 한 덕분에 나는 이처럼 장수하게 된 것이다.

자신의 삶을 희생해가며 나의 일과 나의 사명을 헌신적으로 도와준 여성과 함께 50년을 산 것 역시 하나의 특권이었다. 보헤미아의 한 작은 마을에서 온 이 이스라엘 출신 처녀는 말하자면 모노 가문이라는 보수적인 늙은 고목에 접 붙여진 새로운 나뭇가지나 마찬가지였다. 내 자식들과 손자들이 그녀를 존경하는 걸 보면 우리 가계에 이렇게 수혈된 새로운 피가 얼마나 소중했던지 짐작할 수 있다.

평생 동안 하고 싶은 걸 하면서 지낸 것도, 게다가 보수까지 받은 것도 특권에 가깝다. 이 정도면 기적이 아닐까? 이런 놀라운 행운을 누구나 누릴 수 있는 건 아니다. 왜 내게 이런 행운이 주어졌던 것일까?

매순간 모든 것이 시작된다

"올라가는 사람은 결코 멈추지 않는다. 시초(始初)에서 나와 결코 끝이 없는 시초를 지나 시초를 향해 가기 때문이다."

올라가는 사람, 불전차 위의 엘리아, 4세기 카파도스 벽지의 그레고리(니세의 주교로서 아리우스파에 맞서 싸운 위대한 신비주의 신학자다-옮긴이), 카르멜 산의 비탈길을 기어오르는 테레지아와 장 드 라 크르와(이 두 사람은 16세기에 함께 카르멜 교단을 개혁했다-옮긴이), 사막을 가로질러 가는 안젤루스 실레지우스(1624~77. 그의 바로크적이며 열정적인 신비주의에는 연금술과 기독교적 영성이 융합되어 있다-옮긴이), 그리고 이 대륙 저 대륙의 수많은 사람들! 그들만의 삶에서, 그들만의 존재에서, 인간의 능력과 결점에서 벗어나게 될 이 모든 사람. 이 행렬은 시대에서 시대를 거쳐, 동굴에서 동굴을 거쳐 '천상의 장소'에 이른다.

내가 이 세상을 당장 내일 떠나든, 내년에 떠나든, 아니면 10년 뒤에 떠나든, 그것은 중요하지가 않다. 내가 이 세상을 영원히 떠나든, 아니면 우리가 이미 알고 있는 육체나 정신이 아닌 어떤 형태로 또 다른 삶을 살기 위해 이 세상을 떠나든, 그것은 중요하지 않다! 나는 모두가 다 하는 그런 경험을 했다. 즉, 그 어느 것도 결코 끝나지 않는 것이다. 매순간 모

든 것이 시작되는 것이다.(가브리엘 제르맹,『내면의 시선』, Le Seuil, 1968)

　동쪽으로 모래언덕이 천 킬로미터에 걸쳐 끝없이 펼쳐져 있다. 그 날 낮의 무게에 짓눌려 있던 육체를 모래가 정답게 쓰다듬어주고, 낙타를 모는 사람들이 피워놓은 불꽃이 이글이글 타오르다가 사그라지면 하루 여정이 막을 내린다. 그렇듯이 마지막으로 시간을 갖고 과거로 돌아가 곧 사라질 하나의 삶을 추억하다 보면 밤의 평화로움 속에서 하나의 삶도 막을 내린다.

* 나는 육체의 적은 아니다. 하지만 나는 금욕에 가까운 간소함을 숭배한다. 그것이야말로 지혜와 건강의 원천인 것이다.

* 모리타니는 소박하고 단순하며 헐벗었기 때문에 아름답다.

* 문명이 기독교의 가장 심각한 장애물이며, 특히 기계화와 산업발전은 기독교의 부정인 것을 믿는다.

* 개인적으로 내가 비시 프랑스 정부의 지지자가 아니라는 사실을 모르는 사람은 아무도 없습니다. 나는 내 양심상 국가원수이신 각하에게 충성을 맹세할 수 없음을 감히 알려드립니다.

* 인종이라는 단어는 물질적이며 동물적인 사실을 표현할 뿐이며, 유일하고 진정한 의미에서 벗어나면 안 된다. 아리아족의 문제에 관해 말하자면, 아리아의 역사와 관련될 뿐 인류학자와는 아무런 관계가 없다.

* 서구가 개인주의라면 아프리카는 집단이다. 이 두 체제는 양립할 수 없

다. 하나가 다른 하나를 파괴하고 있다.

* 18세기에나 있을 만한 일이라고 생각할지 모르나, 내가 박물학자라는 것이 전혀 부끄럽지 않다.

* 나는 아프리카에서 내 모든 삶을 보냈고, 그곳에서 많은 것을 하고 싶은 유혹을 느꼈습니다. 처음에 나는 동물학자였지만, 사막을 따라가면서 어느새 화석과 식물 등 모든 것을 다 주웠습니다. 그러다 나는 식물학자도 되고, 지질학자도 되고, 인류학자도 되고, 고고학자도 된 겁니다.

* 사막에 가면 몇 가지 불편한 점이 있지만, 사막이 위험하다는 것은 과장된 소문이다. 실제로 사막을 여행하는 것은 우리가 상상하는 것보다 훨씬 더 수월하며 상황을 너무 부풀려서 생각해서는 안 된다.

* 샘도 없는 곳을 걷거나 낙타를 타고 800km를 간다는 것은 쉬운 일은 아니지요. 하지만 그렇다고 위험한 것은 아닙니다. 그것은 육체적이고 심리적인 노력이지요. 길을 가다 사기가 떨어지지 않도록 노력해야 합니다.

* 돌투성이 사막이 수평으로 끝도 없이 펼쳐져 있었다. 시선을 둘 수 있는 어떤 곳도 없어서 우리는 나침반만 의지하며 여행을 했다. 이곳에서 우리는 원시인의 자취를 발견하지 못했다. 그렇다면 타네즈루프트는 언제나 타네즈루프트였다. 인간은 과거에도 이곳에서 사는 것을 기피했고 지금도 여전히 그렇다.

테오도르 모노 어록

＊사실 많은 사람들에게 나는 단순히 모래언덕 사이를 걷는 나이 든 노인에 불과하다. 그들은 내가 70년간 사막에서 이리저리 돌아다녔다고 생각한다. 물론 흥미와 즐거움을 느끼며 사막을 여기저기 돌아다닌 것은 사실이다. 하지만 나는 다른 일도 많이 했다.

＊그 자체로 사막은 매우 감동적이다. 우리는 사막이 얼마나 아름다운지 느끼지 않을 수 없다. 사막은 깨끗하고 거짓말을 하지 않기에 더 아름답다. 사막은 음란해 보일 정도다. 이 땅은 어떤 식물로 덮일 수 없다. 사막은 자신의 알몸을 그대로 보여준다. 사막은 우리 스스로 우리에게 질문을 던지게 만드는 풍경이다.

＊그러자 막상스는 서글퍼졌다. 세 시간 후면 인간 세상으로 들어서고 동시에 사막에서의 생활이 막을 내릴 것을 알았다. 그는 사막의 지독한 고독을 어쩌면 앞으로 오랫동안 느낄 수 없을 것을 알고 있었다.

＊현재 유목 현상은 여러 곳에서 한꺼번에 다가오는 위협을 견디지 못해 사라지고 있다. 원칙적으로 유목생활은 어떤 집단이 특별한 상황에 적응하는 것을 의미한다. 그리고 나는 당연히 사하라야말로 그 중의 한 예라고 생각한다.

＊예수가 산상수훈에서 가르친 팔복은 무서울 정도로 혁명적인 가르침이다. 우리가 이 가르침대로만 실천한다면 세상은 당장 내일이라도 바뀔 것이기 때문이다.

＊ 타인을 안다는 것은 곧 그 타인의 관점을 받아들인다는 것을 의미한다. 필요한 것은 항상 이웃에게 일말의 진실도 양보하는 것이다.

＊ 어떤 상황 속에서 시민정신이 수치스러운 복종으로 변질되어 버리면 시민정신이 과연 무엇을 의미할 수 있단 말인가? 거부가 성스러운 의무를 의미하는, '배신'이 진실의 존중을 의미하는 경우는 없다는 말인가? 만일 군이 공개적으로 음험한 방식으로 민주주의를 공격한다면, 우리는 마땅히 그 군에 항거해야 하지 않겠는가?

＊ 나는 공무원이지만 나 사진을 자유인이라고 생각하고 싶다. 나는 뇌 활동의 일부를 국가에 팔았지만 나의 가슴과 영혼만은 넘겨주지 않았다.

＊ 인간의 미래를 생각해야 할 때다. 프랑스에서 핵무기를 개발할 돈으로 집 없는 사람 모두를 먹이고 재울 수 있다. 핵무기, 그것은 인류의 종말을 자초하는 것이다.

＊ 타베르니에서 매년 단식을 하는 스무 명의 평화주의자들이 우리를 지배하는 악의 태도를 바꾸지 못하는 것은 당연하다. 그러나 아주 작은 것이라도 우리가 할 수 있다면 해야 한다.

＊ 알제리 전쟁은 끝났지만 나는 계속 단식을 한다. 단식은 어떤 것을 기억하게 하는 한 방법이다.

테오도르 모노 어록

테오도르 모노 연보

1902년 4월 9일	프랑스 루앙의 개신교도 집안 목사인 부친 빌프레드 모노와 모친 도리나 모노 사이에서 태어나다.
1907년	부친이 루브르 교회 목사로 임명되어 파리에 정착하다.
1922년	자연사박물관의 원양어로연구소에 채용되다.
1922년~23년	아프리카 모리타니의 포르 에티엔으로 파견되다. 이때 첫 아프리카 여행을 떠나 처음으로 아프리카의 식민지 현실을 목도하게 되다.
1925년	두 번째 파견된 곳은 카메룬으로 이때 검은 대륙 아프리카를 발견할 수 있는 기회를 갖게 되다.
1926년	「네시이데과 연구시론(Contribution á l'étude des Gnathiidæ)」으로 박사학위 논문 심사를 받다.
1927년	오지에라스-드레이퍼 탐사단의 일원으로 타만라세트를 떠나 통북투로 여행하던 중 화석 인류 아셀라르인을 발견하고, 다양한 종의 식물들을 채집하다.
1928년	『카메룬에서의 낚시산업(Intitulé l'Indusie des pêches au Cameroun)』을 출판하다.
1928년~29년	티디켈트 호가르 사하라 부대에 낙타를 모는 이등병으

로 군복무를 하다. 이때 알제리령 사하라를 구석구석 탐험하며 학술연구를 진행하다.

1930년   체코 출신 유대인 올가 픽코바와 결혼식을 올리다.

1934년   칭구에티의 운석을 조사하기 위해 아드라르 지방으로 1차 조사를 떠나다.

1934년~35년   서부 사하라의 타네즈루프트 지역을 여행하다. 남부 알제리에서 말리 국경까지 펼쳐진 사막 지대인 타네즈루프트는 '공포와 기아의 땅'으로 사람이 전혀 살지 않는 곳이다. 이 여행 후 '사하라에 미친 사람'이라는 별명을 얻다.

1938년   아프리카 다카르에 '프랑스 흑아프리카연구소(IFAN)'를 설립하고 연구소장으로 취임하다.

1939년~45년   제2차 세계대전과 독일의 점령기가 시작되고, 영국과 프랑스는 독일에 전쟁을 선포한다. 드골 장군이 런던에 '자유 프랑스'를 조직하여 영국과 미국 연합군의 편에서 레지스탕 활동을 지휘하다.

1939년   리비아 국경 지대를 염탐하는 임무를 띠고 티베스티 지역에 파견되어 전쟁에 참전하다. 이때 거대한 아마존석 지층을 발견하고 3,413미터의 티베스티 정상에 오르는 기회를 갖는다. 이 기회를 이용하여 새로운 화산 3,315미터의 투시데 산을 탐험하다.

1940년   티베스티에서 다카르로 다시 돌아와 IFAN 연구소 재건에 힘을 기울이다. 프랑스와 독일 전쟁에서 프랑스가 패배하자 코트디부아르, 기니, 세네갈 등의 프랑스 북아프리카 연구소 지부(AOF)를 일으켜 세워 독일에 투쟁해 나가다.

1942년 자연사박물관 교수로 임명되다. 이후 20년 동안 이곳에서 연구와 실험에 몰두하여 어류와 갑각류 분야 최고 전문가가 되다. 잠시 동안의 파리 여행에서 독일에 점령된 프랑스의 현실을 목격하게 되고, 드골 장군에게 지지의 뜻을 보내다.

1943년 '자유 프랑스'에 동조한 드골 장군이 서부 아프리카를 처음 방문하자, 다카르의 '자유 프랑스' 본부에서 드골 장군을 접대하다.

1945년 히로시마 원폭 투하에 항의하여 나흘간 단식에 들어가다

1948년~54년 스위스 물리학자인 오귀스트 피카르가 고안한 최초의 심해 관측용 잠수정에 탑승하여 바닷속 탐험을 하다.

1953년~64년 모리타니령 아드라르 남동쪽의 마자바 알 쿠브라 지역을 10년에 걸쳐 5,200km라는 광대한 사하라 탐험을 하다.

1953년 인도네시아 몰뤼크 제도에서 조직한 해양학 탐사단에 참가하여 인도양과 서태평양의 어류를 조사하다.

1954년 피카르 호의 탐험을 쓴 『바티폴라주(Plongées profondes. Bathyfolabes)』를 출간하다

1960년 아프리카 국가들이 독립하기 시작하면서 IFAN은 다카르 대학에 편입되어 북아프리카 기초연구소로 이름을 바꾸고 활동해 나가다.

1960년 9월 6일 알제리전에서 대학교수들과 예술가들이 '121인 선언'이

라고 더 잘 알려진 불복종 권리 선언문을 발표하고 이에
서명함으로써 보복 조처를 당하다.

1963년	유명한 프랑스 과학아카데미 회원으로 선출되다.
1987년	『테오도르 모노』(Théodore Monod) 출판을 위해 이자벨 자리와 대담을 시작하다.
1987년~89년	칭구에티의 운석을 찾기 위해 또다시 탐험대를 조직하였으나 운석은 미스터리로 남다.
1993년	『사막에서의 삶과 죽음(Vie et mort au désert)』을 출간하다.
1998년	『절대의 구도자(Le Chernets d'abosolu)』를 출간하다.
1999년	캉탈 지방의 생 퐁시에서 열린 메아리스트 포럼에서 그는 다음과 같이 고백한다. "나는 내 삶을 아프리카에서 보냈고, 거기서 많은 것을 해보고 싶은 유혹을 느꼈습니다. 처음에 나는 동물학자였지만, 사막을 따라가면서 결국은 화석과 식물 등 모든 것을 다 주웠지요. 그러다 보니 나는 식물학자도 되고, 지질학자도 되고, 인류학자도 되고, 고고학자도 된 겁니다."
	『사막의 순례자(Pèlerin du désert)』와 『테오도르 모노의 수첩(Les Carnets de Théodore Monod)』을 출간하다
2000년 11월 22일	98세의 나이로 파리 근처 베르사유에서 세상을 떠났다. 언론에서는 다음과 같이 애도를 표시했다. "아카데미 회원이자 자연주의자이며 사막을 사랑했던 위대한 유목민 테오도르 모노."(《로이터 통신》) "한 위대한 휴머니스트, 한 위대한 현자가……우리 곁을

떠났습니다." (자크 시라크 프랑스 대통령)

"어떠한 것도 그를 멈추지는 못했다. 실명도, 청각 장애도, 나이도, 심지어는 새로운 세기의 한쪽 구석에서 그를 기다리고 있던 죽음에 대한 우려도……." (《리베라시옹》지)

"지칠 줄 모르는 탐험가이자 세계적으로 알려진 사하라 사막 전문가인 테오도르 모노는 박물학자·식물학자·고고학자로서 그의 재능을 거대한 사막을 조사하는 데 발휘하고 그 자신의 지식에 대한 욕구를 채웠다." (리오넬조스팽 전(前) 프랑스 수상)

2001년	『낙타여행(Méharées)』이 출간되다.

대서양

오랑

라바트 페스
카사블랑카
메크네스

마라케시
투브칼 산
모로코
아가디르

베차르

엘골

티미문

인슬
레간

틴두프

아드라르

서사하라

S

A

H

타네즈루프트

타우데니

북회귀선

누아디부
(포르 에티엔)

캡 블랑곶

아드라르 우아단 라치트
모리타니
이타르 칭구에티

말리

아

누악쇼트
마자바 알 쿠브라

아라우안

아드라르 데 이

타간트 호드

통북투

부렘
가오

나이저 강

생 루이

다카르
고레

세네갈
카올라크

몹티

부르키나파소

L

기니
비사우

비사우

바마코

와가두구

푸타잘롱 산
나이저 강

베닝

기니

코나크리

볼타 호수

프리타운
시에라리온

가나

토고

코트
디부아르

쿠마시

포르토
로메

몬로비아
라이베리아

부아케

아크라

대서양

아비장

0   500km

기